W0027584

Nicola Förg ist im Oberallgäu aufgewachsen, studierte in München Germanistik und Geographie und ist ganz im Westen Oberbayerns der alten Heimat wieder näher gerückt. Sie lebt mit Mann, fünf Pferden, zwei Kaninchen und sechs Katzen in einem vierhundert Jahre alten denkmalgeschützten Bauernhaus im Ammertal. Dort, wo die Natur opulent ist und wo die Menschen ein ganz spezieller Schlag sind. Als Reise-, Berg-, Ski- und Pferdejournalistin ist ihr das Basis und Heimat, als Autorin Inspiration, denn hinter der Geranienpracht gibt es viele Gründe (zumindest literarisch), zu morden. Im Emons Verlag erschienen ihre Kriminalromane »Schussfahrt«, »Funkensonntag«, »Kuhhandel«, »Gottesfurcht«, »Eisenherz«, »Nachtpfade«, »Hundsleben« sowie die Katzengeschichten »Frau Mümmelmeier von Atzenhuber erzählt«.

NICOLA FÖRG

EISENHERZ

OBERBAYERN KRIMI

Emons Verlag

Umschlagzeichnung: Heribert Stragholz
Druck und Bindung: CPI – Clausen & Bosse, Leck
Printed in Germany 2009
Erstausgabe 2006
ISBN 978-3-89705-438-7
Oberbayern Krimi 1
Originalausgabe

Für Gerd Niemand (†)

Muss ich denn sterben, um zu leben?
Falco, Out of the Dark

Prolog

Jo fluchte. So richtig. Und auf Allgäuerisch. Herrgottsakramentnoamoal. Kruzifix! Sie verfluchte ihre Idee. So was Dämliches aber auch. Eine Idee entsprungen in lauen Sommernächten, in denen Bilder aufsteigen von weiß gedeckten Tafeln, die von Kerzenleuchtern gekrönt sind, Tafeln unter Apfelbäumen, an denen Menschen in wunderschönen Gewändern sitzen. Ja, eine Mischung aus Märchen, Telenovela und Bianca-Roman! Aber in Märchen, Telenovelas und Bianca-Romanen herrscht immer schönes Wetter, regieren endlose Sommer.

Es regnet nie. Hier aber regnete es. Seit einer Woche ohne Unterlass. Bis auf kurze Regenpausen, wo Petrus wohl Kraft schöpfte, um dann erst recht die Brause aufzudrehen. Auch heute hatte der himmlische Regenmacher die Erholungsphase nur genutzt, um nun neues Wasser zu schicken, das wie ein undurchdringlicher Vorhang fiel. Und so klatschten die wunderschönen Gewänder schwer um Jos Beine. Wie nasse, schwere Samtvorhänge. Oder wie voll gesogene Putzlumpen.

Ja, es war eine höchst dämliche Idee gewesen, dass alle Mitarbeiter schon weit im Vorfeld des Turniers in historischen Gewändern rumlaufen sollten. Jo hatte diese Idee gehabt, als sie vor vier Wochen die Leitung der PR-Abteilung des größten Ritterturniers der Welt übernommen hatte. Drei Wochenenden im Juli war Schloss Kaltenberg zwischen München, Landsberg und Augsburg der Nabel der Mittelalterwelt. Wenn es bloß schon Juli wäre! Die Vorbereitungszeit war die Hölle. Der Regen auch. Sakrament, wirklich eine extrem dämliche Idee!

Und eine nicht minder dämliche Idee war das mit den Interviews gewesen. Weil doch die zugrunde liegende Story des Turniers auf der Suche nach dem Gral basieren sollte, hatte Jo die Idee gehabt, imaginäre Interviews mit den Rittern der Tafelrunde zu führen, um die User der Homepage so in die Geschichte einzuführen. Eine aparte Idee, im Prinzip. Aber wenn man das Ganze dann umsetzen musste, war Schluss mit lustig, Schluss mit Inspiration. Dafür hatte Jo eine massive Schreibblockade. Und zweifelte an ihren Interviews. War das nun witzig oder einfach nur doof, sich mit fiktiven Personen zu unterhalten? So wie mit Mordred, dem bösen Buben.

Herr Mordred, Sie haben am Hof von König Artus nur rumgestänkert, alle Nahrung und Getränke verschlungen, Guinevere entführt und misshandelt?
Mordred: Ja, und? Liegt in meinen Genen!
Und Lanzelot. Wieso mochten Sie den nicht? Eifersucht?
Mordred: Na hören Sie mal: Ist das normal, dass der Alte diesen dahergelaufenen Lanzelot mir, seinem eigenen Sohn, vorzieht? Und dann poppt der auch noch Guinevere! Sehr loyal, oder? Und wissen Sie was: Diese Guinevere war ein Luder. Die hat mir nämlich auch schöne Augen gemacht! Alles Schlampen, die Weiber!

Nach einigen weiteren Fragen fiel ihr nichts mehr ein. Jo hatte sich auf ihrem Drehstuhl zurückgelehnt. Ihr Büro in einem der Wirtschaftsgebäude von Schloss Kaltenberg war puristisch, neben Computer und Telefonanlage stapelten sich Papiere und Flyer. Ein paar gebrauchte Kaffeetassen standen herum, ein angebissenes Sandwich hatte auch schon bessere Zeiten gesehen. Trotz Heizkörper wurde der Raum nicht richtig warm. Er war fußkalt, und Jo konnte sich nicht erinnern, wann sie zum letzten Mal warme und vor allem trockene Füße gehabt hatte.

Kopf und Füße müssen warm sein, hatte Jos Oma immer gepredigt. Sakrament, ihre Füße waren Eisklötze, der Kopf hingegen rauchte. Jo las nun zum hundertsten Mal ihr Interview durch. In dem Moment kam Steffi herein. Und sie strahlte nicht. Wie sonst immer. Jo hatte sich schon mehrfach gefragt, wie ein Mädchen nur immer so penetrant gut gelaunt sein konnte.

Steffi Holzer, ihre PR-Assistentin, Mädchen für alles, Best Girl, Dolmetscherin, wenn's sein musste – Steffi Superwoman. Steffi, die soeben die dreizehnte Klasse mit einem Einser-Abitur beendet hatte, Leistungskurse Französisch und Spanisch. Apart und klug und dazu auch noch unkompliziert-umgänglich. Solche Mädchen gab es eigentlich gar nicht. Vielleicht sollte es sie auch gar nicht geben. Sie gemahnten einen so unangenehm an die eigenen Fehler, auch daran, dass man selbst mit achtzehn unerträglich, unreif und nervtötend gewesen war.

Aber heute sah Steffi ratlos aus. Sie stand da, hatte ihre nassen Röcke geschürzt und versuchte so was wie ein Lächeln.

»Jo, wir haben ein Problem!«

»Steffi, ich hab auch eins. Bevor du weiterredest: Bitte lies das. Bitte! Und sag mir ehrlich deine Meinung.«

»Jo, es wäre wichtiger, wenn wir …«

»Zuerst liest du!«

Und Steffi las. Ab und zu schmunzelte sie, dann lachte sie laut auf. Jo entspannte sich.

»Und?«

»Das ist genial. Superwitzig.«

»Steffi, du musst nicht höflich sein.«

»Bin ich nicht! Ich find das wirklich klasse. Jo, ich will nicht nerven, aber wir haben ein Problem.«

»Houston, wir haben ein Problem? Ist es das, Steffi? Haben wir mal was anderes als Probleme?« Das kam zynischer als beabsichtigt.

Steffi war ungerührt. »Momentan zumindest haben wir eins.«

»Ja?« Jo versuchte, einen neutralen Ton anzuschlagen. »Lass uns rausgehen, hier drin fällt mir die Decke auf den Kopf, draußen bloß der Regen.«

Vor der Tür atmete sie tief durch. »Okay, ein Problem?«, und plötzlich lachte sie. Was gaben sie beide für ein Bild ab! Da standen sie, feuchte Röcke bis über die Waden hochgezogen, Steffi hatte Gummistiefel mit Blümchen drunter und sie selbst klobige Bergschuhe. Steffis Zöpfe ringelten sich regennass wie Schlangen an ihrem Hals, und ihr rann ein Bächlein in den Ausschnitt.

»Ein tolles Bild geben wir ab! Entschuldige, dass ich so bissig rüberkomme, aber der Regen zermürbt. Und dann diese Interviews. Die ganze Homepage. Ich bin heillos im Hintertreffen. Und auch sonst: Wir können keinen Terminplan einhalten. Alles schwimmt weg: Aufbauten, der Arenasand und Termine.«

»Hm, es wird wohl noch einer weggespült werden. Dein Dreh für die TV-Leute heute Nachmittag, die einige der Pferde in Zirkuslektionen filmen wollten.«

»Bitte?«

»Jo«, Steffi atmete tief durch, »Suente ist weg.«

»Suente?«

»Das Pferd von Marco, das so wunderbar stürzen kann. Es ist weg. Aus dem Stallzelt verschwunden.«

Suente, natürlich! Marco hatte in seiner Stuntpferdeschar eben auch Spezialisten. Welche fürs Stürzen, welche, die besonders gut sitzen konnten. Welche für Zirkustricks. Suente war ein Spezialist und Superstar, der in vielen Hollywoodfilmen mitgespielt hatte.

»Wie kann der verschwinden? Da sind doch Stallwachen.«

»Anscheinend war der Stallbursche kurz weggegangen. Er hat sogar noch einen Hänger wegfahren sehen. Er dachte, das sind die Pferde von diesem Friesenstall. Aber anscheinend hat da einfach einer Suente eingeladen und ist weggefahren. Am helllichten Tag.«

Jo wischte sich eine klatschnasse Haarsträhne aus dem Gesicht.

»Hol Marco! Weiß er es schon?«

»Ja, er springt im Fünfeck!«

Marco kam und er kochte. Marco Cœur de Fer, Kopf der weltbesten Stunttruppe. Kaum ein Hollywood-Film mit Pferdeszenen, wo seine tierischen Schauspieler nicht dabei waren. Hochdekoriert mit dem World Stunt Award, ein Mann, der mit Pferden kommunizieren konnte. Ein kühler, kluger, professioneller Typ. Heute kochte er vor Wut – und er war augenscheinlich besorgt. Er konnte sich das nicht erklären, wie ein Pferd einfach so abhanden kommen konnte. Und dann ausgerechnet Suente. Auch Jos Einwand, dass es relativ schwer sei, ein Pferd allein zu verladen, ließ er nicht gelten.

»Meine Pferde sind Profis. Extrem gut ausgebildet. Die müssen mit Schauspielern ohne jedes Händchen für Pferde arbeiten. Sie sind kooperativ. Wahrscheinlich dachte er, das ist ein Filmdreh.«

»Wir müssen die Polizei holen!«, rief Jo.

»Genau das müssen wir nicht!« Marcos Stimme war eisenhart.

»Das ist Diebstahl! Ein wertvolles Pferd wurde gestohlen! Natürlich müssen wir die Bullen anrufen«, insistierte Jo.

»Nein! Tausendmal nein! Weißt du, was das für eine negative Publicity gibt? Womöglich Nachahmer anlockt? He, seht her, so einfach ist es, teure Andalusier zu klauen. Wir werden ihn wiederfinden.« Und mit diesen Worten drehte er auf dem Absatz um und schritt hinein in eine Wand von Regen.

Jo und Steffi starrten ihm nach.

»Und was machen wir jetzt?«, fragte Steffi schließlich.

»Du gar nichts, du beantwortest weiter E-Mails, ich werde mit Engelszungen die TV-Crew besänftigen und dann später nochmals mit Marco reden. Zisch ab. Und zieh dir was Trockenes an.«

Sie scheuchte Steffi davon, atmete tief durch und versuchte es mit Selbsthypnose: Alles wird gut, alles wird gut, das Pferd taucht wieder auf. Alles ist ein Missverständnis. Alles wird gut. Nicht dass sie das geglaubt hätte, außerdem hasste sie Nina Ruge.

An diesem Tag war Jo erst um neun am Abend in ihrem Haus angekommen, das sie von einer Freundin, die sich auf Weltreise begeben hatte, zur Verfügung gestellt bekommen hatte. Als Haushüterin und Blumengießerin. Jo war sofort halbtot ins Bett gefallen. Als sie um sieben aufwachte, war sie trotz der neun Stunden Schlaf wenig erholt. Sie hatte extrem schlecht geschlafen, hatte von einem Pferd geträumt, das in einer Mondnacht wild dahingaloppierte und immer wieder in einem Stacheldrahtzaun hängen blieb. Stets die gleiche Szene, als würde ein krankes Gemüt diesen Film bewusst zurückspulen.

Die unruhige Nacht hatte allerdings auch damit zu tun, dass die Katzen beschlossen hatten, ab fünf Uhr auf ihrem Bett Fangen zu spielen und zu raufen, dass die Haarbüschel nur so flogen. Als Jo sich schließlich überwinden konnte, die Wärme des Bettes zu verlassen und Richtung Bad zu tapsen, trat sie in etwas Weiches. Es ringelte sich um ihre große Zehe. Igitt! Ein Mäuseschwanz! Jo schüttelte hektisch den Fuß, versonnen beäugt von Pina Grigia, einer langbeinigen Tigerin, die immer einen leicht nachdenklichen oder verdutzten Gesichtsausdruck hatte. Was an ihrer schrägen Augenstellung und der natürlichen »Kajalumrahmung« lag. Sie schien nachzudenken, warum ihr Mensch so seltsam mit dem Fuß wedelte. Dann gähnte sie und rülpste herzhaft. Ja, der Rest des Mäusetiers war wohl ihr Frühstück gewesen. Jo musste lachen, flüchtete ins Bad, wo sie ausgiebig duschte. Um den Traum zu vertreiben – und den Mäuseschwanz!

Heute zog Jo eine Lederhose an, mit einem Lederwams und einem Robin-Hood-Hütchen mit Feder. Sie hatte diese Schwammkleider echt satt.

Als sie in ihrem Büro ankam, war es noch ganz still, bis auf den Regen, der monoton tropfte. Die Tagesaufgaben waren ebenfalls monoton. Pressekarten vergeben, Pressemappen versenden. Gegen Nachmittag suchte sie Marco auf, der in einem der Container, die sich backstage reihten, vor schwarzem Kaffee hockte. Es gab nichts Neues. Jo versuchte ihn erneut davon zu überzeugen, dass sie die Polizei kommen lassen sollten. Aber Marco war uneinsichtig. Er hatte überall herumtelefoniert. Er hatte Späher ausgeschickt, das Pferd aufzutreiben. Späher in ganz neuzeitlichen Autos. Er drohte Jo fast, als sie erneut damit anfing, sie müssten die Polizei rufen. Verdammt, dieser französische Sturschädel.

Sie hatte ihn so bewundert, als er hier angekommen war. Der Pferdeflüsterer. Der Held auf dem Schimmel. Momentan aber war er einfach ein Unsympath und arrogant dazu. Er scheuchte sie wie eine lästige Fliege. Er habe zu tun. Er müsse an seiner Geschichte feilen. Als ob die Gralssage seine Erfindung wäre. Diese verdammte verwirrende Legende. Als ob sie nichts damit zu tun hätte! Wütend stapfte sie durch den Regen, ihre Schuhe quietschen beim Gehen, weil Jo mal wieder im Wasser stand. Dieser verdammte Regen, dieser starrsinnige Marco, dieser blöde Gral und dieses dämliche neue Interview, das sie nun wieder in Angriff nahm. Das mit Artus.

> Herr Artus, sind Sie bloß 'ne Sagenfigur?
> *Artus: Was heißt denn bloß? Und wenn, dann hat das unschätzbare Vorteile. Das keltische Krönungsritual sah vor, dass eine weiße Stute geschlachtet und zu Suppe gekocht wurde, in der der künftige König baden musste. Ist das widerlich!*

Und so weiter. Jo kämpfte um gute Ideen, im Allgäu, ihrer Heimat, sagte man »verkopfa« dazu. Als sie schließlich ihren Text abgespeichert hatte, war sie ganz zufrieden. So dumm war die Idee vielleicht doch nicht. Sie beschloss sich selbst mal zu loben, wenn's schon sonst keiner tat. Sie war gehobener Stimmung, bis Marco hereingefegt kam. Der hatte ihr gerade noch gefehlt, aber anstatt erneut mit seinem Starrsinn zu nerven, wirbelte er Jo auf ihrem Drehstuhl herum und küsste ihr theatralisch die Hand.

»Der Hengst ist wieder da!«

»Suente?«

»Ja, er ist in Pflaumdorf auf dem Ponyhof gestrandet.«

»Gestrandet?«

»Ich kann mir das nur so erklären, dass ihn irgendwer in einen Stall oder einer Koppel oder was auch immer gesperrt hat, und da ist er dann ausgebrochen. Man kann einen solchen Hengst nicht einfach irgendwo abstellen. Er wurde auch in Eresing gesehen, als er durch ein Neubaugebiet galoppiert ist, und dann hat er wohl den Kontakt von Artgenossen gesucht. Jedenfalls ist er in Pflaumdorf auf dem Ponyhof aufgetaucht, an den Koppeln entlanggaloppiert, hat die kleinen Stuten bezaubert, bis ihn die Besitzerin wieder eingefangen hat. Sie ahnte, dass er hierher gehört.«

»Und sie hat sich gar nicht gewundert, dass ihr ein Ritterpferd zuläuft?« Jo war immer noch sauer.

»Nein!« Marco hatte die Stirn gerunzelt. »Einem meiner Jungs ist der Hengst auf einem Ausritt abhanden gekommen. So einfach ist das. Nun lass uns lieber feiern. Ich gebe ein Gläschen Champagner aus!«

Der hatte Nerven! Auf einem Ausritt. Zwischen Pflaumdorf und Kaltenberg lagen so einige Kilometer, Dörfer, Straßen. Aber sie war zumindest in einem geneigt, Marco zuzustimmen. Wahrscheinlich hatte der Dieb das Pferd irgendwo »zwischengelagert«. Hatte wohl angenommen, dass die Polizei es suchen würde, und wollte warten, bis Gras über die Sache gewachsen war. Sie konnte sich leicht vorstellen, dass das Pferd irgendwo zwischen Schwabhausen und Schöffelding versteckt gewesen war. In den Farteshauser Hölzern gab es verschwiegene Waldwege und versteckte Stadl, rund um den Kreuzberg genauso, und von dort war es nicht weit nach Eresing. Sei's drum, das Pferd war wieder da, wieso die Feste nicht feiern.

»Also wo ist der Champagner?«, rief Jo, und weil Steffi gerade hereinkam, lachte sie diese an. »Champagner, Mädel! Suente ist wieder da. Champagner für alle!«

»Ich möchte eure Euphorie ja nicht schmälern, aber, ich glaub, der Champagner muss warten! Wir haben schon wieder ein Problem.«

»Bitte nein! Keine Probleme mehr. In ein paar Tagen ist Premiere. Also, was ist los?«

»Die Ritter kotzen! Sie kotzen ganz erbärmlich. Schöner kann ich es nicht formulieren. Sie kotzen sich die Seele aus dem Leib und blockieren alle Klos. Lebensmittelvergiftung, Salmonellen, was weiß ich! Aber bis heute Nachmittag geht da nichts.«

Jo war von ihrem Sessel aufgesprungen. »Wie kann das sein? Seit wann?«

»Muss etwas mit dem Frühstück zu tun gehabt haben. Die haben heute alle in einem der Container gefrühstückt, backstage, nicht im Hotel, weil die doch schon in aller Frühe trainiert haben. Weil's da gerade mal nicht geregnet hatte.«

»Aber wie kann das sein? Wo kam das Frühstück her?«

»Aus dem Bräustüberl. Die haben keine Ahnung, wie das passieren konnte. Drum denk ich ja, es könnten Salmonellen sein. Die hatten Rühreier.«

Jo sah Marco an. »Dir geht's aber gut?«

»Ich habe nicht mit den Jungs gefrühstückt.«

»Merde!« Jo konnte auch französisch statt allgäuerisch fluchen. In Notfällen. Das war einer. Schon wieder. Heute wäre Pressekonferenz mit Pressetraining gewesen. *Merde!* Das würde wieder ein Einsatz im Dienste der Engelszungen und der Diplomatie werden. Sie musste rund fünfzig Journalisten umdirigieren. Nichts leichter als das! Menschenskinder, da musste man doch zynisch werden. Mit Steffis Hilfe gelang es am Ende, den Termin auf morgen, Dienstag, zu verlegen. Bis auf wenige Kollegen, die schon anderweitig verpflichtet waren, war die Meute umdirigiert.

In ihrem früheren Job als Tourismusdirektorin hatte Jo nie Angst gehabt, vor vielen fremden Menschen zu sprechen. Heute hatte sie so was von Bammel. Das war neues Terrain, ein leibhaftiger Prinz würde anwesend sein, zudem war es ihre Aufgabe, die Fragen an Marco zu übersetzen.

Aber wenn sie Marco auch die letzten Tage mehrfach verflucht hatte, heute hätte sie ihn küssen mögen. Er ritt auf Suente mitten in die Pressekonferenz hinein. Ließ das Pferd vor den Zuschauerreihen steigen. Ohs und Ahs und Achs, die Journalisten waren begeistert, erst recht, als die Ritter vorgestellt wurden und in der Arena dahinpreschten für die Fotografen. Suente stürzte spektakulär wie im Film, Motivado platzierte sein Hinterteil im Sand und spielte mit den Ohren. »Ist der süß!« Die Journalistinnen waren begeistert. Ob das »süß« dem Pferd oder Marco galt?

Jo entspannte sich, alles lief reibungslos. Das Essen in der Ritterschwemme, riesige Schweinshaxn, kam gut an, das Kaltenberger Bier lief und lief. Gegen zwei war die ganze Meute wieder weg. Bis auf wenige Journalisten, die noch auf dem Gelände herumschlichen. Aber die kamen allein zurecht. Brauchten nicht unbedingt ihren PR-Babysitter.

Jo atmete nochmals tief durch und begann ein wenig beim Training zuzusehen. Sie lehnte sich an den Zaun der Arena. Wie oft hatte sie das nun schon gesehen? Sehr oft, täglich. Seit Tagen. Und doch war sie immer wieder aufs Neue fasziniert. Marco saß nicht im Sattel, er verschmolz mit seinem Pferd. Sie, die sie seit vielen Jahren Pferde hielt, ihnen verfallen war und ihnen zu oft verzieh, würde es nie zu einer großen Reiterin bringen. Sie war viel zu wenig konsequent. Zu sich selbst und den Tieren. Deshalb faszinierte sie Marco ja so: Mit minimalen Hilfen, sodass ein ungeübtes Auge sie nicht mal bemerkte, dirigierte er seine Pferde. Sie stiegen, sie stürzten hin. Dabei drillte er die Pferde nicht, er war achtsam. Dennoch konsequent. Marco kam an den Zaun geritten, ließ den Hengst vor ihr steigen.

»Steig auf!«, sagte er.

»Ich?«

»Natürlich du. Du kannst doch reiten. Du bist eine Frau mit Mut und Verstand. Du bist ein Alpha-Mensch. Der Hengst ist ein Alpha-Tier. Wenn ihr euch gegenseitig respektiert, könnt ihr ein gutes Team werden.«

Jo glitt in den Sattel. Fast ehrfürchtig. Sie umrundete die Arena im Trab, das war pure Kraft und Leidenschaft da unter ihr. Galopp, immer engere Zirkel. Eigentlich kann ein Pferd auf solchen

Zirkeln gar nicht mehr galoppieren. Dieses konnte. Es gab nur drei Dinge im Leben, die so einzigartig unmittelbar waren: auf einem Pferd zu sitzen, das in den Himmel flog, auf Skiern durch den Tiefschnee zu tanzen, der Sonne entgegen, ein Orgasmus. In dieser Reihenfolge. Sie stoppte punktgenau vor Marco.

»Das ging so«, sagte er. Und dann folgte eine lange Liste ihrer Fehler: Hand zu unruhig, Bein zu zappelig. Hüfte geknickt. Zu wenig Präsenz auf dem Pferd.

»Aber er hat gemacht, was ich wollte«, wehrte sich Jo.

»Er machte dich glauben, er hätte gemacht, was du wolltest. Er ist ein Profi. Kennst du Sophie Marceau? *Naturellement* kennst du sie. Bei einem Dreh mit mir hatte sie ständig ein Rechts-links-Problem. Sie sollte laut Drehbuch nach links reiten, dirigierte das Pferd aber nach rechts. Das Pferd ging trotzdem nach links. Verstehst du?«

»Hmm. Dann lass ich das lieber mit dem Stuntreiten?«, fragte Jo.

»Gib nicht so schnell auf. Und trau lieber deinen Kritikern. Den Schmeichlern gegenüber solltest du skeptisch sein.« Er wandte sich ab und gab einige kurze Befehle an die Ritter, die angefangen hatten, das Tjosten, den spektakulären Reiterzweikampf, zu trainieren.

Sie jagten aufeinander zu. Die Lanzen nach vorne gereckt. Mit dreißig Stundenkilometern ritten sie, pure Gewalt und pure Ästhetik. Einer fiel zu Boden. Viel zu früh. Marco war unzufrieden.

»Das hier ist live! Wir können nicht wieder und wieder drehen. Stürz gefälligst erst, wenn dich die Lanze trifft!«

»Faszinierend, oder?« Ein Mann stand neben Jo.

»Wussten Sie, dass es Versuche in der Crashtest-Zentrale in Landsberg gab, die herausfinden wollten, was passiert, wenn die Lanze in vollem Aufprall den Ritter trifft? Der hatte im Mittelalter zwar eine Fünfundvierzig-Kilo-Rüstung an, aber die Verbindungen brachen, und Rüstungsteile flogen regelrecht umher. Das Tjosten war oft tödlich.«

Jo schenkte ihm einen gelangweilten Blick. »Zufällig wusste ich das. Und als die ersten Langbogen kamen, wurde es besonders gefährlich. So ein Pfeil ging voll durch das Kettenhemd, die Glieder brachen einfach. Hundertneunzig Kilometer hatte so ein Bogen drauf. Das war immer tödlich. Die Rüstung gaukelte nur Sicherheit vor.« Sie machte eine effektvolle Pause und grinste. »Das alles steht in der Pressemitteilung. Die ich zufällig verfasst habe.«

Der Mann schwieg. Schenkte ihr einen angewiderten Blick und straffte die Schultern. »Ich sehe Sie dann bei der Premiere, Frau Doktor Kennerknecht.« Er betonte das Doktor sehr deutlich und ließ seine Augen diesen Tick zu lange auf ihrem Mieder ruhen, bevor er sich abwandte und davonging.

»So ein Arschloch!« Hubert Holzer, der Geländespengler, war neben Jo getreten. Die lachte.

»Lieber Herr Holzer, welch böse Worte!«

»Stimmt doch, ein Granatenarschloch!«

Sie plänkelten noch eine Weile hin und her, lästerten ein bisschen über den Typen. Dabei war der noch von der harmloseren Sorte, da hatte sie schon mit ganz anderen zu tun gehabt.

Jo teilte die Journalisten in drei Kategorien ein: Die-den-Namen-verdienen-Typen, Die-wissen-Sie-wer-ich-bin-Nervensägen und Die-mit-der-Business-Karte-Tänzer.

Erstere waren Profis, wollten ihren Job machen, hatten klare Aufträge von real existierenden Medien und klare Vorstellungen. Das waren die wenigsten! Die zweiten waren durchaus Angehörige oder Mitarbeiter angesehener Blätter, vor allem hatten sie keinen Mangel an Selbstvertrauen zu beklagen. Sie waren wichtig, überirdisch wichtig, und deshalb war es ja sonnenklar, dass der extraterrestrisch prominente Kollege nicht nur eine Eintrittskarte erwartete, sondern eine für Frau und Kind und Kegel und Enkel und Haustier. Dieses Phänomen kannte sie noch aus ihrer Zeit in der Reisebranche. Kollege Oberwichtig wollte in einem Skigebiet recherchieren und brauchte dazu Skipässe für sich, die Gattin und drei Enkel. Für eine ganze Woche und einen Skilehrer für die lieben Kleinen gleich dazu. Sie hatte das immer abgelehnt und sich damit wüsten Beschimpfungen ausgesetzt. »Wissen Sie eigentlich, wer ich bin?« »Natürlich weiß ich das. Aber ich weiß nicht, wer Ihre Frau ist und Ihre Enkel. Und für wen schreiben die so?«

Dann gab's noch jene, die selbst gebastelte Business-Karten hatten, Empfehlungsschreiben von Medien, die es vielleicht am

Mars gab, aber sicher nicht im weiten Erdenrund. Wer doch alles Journalist war! Solche Abzocker waren ihr seit ihrem Dienstantritt in Kaltenberg schon so viele vorgekommen, dass sie aufgehört hatte zu zählen. Und die der zweiten Fraktion auch! Heute früh hatte eine Frau vom Fernsehen angerufen – das sowieso schon ein atemberaubendes Kontingent an Karten hatte – und ihr eine Rührnummer abgeliefert von Karten, die sie in ihrem Fach hatte liegen lassen und die während ihres Mauritius-Urlaubs abhanden gekommen waren. Die sie nun wiederhaben wollte. Mauritius! Himmel, Mädchen – Jo hatte die Frau, eine bekannte Moderatorin, vor Augen – kauf dir halt welche! Bei dem Gehalt! Aber das sagte sie natürlich nicht, sondern berief sich auf »Total ausverkauft, keine Kontingente mehr, untröstlich!« Was für ein Affentanz, wieso hatte sie nichts G'scheits gelernt? Journalismus und dann PR im Tourismus, wie blöd musste man sein, sich ausgerechnet das anzutun?

Weilheim

Gerhard schnaufte. So richtig. Dann sah er auf die Uhr. Fünfundvierzig Minuten hatte er gebraucht. Keine Spitzenleistung, aber ganz ordentlich auf seine alten Tage. Er holte sich in der Hütte ein Weißbier und Debreziner, dann ließ er sich auf der Terrasse nieder. Die Bänke waren feucht, aber es regnete gerade mal nicht an diesem Mittwochmorgen. Augenblicklich erhob sich ein Vogel aus den dunklen Tannen, landete auf der Brüstung vor Gerhard und beäugte vorwurfsvoll aus dunklen Knopfaugen Gerhards Brot. Er popelte ein paar Krumen raus und legte sie ans Tischende. Zack, weg waren sie. Gerhard lächelte und nahm einen tiefen Zug aus seinem Weißbierglas. Solche Tage gönnte er sich viel zu selten.

Er wohnte schließlich dort, wo andere Urlaub machten. Ein blöder Satz. Aber doch ein Satz, der sich eingeprägt hatte, den man automatisch verwendete. So wie Tempo für jedes Schnupftuch. Wie Uhu für jeden Kleber. Sein Handy hatte nun eine neue Melodie: Eine Insel mit zwei Bergen … Er verfluchte sich dafür, dass er es angelassen hatte.

»Weinzirl, Ende des freien Tages. Männliche Leiche in Peißenberg.«

Es war Baier, sein Kollege, der alte Haudegen, dessen Sätze stets so prägnant waren, dass er kaum Verben benötigte. Baier, dessen bärbeißige Art Gerhard in der kurzen Zeit zu schätzen gelernt hatte. »Ach nein, Baier, nicht jetzt.«

»Schlechtes Timing, Weinzirl, oder was? Wo sind Sie?«

»Ich sitze auf der Terrasse der Hörnle-Hütte. Ein bisschen werden Sie sich gedulden müssen. Außerdem ist dann meine neue Freundin sicher enttäuscht.«

»Sie und Ihre Weiber, Weinzirl! Welche neue Freundin? Dachte, Sie sind noch immer bei unserer lieben Frau Kassandra, der wild gelockten Schamanin, engagiert.«

»Baier! Ich bin ein treuer Allgäuer, das wissen Sie doch. Es handelt sich hier nur um einen Vogel. Keine Ahnung. Ein Adler eher auch nicht. Kein Flamingo. Ein Spatz ist es auch keiner. Den würde ich erkennen. Dann beißt es bei mir zoologisch aus. Es ist was Größeres.«

»Ist tatsächlich ein Weibchen. Ein Eichelhäher-Weibchen. Die sind ganz unauffällig gefärbt«, brummte Baier.

»Und woher wissen Sie bitte schön aus der Ferne, dass das ein Eichelhäher-Weibchen ist? Sind Sie Hellseher, Baier?«

»Ist das Maskottchen der Hütte. Hüpft da immer rum. Bin auch ab und zu auf dem Hearndl. Schafft so ein alter Knochen wie ich auch noch. Oder ich nehm den Lift. Wie lange haben Sie gebraucht, Weinzirl?«

»Fünfundvierzig Minuten.«

»Na, ihr Allgäuer habt ja auch ein Gemsen-Gen. Also trennen Sie sich, mein Lieber. Von Flora, Fauna und der Vogeldame. Die findet ein neues Opfer. Verfressenes Weib. Fahren Sie zur Bräuwastlhalle. Hurtig zu Tale, Weinzirl.«

Immerhin, einen halben Tag lang hatte er sich der schönen Illusion von Freizeit hingegeben. Immerhin hatte er einen Berg »bezwungen«, und nun würde er eben wieder absteigen ins Tal. Langsam würde er gehen, irgendwie nagte der Zahn der Zeit an seinen Knie. Tot war der Mann ja eh schon. Der würde warten können. Gerhard stopfte sich die Würstchen in den Mund, leerte das Weißbier auf ex und ließ seiner Freundin den Rest Brot da. Servus, Frau Häher!

Gerhard wählte eine Strecke, die sicher nicht die schnellste war, aber die schönste. Er fuhr nach Saulgrub und weiter bis zur Echelsbacher Brücke. Ein jähes Gefühl von Übelkeit überfiel ihn.

Dort war im Winter Karl Laberbauer in den Tod gesprungen. Vor seinen Augen. Sein erster Fall im Oberland war das gewesen – mit grauenvollem Ausgang.

Einmal mehr dachte er, dass der Tod in so einer schönen Landschaft noch viel störender war als auf einem Hinterhof in New York. Auch wenn er es nicht zugeben würde, er sah sich CSI an und Tatort. Am liebsten den mit Lena Odenthal in Ludwigshafen. Klar, in solch einer Stadt, wo solch ein Dialekt gesprochen wurde, da musste man morden. Aber hier?

Er fuhr hinauf nach Schönberg, wo der Ausblick einfach unverschämt schön war, und weiter nach Böbing. Beim Haslacher holte er sich erst eine Leberkassemmel. Man wusste ja nie, wann es heute noch mal was zu essen geben würde. Langsam kurvte er von Böbing hinunter. Eine männliche Leiche in der Bräuwastlhalle. Das war doch dieser Tanzpalast, der an eine große Zeit in Peißenberg anknüpfen wollte. Eine Zeit rauschender Ballnächte. Baier hatte davon erzählt und davon, dass Ende der siebziger Jahre noch einer, der legendäre Starclub nämlich, so berühmt gewesen war, dass die Leute bis aus München herausgepilgert waren. Große Zeiten in Peißenberg, für ihn kaum vorstellbar.

Peißenbergs heutiges Nachtleben gipfelte in Absinth trinkenden Kids im Sudhaus. Aber nun hatte für die ältere Generation ja diese Bräuwastlhalle wieder eröffnet. Nachdem sie jahrelang vor sich hin marodiert hatte. Die Scheiben waren eingeschlagen. Das ganze Haus war lange Zeit ein baulicher Pflegefall gewesen. Gerhard war seit der Wiedereröffnung noch nie drin gewesen. Warum auch? Mit wem auch?

Ein Polizeiauto stand vor der Treppe. Die Kollegin Melanie Kienberger stand daneben und kam ihm entgegen.

»Die sind in der Bar. Das ist ganz oben.«

Gerhard stieg die Treppe hinauf und fühlte sich augenblicklich einfach königlich. Es gab Treppenläufer und mit royalblauem Samt bezogene Goldsessel. Himmel, was war das denn? In einem der Sessel lümmelte Kollege Felix Steigenberger und grinste.

»Ich sichere die Treppe!«

»Ja, das kannst du auch im Stehen tun!«, ranzte Gerhard ihn an.

Dann betrat er die Bar. Am Boden knieten die Notärztin Sandra Feistl und Peter Baier. Baier kam ächzend hoch.

»Herrschaft Zeiten, meine Knie!«

Gerhard zwinkerte Sandy zu und klopfte Baier auf die Schulter: »Baier, Ihr jungdynamischer Körper wird doch keine Ausfallerscheinungen zeigen?«

»Doch, aber mein Hirn geht noch ganz gut. Und der ist mausetot.« Er machte eine Kopfbewegung in Richtung der Leiche.

Gerhard sah genau hin. Direkt vor seinen Füßen lag ein Mann auf dem Rücken, eine Platzwunde an der Stirn. Tot, ja mausetot. Gerhard hob den Kopf und ließ den Blick schweifen. Die Bar also? Der Schloss-Neuschwanstein-Aufgang hatte ihn geradewegs unters Dach geführt, in einen Raum, der entfernt an eine Tiroler

Stube aus dem Zillertal gemahnte. Das Interieur war augenscheinlich von jemandem gestaltet, der kühne Stilbrüche nicht scheute. Zillerisches Holz, italienisierende Lampen und mannigfaltige Dekoobjekte: ein Strohhuhn, ein Männle mit der Steinschleuder, eine schauerliche Laterne und so weiter. Ja, neutral formuliert: kühn. Die Bar ging in eine Empore über, von der aus man in den Saal blicken konnte, teilweise zumindest, denn ein Tiroler Dach lag im Blickfeld, ein Dach, das die untere Bar hölzern behütete.

Interessant war hoch oben im Dachdreieck eine Art Maisonette-Hochsitz. Dort standen rotpolstrige Sitzmöbel, kleine ebenfalls ganz goldige Kumpels der royalen Freunde da im Treppenaufgang. Hinauf führte ein Art Hühnerleiter.

»Ist er da runtergefallen?«

»Vielleicht gefallen worden. Einer hat ihm sein Stativ auf die Denkerstirn gehauen. An der Wunde ist er aber sicher nicht gestorben. Das ist bloß eine oberflächliche Wunde, die maximal genäht hätte werden müssen. Er starb am Sturz. Hat sich das Genick gebrochen«, sagte Sandra.

»Unfall mit Todesfolge?«, fragte Gerhard in Baiers Richtung.

Der zuckte mit den Schultern. »Warten wir die Gerichtsmedizin ab. Könnte natürlich so gewesen sein. Streit, einer haut mit dem Stativ um sich, der andere stolpert und fällt. Könnte aber auch gstoßen worden sein. Werden wir erfahren.«

Gerhard nickte. »Stativ auf die Stirn? Wieso eigentlich ein Stativ?«

Baier machte eine unwirsche Handbewegung in Richtung eines Mannes. »Herr Putzer, erzählen Sie uns doch bitte, was hier los war. Und vielleicht so, dass wir uns einen Reim darauf machen können.«

Der Mann sah verzweifelt aus, nein, er war verzweifelt. Seine ganze Körperhaltung war Verzweiflung. Er war der Besitzer des Petersdoms, Peter Putzer, der Mann, der sich durch den Landkreis tanzte. Sein Erfolg strafte die Lügen, die geunkt hatten, dass der gepflegte Gesellschaftstanz längst ausgestorben war. Nein, das hatte Gerhard gelesen, in der Bräuwastlhalle war wieder was los. Jetzt erst recht. Hier war ein Mörder los!

»Ach Gott!« Putzer riss die Handfläche an die Stirn. Ja, der

Mann war Fleisch und Blut gewordene Bewegung und Theatralik. »Der Lutz …«

»Lutz?«, unterbrach ihn Gerhard.

»Lutz Lepaysan ist Gesellschaftsfotograf. Er hatte die Bar in den letzten Tage für ein Shooting benutzt. Wir haben ja vor allem am Wochenende geöffnet, und da hab ich ihm die Bar überlassen. Er fand die Location so stimmig, das Setting einfach perfekt für seine Bedürfnisse.«

Gerhard schickte einen Blick zu Lutz Lepaysan hinüber. Er war teuer gekleidet, zu affektiert für Gerhards Geschmack, und selbst im Tod sah er mit dem gegelten Haar aus wie ein Dandy, der leider nie den Stil eines Dorian Gray erreicht hatte. Soso, für Lepaysans Bedürfnisse. Nun ja, jetzt brauchte der sich über Bedürfnisse keine Gedanken mehr zu machen.

»Und was waren seine Bedürfnisse?«, fragte Gerhard.

»Nun, er war ein Stilist, er hatte das Auge. Er war …«

»Was hat er hier fotografiert?« Gerhard hätte was drum gegeben, einen Landwirt oder einen Bauhofmitarbeiter zu befragen. Menschen, die nur ja oder nein sagten und in kurzen Sätzen sprachen. Menschen, die sich von Fremdwörtern fern hielten. Letztes Jahr schon diese ganze komplizierte Schnitzer- und Passionsspielmeute da in Oberammergau und jetzt ein Stilist auf der Location.

»Nun, ähm, Mädchen … junge Frauen …«

»Und die waren wahrscheinlich ziemlich nackt, oder?« Gesellschaftsfotograf, ja, so konnte man es auch formulieren. Gerhard sandte einen vorsichtigen Blick zu Baier hinüber, der zu Boden sah. Gerhard kannte ihn inzwischen gut genug, um zu wissen, dass er ein allzu deutliches Grinsen verbarg.

»Ja, aber wie gesagt. Ein Stilist, sehr stilsicher. Kein Dreck. Warten Sie, ich hole Ihnen mal den Kalender von diesem Jahr.«

Putzer nestelte hinter der Theke und förderte einen Kalender zutage. Ordentlich war der richtige Monat aufgeschlagen. Das Fräulein Juni war blond und sicher eine sehr gute Kundin im Solarium. Sie stemmte ihre Oberweite hoch, um die Taille hatte sie einen Schwimmreifen und stand mit weit gespreizten Beinen in einem Kinderplanschbecken, in dem Plastikfischchen schwammen. Solche für die Badewanne. Nun ja, der Pirelli-Kalender war das nicht gerade. Gerhard sah sich den Aufkleber im oberen Eck an. Aha, überreicht von einer Peißenberger Firma. Er stutzte. Das war ja ein Kalender vom Blauauge, einem Geschäftsmann aus Peißenberg, den Gerhard aus seiner Stammkneipe kannte. Den er bei sich als Blauauge bezeichnete, wegen seiner himmlischen Guckerchen.

»Den haben Sie von einer Hydraulikfirma hier am Ort?«

»Ja, aber das hat nichts zu sagen. Lutz hat die Kalender vollendet und vertrieben, und viele Firmen machen dann ihr Label drauf. Das kommt als Weihnachtsgeschenk sehr gut an«, beeilte sich Putzer zu sagen.

Gerhard schaute sich die üppigen Brüste von Fräulein Juni nochmals an. Doch, das konnte er sich vorstellen.

»Und was hat er hier nun genau fotografiert?«

»Lutz hatte immer ein bestimmtes Thema. Jedes Jahr ein neues. Das letzte war Meer und Mehr. Das neue Thema hieß Leben auf dem Lande. Mädchen im Dirndl, in Lederhosen, na, Sie wissen schon.«

Ja, auch das konnte sich Gerhard vorstellen. Jene Landhaus-Miniaturdirndl, die das Dekolleté hochpressten und das Schamhaar nur unzureichend bedeckten. Oktoberfest-Outfit in der Hardcore-Variante. »Und das Shooting war gestern?«

»Ja, teilweise gestern und die Tage zuvor.«

»Und Sie haben nicht überwacht, wann Lutz Lepaysan mit seinen Dirndln das Haus wieder verlassen hat?«, fragte Gerhard.

»Eben nicht, das ging ja bis in die Nacht hinein. Ich musste gehen. Da habe ich ihn einfach gebeten, abzusperren und mir den Schlüssel heute zu bringen«, sagte Putzer.

»Ach, Sie waren auch da?«

»Ja, ich wollte den künstlerischen Prozess mal mitverfolgen. Sehr interessant.« Putzer machte eine affektierte Handbewegung.

Baier gab ein Schnauben von sich, das wie ein unterdrückter Niesanfall eines Rhinozerosses klang.

»Und wann genau sind Sie gegangen?«, fragte er.

»Gegen halb zwei, Lutz wollte das Shooting auch bald danach zu einem Abschluss bringen.«

»War sonst noch wer da?«, fragte Baier.

»Ähm, ja, ein paar Freunde waren immer mal wieder da.«

Gerhard grinste Baier an. »Und natürlich können Sie uns genau aufschreiben, wer das so war. Vielleicht sogar einen, der noch geblieben ist, nachdem Sie weggegangen sind. Das wäre insofern auch recht interessant, als Sie ein Alibi brauchen.«

»Ich? Meine Herren! Wieso denn ein Alibi?« Er schrie regelrecht.

»Weil es doch nicht direkt unwahrscheinlich ist, dass der Letzte nicht bloß das Licht ausgemacht hat, sondern Ihrem Stilisten Lepaysan Selbiges auch ausgeblasen hat. Also eine Liste, und wenn Sie was über die Damen wissen, bitte auch deren Namen«, sagte Gerhard.

Baier mischte sich ein. »Hat der Lepaysan auch 'ne Adresse?«

»Ja, er hat ein Arbeitsatelier in Seeshaupt und ein Appartement in St. Heinrich.« Putzer nannte beide Adressen.

Baier schüttelte noch den Kopf, als sie die Treppe wieder hinuntergingen. Sein Blick streifte die Möbel. »Herrschaft Zeiten.«

Baier überließ Gerhard das Fahren, gab nur kurze und knappe Anweisungen, wo es langgehen sollte. Baier liebte seine Schleichwege, der heutige führte über Etting nach Eberfing und auf kurvigen Sträßchen hinein in den Wald. Gerhard war angespannt, so wie er das immer war, wenn ein neuer Fall noch voller Rätsel vor ihm lag. Konzentriert und angespannt. Kurz vor Seeshaupt bekam Baier die Zähne wieder auseinander.

»Schlossgaststätte Hohenberg, vergessen Sie's am Wochenende, aber wochentags ohne depperte Münchner ein nettes Platzl.«

So sah das Anwesen auch aus, nur hatte der verregnete Sommer Biergärten bisher wahrlich nicht verwöhnt. Baiers Routenwahl führte sie gleich am Ortseingang in die Untere Flurstraße zu einem modernen Haus.

Die Eingangstür stand offen, sie stiegen ins Obergeschoss hinauf. Die Tür zum Atelier von Lepaysan war offensichtlich aufgebrochen worden. Der Raum hatte was von einer gläsernen Kathedrale. Im rechten Seitenschiff war eine Liegelümmellandschaft mit Polstern in Tigerfelloptik aufgebaut, davor standen Kameras und Strahler. Im Hauptschiff gab es eine offene Küche, mit Konferenztisch und drei Leuchttischen, im linken Seitenschiff reihten sich Metallschränke an den Wänden und Schreibtische mit Computern. Dort, wo eine Sakristei hingehörte, befanden sich zwei offene Türen. Sie führten in ein Bad, einen Raum mit einem ungemachten Bett und einer Dunkelkammer.

»Herrschaft Zeiten«, kam es von Baier und »Himmel no amoal« von Gerhard. Gerhard hatte sich nie darüber Gedanken gemacht, wie es bei einem Gesellschaftsfotografen aussah – Künstler galten ja gerne mal als etwas chaotisch –, aber ein solches Katastrophengebiet hatte er schon lange nicht mehr gesehen. An den Wänden standen große metallische Dia-Schränke, deren Schubladen alle herausgerissen waren, und die Dias waren über den gesamten Boden verteilt. Rund um die Leuchttische ringelten sich Negativstreifen und türmten sich Diaberge.

»Da war schon einer hier«, sagte Baier lakonisch und arbeitete sich mit zierlichen Schuhspitzenkicks, um auf kein Dia zu treten, durch den Raum. Ein Rhinozeros beim Spitzentanz. Er war in der Dunkelkammer angelangt und nur gedämpft zu hören.

»Hier hängen Schwarz-Weiß-Abzüge von Vorspeisen, Salaten, Krabbencocktails. Die hat niemand angerührt.« Baier trippelte retour.

»Hier hat jemand was gesucht. Das ist klar«, sagte Gerhard und betrachtete kopfschüttelnd das Chaos.

»Herrschaft Zeiten, Weinzirl. Das ist, ist, ist …«

»… die Nadel im Heuhaufen, der Tropfen im weiten Meer«, kam es von der Tür. Die beiden Männer fuhren herum. Da stand Evi. Caprihose in Apfelgrün, geringeltes Top in ebenfalls apfeligen Farben, Flip-Flops, neckisches kleines Pferdeschwänzchen, braun gebrannt, das blühende Leben.

Die beiden Männer starrten sie an. Zwei Rhinozerosse, die erstmals einer Elfe, oder zwei dumme Affen, die erstmals Janes ansichtig wurden.

»Du wolltest mich am Flughafen abholen«, sagte Evi in Gerhards Richtung und schickte ein »Grüß Gott, Herr Baier« hinterher.

Gerhard entfuhr ein »Scheiße«. Er hatte Evi abholen wollen, die aus Sardinien angekommen war, die offiziell ab morgen ein

Mitglied der Polizeiinspektion in Weilheim war. Evi, die er in Kempten schließlich abgeworben hatte. Weil er ohne sie und ihr magisches Computerwissen nicht überleben konnte. Evi, seine kluge und hübsche Kollegin, die Frau mit dem Italienspleen. Evi, die ihre Kisten in der neuen Wohnung in Weilheim abgeladen hatte und erst mal entflogen war. »Ohne einen anständigen Urlaub vorher kann ich dich nicht ertragen«, hatte sie noch lachend gesagt. Drum war das Mädel auch so sommerlich gewandet, denn das bayerische Regenwetter forderte vehement Winterpullis und Friesennerz.

Baier war ihr durch die Dias entgegengetrippelt und machte so was wie eine angedeutete Verbeugung.

»Liebe Kollegin, fragen Sie das nächste Mal für ein Taxi lieber mich. Herrschaft Zeiten, die Frau Evi Straßgütl. Willkommen. So, und was sagen Sie jetzt dazu?«

Das war er, der gute alte Baier. Er hielt sich nicht lange auf.

»Jemand hat was gesucht. Etwas, was der Fotograf wohl besser nicht fotografiert hätte, oder?«

»Wie kommst du eigentlich hierher?«, fiel Gerhard ein.

»Stell dir vor, mit dem Zug bis Weilheim, und dann hat mich ein netter Kollege hergefahren und mich so weit informiert, dass ihr 'nen toten Fotografen in irgendeinem Tanzpalast gefunden habt und nun sein Atelier aufsucht. So einfach ist das Leben, Gerhard, mein Lieber!«

Ach, wie hatte er diese Frau vermisst. Ihre schnippischen Bemerkungen, ihre klugen Gedanken, die einem zweifellos sehr hübschen Köpfchen entsprangen.

»Und genau das ist die sprichwörtliche Nadel im Heuhaufen.« Evi ließ sich von Gerhard nicht ablenken. »Wir müssen diese ganzen Dias seinen diversen Projekten zuordnen, und das ist ja sicher nur der analoge Teil.«

»Der was?«

»Der Mann hat sicher analog und digital fotografiert.« Evi sagte das betont langsam und so, als spräche sie zu zwei Taubstummen, die von den Lippen ablesen müssen.

Angesichts des paralysierten Rhinoblicks der Herren fing Evi nochmals von vorne an. Wieder sehr langsam.

»Analog bedeutet, dass er Abzüge – weißt du, Gerhard, so wie im Familienalbum, gelle – oder Dias gemacht hat. Digital, das sind diese kleinen Kistchen, die fast alle Menschen auf Armeslänge vom Auge weghalten und mit denen sie jeden Scheiß fotografieren. Profis haben längst sehr teure digitale Spiegelreflex-Kameras, die bearbeiten ihre Bilder dann am PC und brennen sie schließlich auf CD. Ergo hat der hier sicher auch einen oder mehrere Computer. Capisci?« Evi sah sich im Raum um. »Aha.« Sie machte sich auf ins Seitenschiff und setzte die Computer in Gang. Während die hochliefen, fragte Evi: »Was hat er denn fotografiert?«

»Mädels und Vorspeisen.«

Evi runzelte die Stirn, während Baier zum Handy griff.

»Greinau, kannten Sie einen Lutz Lepaysan?« Baier hörte eine Weile zu, knurrte ab und an ein »Aha« und legte schließlich auf.

»Das war Erasmus Greinau, Tagblatt-Fotograf, Zeitung hier am Ort. Kennt den Lepaysan«, sagte Baier in Evis Richtung.

»Und?«

»Also Greinau sagt, der sei vielseitig gewesen, der Lepaysan. Hauptsache, es hätte Geld gebracht. Hat als Zeitungsfotograf in Starnberg angefangen. War wohl der, der auch mal in den Krankenwagen zum Schwerverletzten reingesprungen ist und draufgehalten hat. War dann Promi-Fotograf in München und arbeitet seit fünf Jahren in Seeshaupt. Was die wenigsten wüssten, sagt Greinau. Er fotografiert auch Still Life und Food.« Baier schaute wieder ziemlich ratlos, und seine englische Aussprache war wirklich abenteuerlich. »Schtill Löf und Futt.«

»Still Life und Food, ja, das ist ziemlich schwierig. Also unbewegte Objekte und Essen. Vor allem Essen. Die Ausleuchtung ist die Hölle. Das Zeug wird teils glasiert und präpariert. Wer das beherrscht, gehört wirklich zur Crème der Fotografie«, sagte Evi.

»Werte Kollegin, ich verbeuge mich vor Ihrem Wissen«, sagte Baier lächelnd.

»Meine Eltern haben ein Fotogeschäft in Neustadt an der Aisch«, sagte Evi und wandte sich den Computern zu. »Während ich jetzt mal versuche, einen Überblick zu gewinnen, wäre es gut, wenn jemand die Dias sortieren könnte. Vielleicht kann man sie diversen Projekten zuordnen.«

Baier griff erneut zum Telefon. »Steigenberger und Kienberger hierher. Die Spurensicherung auch!« Dann wandte er sich an Gerhard. »Weinzirl, Sie sind jung. Walten Sie Ihres Amts. Nichts für meine Knie.« Ungerührt ging er zum Konferenztisch und ließ sich auf einem Stuhl nieder. Auf dem blieb er auch sitzen, als später die verzweifelte Spurensicherung versuchte, Fingerabdrücke an Schubladen, Computern und Leuchttischen zu nehmen.

»Das sind Hunderte«, stöhnte einer.

»Ja, und einer davon kann vom Mörder stammen. Wenn's Ihnen nicht passt, suchen Sie sich einen neuen Job«, raunzte Baier. Er saß da wie ein Buddha, während die Kollegen auf dem Boden robbten und mit der Nasenspitze bis an seine braunen abgewetzten Schuhe stießen. Nach gut zwei Stunden schließlich waren Turmbauten auf dem Leuchttisch entstanden, und Evi kreiselte mit dem Drehstuhl mehrfach um ihre Achse. »So ...«

»Wer will zuerst?«, fragte Gerhard.

Evi machte eine generöse Handbewegung in seine Richtung. »Beginnen wir doch analog.«

»Wir haben«, Gerhard nickte Melanie Kienberger und Felix Steigenberger zu, »diverse Projekte: eine ganze Serie von Mädels, anscheinend seine Kalender der letzten Jahre. Die Themen waren, wie wir ja schon wissen, Landhaus, Meer und Mehr, 2004 hatten wir Robin Hood ...« Gerhard grinste Felix an, der ganz gläserne Augen hatte.

»Ja, 2003 waren es Wikingerhelme und Fellfetzen, und 2002 hingen die Damen über den Stangen von Mountainbikes. Widerlich!«, wetterte Melanie.

»Nun, Schönheit liegt im Auge des Betrachters.« Gerhard sah zu Boden, seine Schultern zuckten leicht vom unterdrückten Lachen. »Dann hat er wohl tatsächlich Vorspeisen für einen noblen Kochbuchverlag fotografiert und Autoteile für Bosch. Das war's. Bei dir, Evi, mein digitales Zuckerschnäuzchen?«

»Tja, Verzeichnisse mit ebenjenen Projekten gibt es hier auch. Er hat, wie ich erwartet habe, vieles doppelt fotografiert: analog und digital.«

»Schön, und wo ist das Motiv? Hat die Emanzenriege Front gegen die Bilder gemacht? Haben streitbare Damen wie Melanie seine Kunst auf ihre ganz spezielle Weise zensiert?«, fragte Gerhard.

Melanie streckte ihm die Zunge raus.

»Frau Kienberger hat schon Recht. Ich finde das Zeug auch widerlich. Es ist schlecht. Entschuldigung, aber lassen wir das. Interessant ist etwas ganz anderes: Er hat auch noch andere Sachen fotografiert. Menschen vor allem. Szenen, die mir alle nichts sagen. Teilweise sehr schlechte Bilder. Nachts ohne Blitz, so stark gezoomt, dass er es nicht mehr halten konnte.«

»Paparazzifotos?«, fragte Melanie.

»Was für Dinger?« Baier kippte seinen Stuhl auf die Kante.

»Nun, Fotos ohne das Wissen und Einverständnis desjenigen, der abgelichtet wird«, erklärte Evi.

»So wie bei Prinz Charles? Oder diesen anderen Adels-Inzucht-Schwuchteln?«

»Ja, wobei diese Leute mir nicht prominent vorkommen. Aber vielleicht sagen sie euch was. Lasst mich vorher noch was erzählen. Jemand hat beide Computer hochgefahren, und jemand war hier dran. Das ist ersichtlich.«

»Ha, also doch die Emanzenfront!«

»Ach Gerhard, du Haubentaucher! Ich denke eher, der Besucher oder von mir aus die Besucherin stand mit Computern ebenso wie du auf Kriegsfuß.« Evi überlegte kurz. »Oder er hatte doch mehr Ahnung als du. Bei dir beißt es ja schon beim Hochfahren aus. Unser Freund oder unsere Freundin hat vielleicht nicht bemerkt, dass Lepaysan diese Daten alle auf einer externen Festplatte abgespeichert hatte. Er hat die Archive und den Pfad auch etwas krude benannt, man kommt wirklich nicht gleich drauf.«

»Pfad?« Gerhard schaute dümmlich.

»Egal, es war auf jeden Fall schwierig, auf diese externen Festplatten zuzugreifen«, sagte Evi und lachte ihn eindeutig aus, nicht an.

»Liebe Frau Kollegin«, Baiers Stuhl donnerte wieder in Normalposition. »Sie wissen ja seit unserer letzten Zusammenarbeit, dass ich ein noch größerer Computerlapp bin als Weinzirl. Darf ich mal zusammenfassen, ob ich alter Depp das verstanden habe? Hier dringt einer ein, sucht etwas, was der Lepaysan gegen ihn verwenden könnte. Bei den Dias findet er nix, im Computer auch nicht. Weil das, was er sucht, auf einer externen Festplatte ist.« Er sprach Festplatte wie den Namen einer ansteckenden Krankheit aus.

»Moment«, warf Gerhard ein. »Wir wissen nicht, ob bei den Dias etwas dabei war. Vielleicht hat er was gefunden und dann mitgenommen.«

»Gut gebrüllt, Weinzirl, aber lassen wir das momentan mal weg. Wenn der geheime Fotos gemacht hat, wie Frau Straßgütl annimmt, dann wird er kaum mit zwei Kameras fotografiert haben. Scheint ja mit einer schon schwierig zu sein. Liebe Frau Straßgütl, stimmen Sie meiner Hypothese zu?« Baier saß aufrecht auf dem Stuhl und war voller Jagdeifer.

»Ja, und womöglich kommt ja Licht ins Dunkel, wenn ihr euch die Szenen mal anschaut. Ich zeige euch mal, was wir da haben«, bot Evi an.

Sie versammelten sich vor dem Bildschirm. Es war eine Sequenz zu sehen, bei der ein Kühllaster in einer Hofeinfahrt stand. Ein Mann entlud eine Plastikkiste. Das Kennzeichen und die Landeskennung waren deutlich zu sehen. DK. Der Laster stammte aus Dänemark. In anderen Einstellungen konnte man ins Innere des Wagens blicken, Wurst und Käse waren da gelagert. Und noch ein Bild: Ein anderer Mann gab dem Lastwagenfahrer die Hand. Der Mann war nur im Profil zu sehen und hatte eine Baseballmütze auf. Und da war noch ein Detail: Im Hintergrund war verschwommen das Schild »Bioland« zu erkennen.

»Herrschaft Zeiten!« und »Sakra!«, kam es von den Herren.

Evi verzog den Mund. »Ich würde sagen, da bescheißt der gute Direktvermarkter mit seinen guten biologischen Ökoprodukten die Konsumenten. Dänischer Fabrikkäse made in Pfaffenwinkel. Wisst ihr, wer das ist?«

»Nein, aber das finden wir raus! Weiter, was haben wir noch?« Baier war richtig aufgeregt.

Evi fuhrwerkte ein bisschen im Nikon-View, und dann kam das Bild: Ein Mann überreichte einem anderen Mann einen Umschlag. Dann ein Bild, auf dem das Geld augenscheinlich gezählt wurde. Dann einer der Männer, der einer alten buckligen Dame den gleichen Umschlag in die Hand drückte. Die aufgefächerten Scheine waren deutlich zu sehen. Im Hintergrund stand ein schwarzer Ziegenbock. Dieses Bild war im Gegensatz zu den anderen gestochen scharf.

»Der lächelt wie ein falscher Funfzger«, sagte Melanie.

»Und die Frau sieht ein bisschen grenzdebil aus«, fügte Gerhard hinzu. Er stutzte. »Ist das nicht der, der, der Bürgermeister von, von …? Den kenn ich doch.«

»Ja, genau der!« Baier war aufgesprungen und hieb auf die Tischplatte. »Und das ist Annemirl Tafertshofer. Er hat ihr den alten Hof abgeschwatzt. Der Enkel läuft Amok. Der Preis war viel zu gering. Ging durch die Presse. Aber was zahlt er denn hier? Schwarzgeld? Und was kriegt er? Schmiergeld? Herrschaft Zeiten! Weiter, Frau Straßgütl.«

Wieder ein Mann. So ein Schicker. Er hatte eine kleine Tube Sekundenkleber in der Hand und war dabei, etwas Undefinierbares zusammenzukleben.

Alle starrten verständnislos auf den Bildschirm, bis Baier plötzlich loslachte. Er lachte, er brüllte, er japste nach Luft.

»Ich hab's mir immer gedacht, immer!« Baier bekam einen Hustenanfall vor lauter Lachen. Gerhard hieb ihm kräftig auf den Rücken.

Es verging noch geraume Zeit, bis Baier sich beruhigt und seine Tränen getrocknet hatte.

»Leute, den kennt ihr auch! Verkauft eigentlich Landmaschinen und ist ein bekannter Gourmet. Die Zeitung berichtet immer, wenn er mal wieder im Piemont einen Riesentrüffel aufgetrieben hat. Aber die sind gar nicht riesig. Der pappt die zusammen!«

Baier begann wieder zu lachen, und nach und nach stimmten die anderen ein. Als sie sich alle wieder einigermaßen beruhigt hatten, fragte Baier: »War's das, Frau Straßgütl?«

Evi schüttelte den Kopf. »Nein, ich hab noch was, das sind die jüngsten Aufnahmen.«

Die zeigten die Location des letzten Shootings. Das Zillertal unterm Dach. Und nebst den ländlichen Models waren da einige Herren zu sehen, die wohl den Damen die Pausen zwischen den Shootings angenehmer machten. Wo die Herren ihre Hände hatten, das war grenzwertig. Zumindest so coram publico. Eine Aufnahme war besonders erlesen: Oben auf den roten Sesselchen unter dem Dach saß ein Mann, hatte ein Mädel auf dem Schoß und die Finger da, wo sie nun wirklich nicht hingehörten.

»Ich kenn den«, sagte Gerhard. »Sitzt der nicht öfter bei Toni?«

»Ja. Bekannter Weilheimer. Sebastian Schmoll, Versicherungsmakler, hochdramatische Südamerikanerin zur Frau, die geht ab wie 'ne Rakete. Drei kleine Kinder zu Hause und sie todeseifersüchtig. Wenn die das in die Finger bekommt. Oh, là, là!«, sagte Baier.

»Oder sie hat es schon in die Finger bekommen?«, mutmaßte Gerhard.

»Dann gnade ihm Gott! *Esta mujer es una furia.*« Weil Felix Steigenberger so verständnislos schaute, sagte Baier: »Das war Spanisch. Das sprech ich nämlich. Wegen Kuba.«

Das erklärte Felix zwar immer noch nichts, aber Gerhard, der wusste, dass der erstaunliche Baier ein großer Kuba-Verehrer war und eine erlesene Sammlung von Zigarren und Rum besaß. Die er gleich neben seiner ebenso beachtlichen Bierkrugsammlung in seinem Kellerstüberl aufbewahrte. Baier war ein Phänomen. Für Männer fand er kaum Worte, komplizierte Sachverhalte dampfte er aufs Notwendigste ein, sodass man sie verstehen konnte. Damen erfuhren stets mehr Respekt, ihnen gönnte er ganze Sätze. Und ein »gnädige Frau«. So wie bei Evi. Und nun konnte er sogar Spanisch.

»So, Herrschaften! Habts Hunger?«, fragte Baier unvermittelt.

Kopfnicken.

»Dann machen wir 'ne Pause und ...«

»... rekapitulieren«, ergänzte Evi.

»Genau. Weinzirl, wohin?«

»Na, ich bin ja hier am wenigsten der Einheimische. Entscheiden Sie, Baier.«

»Na, ins Café Hirn oder was davon übrig ist. Muss die Alex mal wieder begrüßen. Und für Frau Straßgütl gibt's einen Willkommensschluck, Prosecco. Trinken Sie so was?«

»Ab und zu.«

»Na dann.«

Sie installierten sich im ehemaligen Café Hirn, dessen zeitgeistigen Namen »Wein & Sein« Baier sich geflissentlich weigerte zu benutzen, am hohen Fenstertisch. Baier hievte sich auf den Stuhl und maulte wegen seiner Knie.

»Baier, wo zwickt's?«, fragte eine kräftige Stimme. Baier nahm fast so was wie Haltung an.

»Alex, meine Beste, nirgendwo, wenn ich dich erblicke.«

»Du Lapp!« Sie hieb ihm auf die Schulter, dass der Tisch erzitterte, und dann begann eine polternde Konversation, die darin bestand, dass die beiden sich Namen um die Ohren hauten, Anekdoten und G'schichterl von Leuten, die Gerhard nun wirklich gar nichts sagten. Geschickt kratzte Baier irgendwann mal die Kurve zu Lutz Lepaysan.

»Unser Porno-Kini? Hat hier fast immer zu Mittag gespeist, der Depp der. Wenn du was über den wissen willst, musst du nach St. Heinrich.« Sie stutzte. »Wieso willst du was über den wissen? Ist er? Der ist doch nicht?«

»Ja, doch.«

»Na, kimm!«

»Doch, meine Beste.«

Sie atmete tief durch und sah kurz zur Seite. Das war's dann aber auch an Trauerarbeit.

»Zu Tode gekokst? Zu Tode gesoffen? Zu Tode gevögelt? Oder was?«

Evi gluckste. Alex lachte sie offen an.

»Du wärst was für den gewesen. So ein hübsches Vögelchen wie du. Mich hatte er da bis kürzlich nicht im Visier. Das ist der Vorteil, wenn man zu der Kategorie L und aufwärts gehört. Sie wissen schon. Und was glauben Sie? Kürzlich wollte er dann sogar mich für ein Shooting gewinnen. Er wollte eine Serie schießen. Starke Frauen ganz spitz.«

Nun gluckste Felix. Melanie sah eher so aus, als müsste sie kotzen. »Ja, mit Mädels wie du und ich. Entschuldige, aber du bist ja auch nicht gerade 'ne Elfe. Und das ganz spitz bezog sich auf Spitzenunterwäsche.«

»Na danke!«, sagte Melanie.

»Hab ich auch gesagt. Bisschen weniger höflich vielleicht. Hab ihn jetzt ein paar Tage nicht mehr gesehen, und nun hat ihn eine mit einem Spitzenstring erwürgt?«

»Nicht direkt, aber sein Tod steht außer Frage. Wie war das mit St. Heinrich? Sie sagten, wir müssten dorthin, um etwas über ihn zu erfahren. Wir waren schon in seinem Atelier.« Gerhard hatte beschlossen, allmählich mal auf den Fall zurückzukommen.

»Ja, servus. Dich kenn ich. Du warst um Weihnachten rum mal hier. Hast dir 'nen Wein empfehlen lassen. Hab gleich bemerkt, dass du ein Biertrinker bist.«

»Ich verbeuge mich vor ...« Gerhard beschloss, jetzt auch mal »du« zu sagen, »deiner Menschenkenntnis und deinem Erinnerungsvermögen. St. Heinrich?«

»Ach so, ja. Da hat er gewohnt. Allerdings war er da wohl sehr selten. Fahrt mal zum Fischer. Campingplatz und Strandbad. Die sind am dichtesten dran. Die sind sozusagen St. Heinrich.« Alex entschwand, die Getränke zu holen, servierte formvollendet und zog sich dezent zurück.

»Wuide Hummel«, sagte Baier und sprach einen Toast auf Evi aus. »Willkommen, jetzt ganz offiziell. Seit ich Sie kenne, weiß ich, dass Franken nicht bloß gute Bratwerschtla exportiert. Sondern auch kluge Frauen. Allmächt, Frau Straßgütl. So, und nun zu unserem Paparazzo. Was haben wir?«

»Mindestens vier Mordmotive! Keiner von den Fotografierten wird gewollt haben, dass das Bild an die Öffentlichkeit gelangt«, sagte Evi.

Sie fassten zusammen: ein Biobauer, der Ökoprodukte türkte. Ein dubioses Grundstücksgeschäft und ein Bürgermeister, der wohl geschmiert worden war. Einer, der Trüffel zusammenpappte. Ein treu sorgender Ehemann auf Abwegen.

»Wir müssen klären, ob Lepaysan diese Leute erpresst hat«, sagte Gerhard, »und dann eine Prioritätenliste aufstellen. Zuerst müssen wir Schmoll befragen, ich meine, seine Fotos wurden genau da geschossen, wo die Leiche gefunden wurde.«

»Na ja, den Trüffelkleber würde ich vielleicht außen vor lassen. Das ist ja lächerlich«, sagte Melanie.

»Mädchen, unterschätzen Sie nicht die Ehrpussligkeit der Menschen.« Baier schaute tiefsinnig. »Wir werden uns aufteilen, aber ich stimme Weinzirl zu. Der Schmoll hat Priorität.«

»Der Bürgermeister ist aber auch eine heiße Kiste«, wandte Evi ein.

»Durchaus. Hasse das! Sonst haben wir gar kein Motiv. Jetzt so viele, dass man den Mord vor lauter Motiven nicht mehr sieht. Pack mers.« Baier warf einen Geldschein auf den Tisch und krabbelte von seinem Hocker.

»Weinzirl, fahren wir mal nach St. Heinrich in die Privatwohnung. Vielleicht finden war da was, oder die Person Lepaysan kriegt mehr Fleisch auf die Rippen. Kienberger, Steigenberger, Sie befragen hier in der Bahnhofstraße Leute, ob jemand etwas Verdächtiges bemerkt hat. Jemanden gesehen, der in das Atelier eingedrungen ist. Ein Auto gehört hat.«

»Mir ist der zeitliche Ablauf nicht ganz klar«, sagte Evi. »Hat da einer zuerst den Lepaysan ermordet oder zuerst das Atelier durchsucht?«

»Gute Frage, Werteste. Weinzirl, was meinen Sie?«

»Versetzen wir uns mal in die Lage des potenziellen Mörders: Er wird erpresst mit den Abzügen der Bilder. Normalerweise wird er dann den Erpresser zur Rede stellen, es kommt womöglich zum Streit, er ermordet ihn. Der Mörder wird wissen, dass Lepaysan irgendwo noch Originale hat, und wird versuchen, diese zu vernichten. Damit der Verdacht nicht auf ihn fällt. Also erst der Mord, dann die Suche. Oder was denkt ihr?«

»Erscheint logisch«, sagte Baier, und Evi ergänzte: »Bloß hat er nichts gefunden, denn sonst hätte er die Bilder gelöscht, oder?«

»Weil er genauso ein Depp in Sachen Computer ist wie Weinzirl und ich.« Baier grinste.

»Dann muss der Mann aber momentan in ziemlicher Panik sein. Wird er nicht weiter versuchen, die Bilder zu finden?«, fragte Evi.

»Doch, drum müssen wir sein Atelier und seine Wohnung auch im Auge behalten. So, also Kienberger, Steigenberger, ab zum Klinkenputzen, und dann versuchen Sie rauszufinden, welcher Hofladen uns da mit dänischem Chemiekäse erfreut. Außerdem veranlassen, dass hier vermehrt Streife gefahren wird. Kann ja zurückkommen, der Mörder. Hat ja die Bilder noch nicht. Und Sie, werte Frau Straßgütl, gehen erst mal nach Hause und packen aus. Sie fangen erst am Montag offiziell an.«

»Aber ich stehe jederzeit zur Verfügung. Gerne«, sagte Evi diensteifrig.

»Sicher. Wenn's brennt, ruf ich an. Oder der Weinzirl. Pack mers, Weinzirl, nach St. Heinrich.«

Die Sonne war rausgekommen. Gerhard musste niesen und sah Evi nach. Baier hatte ebenfalls seinen Blick wohlwollend auf Evis hübsches Hinterteil gerichtet. Dieser Baier, der alte Schwerenöter. Kaum kam eine hübsche Frau ins Spiel, konnte der richtig parlieren. »Mit dänischem Chemiekäse erfreut ...« Na, das war doch für Baiers Verhältnisse schon pulitzerpreisverdächtig.

Gerhard trat aus Versehen in eine Wasserpfütze, und das kühle Nass schwappte in seine Turnschuhe. Er fluchte. Die Luftfeuchtigkeit war ungefähr so wie in Palenque in Mexiko. Da war er mal auf einer Trekkingtour gewesen und konnte sich nur erinnern, dass er ständig zum Auswringen nass gewesen war.

Von Westen her zog eine neue dunkle Wolkenwand heran. Die gekräuselte Oberfläche des Starnberger Sees, auf der tausend Lichtreflexe tanzten, gaukelte gerade noch Sommer vor. Das Licht war klar und die Farben so satt wie in Öl gemalt. Es war Sturmwarnung, und mit ihr kamen die Surfer, die unter einem Sechser erst gar nicht rausgingen. Auch das kannte Gerhard von früher, irgendwann mal in einer Urzeit, in der er Zeit für Urlaub und Surfen gehabt hatte. Damals, als der Alpsee endlich mal eine ordentliche Brise bekommen hatte. Damals ...

War das so was wie eine Alterserscheinung, wenn man »damals« mit Wehmut aussprach? Ein Damals, als alle Jungs auf Sängerin Sandra gestanden waren und Michael Cretu abgrundtief gehasst hatten. Als sie Stéphanie von Monaco verehrt hatten, sicher nicht wegen ihrer Sangeskunst. Später war es die kühle Schönheit Sade gewesen, die aus dem Schaub-Lorenz-Kassettenrekorder auf der Liegewiese am »Plastikstrand« am Niedersonthofener See gedudelt hatte. Surfen war er auch schon ewig nicht mehr gewesen, aber er schaffte es ja nicht mal leichenfrei, eine Opa-Wanderung auf das Hörnle zu vollenden.

Das Einzimmer-Appartement des Fotografen lag in einem schweinderlrosafarbenen Bau und war quasi unbewohnt. In einem futuristisch anmutenden Kleiderschrank aus Edelstahl und Glas gab es jede Menge edlen Zwirn, im Bad eine Armada von Herrendüften, Duschgels und Bodylotions, die alle ordentlich in ihren hübschen Pappschachteln aufgereiht waren, was Baier mit »widerlich« kommentierte. Eine Küche existierte gar nicht, nur eine Vitrine mit einigen Rosenthal-Tellern und teuren Riedel-Gläsern! Das Chrom-Bett war nicht mal bezogen, anscheinend pflegte Lepaysan im Atelier oder bei seinen Hasis zu nächtigen. Hier gab es keine Ecken und Winkel, Bilder zu verstecken.

»Weinzirl, gehen Sie doch mal zu den Nachbarn vom Campingplatz, ich befrage mal ein paar andere Leute im Haus, ob jemand was gehört hat, und setz mich dann zur Fischerrosl. Müssen ja nicht zu zweit da auftauchen. Mir ist's gerade nicht so ganz ...«

Normalerweise hätte Gerhard jetzt einen Spruch über die Faulheit der älteren Kollegen abgelassen, aber Baier gefiel ihm wirklich nicht. Er war sehr fahl im Gesicht und bewegte sich, als würde ihm das große Mühe bereiten.

»Schon gut«, sagte Gerhard und spürte einen Stich. War Baier ernsthaft krank? Er kannte den Mann noch gar nicht lange, aber jäh und ohne Vorwarnung fühlte er, wie sehr er ihn vermissen würde. Gerhard ging zum See hinunter, wo eine Frau in einem Kiosk werkelte. Gerhard stellte sich vor und fragte nach Lutz Lepaysan.

»Lutz Lepaysan! Dass ich nicht lache!«, rief sie entrüstet.

»Na ja, so komisch ist das nun auch wieder nicht, der Mann ist tot.«

Sie gab sich minder beeindruckt. »Tot? Von einer seiner Gespielinnen vergiftet?«

»Er wurde mit einem Stativ erschlagen«, sagte Gerhard.

»Ach! Na dann war es keine der Gespielinnen. Das waren alles magersüchtige Hungerhaken, all beseelt vom Willen, Heidi Klums nächstes Topmodel zu werden und in die Fußstapfen all jener zu treten, die bei einem Meter achtzig Größe ein Elefantengewicht von fünfzig Kilo mit sich herumschleppen.«

Die Frau, die etwa in Gerhards Alter war, war ja von kernigem Gemüt, dachte er amüsiert.

»Und Lepaysan hat diesen Mädels versprochen, er bringt sie groß raus? Wie in den schlechten C-Movies? So richtig alle Klischees aufeinander gepackt?«

Sie schaute ihn lange an und wurde nun ernst. »Sie sind sicher kein Depp. Dann wissen Sie, dass die Realität schlimmer ist als jedes Klischee. Es gibt doch immer und überall Mädels, die solche Versprechungen glauben. Vor allem in einer Welt, die Superstars am Fließband züchtet. Die Tochter einer Freundin von mir, ein paar Dörfer weiter den See rauf, war bei so einem Superstar-Quatsch dabei, und es hat meine Freundin Wochen gekostet, sie über die Zurückweisungen und den Spott hinwegzutrösten. Ein Leben ohne Kameras ist fast schon unwert. Ohne es irgendwie mal ins Fernsehen zu schaffen, bist du heute ein Molch, eine Kellerassel. Ludwig hat damit gespielt, der Sack.«

»Ludwig?« Gerhard war irritiert. Hieß der nicht Lutz?

»Der Mann war mit mir in der Schule. Als Ludwig Bauer.«

Gerhard stutzte.

»Ja, er hat sich französisiert. Sich selbst geadelt. Le Paysan, der Bauer. Aus Ludwig wurde Lutz. So einfach ist das mit den Künstlernamen.«

»Und Sie mochten weder Ludwig Bauer noch Lutz Lepaysan?«, fragte Gerhard lächelnd.

»Sie erahnen meine verstecktesten Gedanken. Das ist doch wohl offensichtlich. Er war damals schon ein Kotzbrocken! Er hat versucht, eine unserer Katzen zu ertränken. Hat sie immer wieder mit dem Stock ins Wasser geschoben. Dazu wie irre gelacht. Ein Sadist, schon als Kind. Das hab ich nie vergessen. Ich hab vieles vergessen, was müde macht und zermürbt. Aber das – komisch eigentlich –, das nie!«

Gerhard sagte nichts.

»Sie wollen wissen, wie es weitergeht? Er hat, glaub ich, tatsächlich in Frankreich studiert. Hat bei der SZ in Starnberg als Fotograf begonnen. Er war der, der bei Verkehrsunfällen das Tuch weggezogen und draufgehalten hat. Der in den Notarztwagen zu den Schwerverletzten ist und wild rumgeblitzt hat. Es gab wohl mal eine Szene, bei der der Notarzt ihm die Kameratasche ins Gesicht geschlagen hat. Schon wieder ein C-Movie-Klischee, werden Sie sagen.«

Gerhard schwieg immer noch, also fuhr sie fort: »Er hat dann umgeschwenkt auf Modeaufnahmen. Er hat aus seinem Elternhaus sein Atelier Pain et Jeux gemacht.«

»Was für ein Ding? Ich kann kein Französisch«, sagte Gerhard.

»Pain et Jeux, Brot und Spiele. So hieß seine Firma. Nicht unkreativ, er hat auch für Gastronomiezeitungen Gerichte fotografiert. Das Brot. Die Spiele waren dann wohl diese Kalender für irgendwelche Handwerkerfirmen. Wo Pin-ups ihre Titten über hydraulische Schläuche oder Automotoren oder sonst was halten oder sich in Booten räkeln. Im Licht der aufgehenden Sonne.« Sie schüttelte sich wie ein nasser Hund.

Gerhard dachte an Fräulein Juni und lächelte. »Mädels in Schwimmreifen und Booten also?«

»Ja, Mädels in Booten. Herzallerliebst. Mir auch völlig egal, im Prinzip. Aber es war auch unser Boot beteiligt!«

»Ihres?«

»Ja, dieser dreiste Widerling ist in aller Herrgottsfrühe in unser Bootshaus eingebrochen, hat das Boot genommen und sein Hasi inszeniert. Mit unseren Netzen und Reusen behängt. So 'ne Maximal-Pigmentierte.« Sie lachte.

»Eine was?«

»Na, eine Negerin, aber das darf man ja nicht sagen! Eine Maximal-Pigmentierte eben. Also jedenfalls, mein Vater und meine Schwester mussten ihm mal deutlich machen, dass das Hausfriedensbruch ist!«

»Das hätten Sie ihm doch auch durch Mord besonders deutlich machen können.« Gerhard versuchte, ernst zu klingen, aber er schluckte immer noch das Lachen über die Maximal-Pigmentierte runter.

Sie stutzte und lachte dann schallend. »Mord im Bootshaus, die Todesfischer von St. Heinrich, da sehe ich tolle Filmtitel vor meinem inneren Auge aufsteigen. Damit schaffen wir den Sprung vom C- zum B-Movie!«

»Warum nicht? Es wurde schon wegen weniger gemordet.« Gerhard versuchte, staatstragend zu klingen.

Sie wurde wieder ernst. »Sie dürfen mich und meine Familie gerne nach unseren Alibis fragen. Dazu müssten Sie mir allerdings verraten, wann Ludwig ums Leben gekommen ist.«

»Ja, das werde ich, wenn's nötig wird. Bis dahin aber danke für die Zeit, die Sie mir gewidmet haben. Ach ja, was wurde aus der Katze?«

»Welche Katze?«

»Na, die bedauernswerte aus Ihrer Kindheit.« Gerhard lächelte.

»Ich hab Ludwig einen Gabelbaum übergezogen. Er fiel ins Wasser. Die Katze hab ich rausgefischt.« Sie lächelte jetzt auch. »Und denken Sie jetzt bloß nicht, dass auf Gabelbaum ein Stativ folgen könnte.«

»Warum sollte ich das nicht denken?«, fragte Gerhard mit seinem Lausbuben-Blick, von dem er wusste, dass der bei Frauen gut ankam. Jahrelang war ihm das gar nicht aufgefallen. Heute, ja das gab er zu, setzte er ihn auch mal bewusst ein.

»Weil Sie sonst keine Pommes von mir kriegen!«

»Ach so, das ist ein Argument. Her mit den Pommes!«

Gerhard bekam eine Riesenportion und stopfte sie in Hochgeschwindigkeit in sich hinein und sagte mit vollem Mund: »Sagen Sie, ist Ihnen etwas aufgefallen an der Wohnung? Sind Autos in der Nacht vorgefahren, war Licht im Appartement?«

Sie lachte. »Der kam und ging immer zu den unmöglichsten Zeiten. Keine Ahnung, wann der zum letzten Mal da war.«

Der Wind hatte zugenommen, die nächste Regenfront würde folgen. Böen zerrten am Kiosk, eine Tafel, die all die knatschbunten Eissorten anpries, flog wie von Flügeln getragen Richtung See. Immer noch mit vollem Mund fragte Gerhard: »Die aus dem Boot, war das nur ein Model oder seine Freundin?«

»Ich bezweifle, dass der einer treu war, aber die Dame hatte zumindest ein längeres Verfallsdatum. Hab sie erst kürzlich mit ihm gesehen. Die fuhren mit dem Cabrio beim Buchscharner vor. Sie heißt Antonia Gröbl. Jetzt schlucken Sie doch erst mal!«

Gerhard schluckte. »Interessanter Name für 'ne Maximal-Pigmentierte.«

»Wurde adoptiert.«

»Und die war auch mit Ihnen in der Schule?«

»Nicht ganz, aber sie war die Tochter unseres Schuldirektors. Der Mann ist längst in Pension, aber er kommt ab und zu auf a Hoibe und Pommes vorbei. Die Tochter lebt in Murnau und arbeitet in Garmisch. Ist so was Normales wie Buchhändlerin und modelt nebenbei. Was die wohl von dem Ludwig wollte?«

»Ruhm, Reichtum, was alle Mädels wollen?«, mutmaßte Gerhard.

»Alle. Ich nicht. Wollte ich nie. Stellen Sie sich vor, wenn ich berühmt wäre! Da wär ich immer unter Beobachtung. Da rede ich heute mit Ihnen, und morgen stünde es in der tz. Schlimm!«

»Wegen mir?« Wieder der Lausbubenblick.

Sie häufte ihm noch eine gehörige Portion Pommes auf den Teller. »Wegen der tz, und die Buchhandlung ist gleich am Rathausplatz. Und ab und zu kauen und schlucken. Vorsicht!«

Gerhard konnte gerade noch seinen Pappteller retten, bevor ein Alu-Rollo herabdonnerte. Die Frau trat aus dem Kiosk.

»Schluss für den Moment. Muss den Kids was zum Essen machen. Außerdem geht hier gleich die Welt unter.«

Sie winkte ihm zu und ging energischen Schritts davon. Gerade rechtzeitig für sie, nicht für Gerhard. Bis er bei Baier in der Fischerrosl war, war er klatschnass, regennass und nicht bloß tropisch-feucht. Er berichtete Baier, der vor einem Weißbier saß und wieder etwas besser aussah. Die »Maximal-Pigmentierte« erfreute ihn so, dass er donnernd lachte.

»Die Dame sollten wir mal kontaktieren. Welche Buchhandlung?«

»Garmisch am Rathaus«, sagte Gerhard.

»Aha.« Baier ließ sich von der Auskunft eine Nummer geben. »Eine der ältesten Buchhandlungen in Bayern. Alter Freund von mir, der Senior. Den ruf ich an.«

Was Baier auch unverzüglich tat, um dann lange und launig mit jemandem am anderen Ende zu plaudern und schließlich aufzulegen. »Die Antonia arbeitet bei denen, hat allerdings seit Montag Urlaub und ist nach Paris geflogen, sagt mein alter Kumpel. Sie wird erst nächsten Montag wieder erwartet. Soll ein fleißiges Mädchen sein. Von den Modeljobs wusste mein Kumpel auch, sie hat das mit der Arbeitsstelle abgeklärt, ob sie was dazuverdienen dürfe.«

»Hmm«, machte Gerhard. »Sollen wir versuchen, sie über Handy zu erreichen?«

»Wozu? Besuchen wir morgen lieber erst mal all jene auf den Fotos. Die werden sich freuen.« Das war eine Drohung aus Baiers Mund. Eine Kampfansage.

Kaltenberg

Der heutige Mittwoch versprach ein angenehmer Tag zu werden. Jo, Dr. Johanna Kennerknecht, PR-Referentin, hatte keine Pressetermine, es regnete nicht. Die Ritter würden heute mal ein komplettes Training durchziehen können. Jo hatte Zeit, ein wenig zuzusehen, und wandte sich dem dramatischen Geschehen in der Arena zu.

Immer wieder stürzten die Ritter. Überschlugen sich. Jeder andere hätte sich das Genick gebrochen. Immer neue Sequenzen. Es ging Schlag auf Schlag. Stich auf Stich. Im Hintergrund reichten Helfer den Kämpfern die Lanzen an. Eine neue Paarung. Wie immer Schwarz gegen Weiß. Ein weißer Hengst, dessen Mähne in der Sonne wie Gold schimmerte, raste auf ein rabenschwarzes Pferd zu. Geblähte Nüstern, das Muskelspiel der Pferde. Es war so real.

Ja, sie hatte das so oft gesehen, und doch fieberte sie mit. Immer auf der Seite der Bösen. Auf der Seite der Schwarzen Ritter. Touché, der Ritter ging zu Boden, das Pferd sprengte weiter. Ein weiteres Paar bereitete sich vor. Die Ritter galoppierten los, und auf einmal stoppten sie. Beide, fast synchron. Es war, als wäre für Sekunden die Szene eingefroren, schockgefrostet. Dann ging Jos Blick dorthin, wo alle hinsahen.

Der Ritter am Boden bäumte sich auf, dann fiel er nach hinten. Eine seiner Eisenfäuste fuhr zu seiner Brust. Dann lag er still. Marco rannte durch den Sand. Ritter eilten herbei. Jo lief los. Als sie den Mann am Boden erreicht hatte, hatte ihm jemand das Lederwams geöffnet. Er blutete stark, Blut, das von überall zu kommen schien. Er stöhnte, seine Hand drückte gegen seine Bauchgegend. Hugo, der Typ, der den Schwarzen Ritter gab, war in den Arenasand gesunken und redete leise und wie hypnotisierend auf seinen Kollegen ein. Marco sprach in sein Handy. Er hatte bereits den Notarzt alarmiert. Seine Angaben waren klar und kühl. Er hieß die anderen Ritter, die Pferde zu versorgen.

»Lass keinen durch. Veranlass eine Absperrung«, sagte er zu Jo. Seine Stimme war eisenhart. Er war hochkonzentriert. Jo konnte nicht anders: Sie musste nochmals hinsehen. Rotes Blut tränkte den Arenasand.

Der Krankenwagen war nach zehn Minuten da, zehn endlosen Minuten, zehn Minuten Ewigkeit. Die Bewegungen der Ärzte waren schnell und präzise, wenig später landete ein Heli, rein mit der Trage, und der Heli entschwebte in einen dramatischen Himmel, über den die Wolken jagten.

Marco zog Jo zur Seite. »Die Polizei wird gleich da sein, das war ein Unfall. Solche Dinge passieren, ich möchte, dass wir jedes Aufsehen vermeiden.«

Jo schüttelte seine Hand ab, sie schrie ihn regelrecht an. »Was heißt, solche Dinge passieren? Das war eine echte Lanze! Das war ein Mordanschlag. Das kannst du doch nicht wie ein verschwundenes Pferd niederbügeln! Marco!«

Marco lächelte sie zwar an, aber sein Ton war knallhart. »Meine Schöne, ihr Frauen neigt zur Dramatik. Das bringt zwar eure Augen zum Leuchten, aber es trübt euren Verstand. Es war ein Unfall. Mehr nicht.«

In dem Moment kam auch schon ein Streifenwagen vorgefahren, dem zwei Polizisten entstiegen. Ein junger schlanker und ein älterer mit einem unglaublich vorgewölbten Medizinballbauch. Sie gingen direkt auf den Notarzt zu. Der Junge führte das Wort, stellte sich als Fabian Bachmaier und den Kollegen als Sepp Socher aus Landsberg vor.

»Sie haben uns informiert, dass hier eine Hieb- oder Stichverletzung vorliegt. Was können Sie dazu sagen?«

Er war bemüht, sehr hochdeutsch zu reden, und versuchte, wahnsinnig gefährlich und kompetent zu wirken. Jo schickte einen Blick zum Kollegen Socher hinüber, der gerade hingebungsvoll in der Nase bohrte.

»Eine Lanze hat ihn im Training getroffen. Ist in den Bauchraum eingedrungen. Großer Blutverlust. Ob innere Verletzungen vorliegen, sollen die im Klinikum feststellen. Sonst ist noch alles dran«, gab der Notarzt knapp und lakonisch Auskunft.

»Besteht Lebensgefahr?«, fragte der Jungdynamiker.

»Denke nicht.« Der Notarzt warf dem Polizisten eine Karte hin. »Rufen Sie an, falls Sie Fragen haben. Ich hab einen Einsatz.«

Marco hatte einen Schritt auf die Männer zugemacht und erläuterte, dass sie sich im Training befunden hatten und wohl durch ein Versehen eine echte gegen eine Trainingslanze vertauscht worden war.

»Gibt es überhaupt echte Lanzen?«, fragte Bachmaier. Jo sah ihn überrascht an. Gar nicht so dumm, dieser Jungdynamiker. Natürlich gab es keine! Warum auch, das wäre ja lebensgefährlich.

»Naturellement!« Marco riss die Augen auf und spann eine Geschichte über echte und falsche Lanzen, darüber, wann sie zum Einsatz kämen, und schloss: »Da muss jemand beim Aufräumen nicht aufgepasst haben. Das sag ich den Jungs immer. Und nun dieser bedauerliche Unfall.«

Jos Magen hatte sich zusammengekrampft. Das war Marco Cœur de Fer, der Impressario, der Geschichtenerzähler, der Hexer, der Menschen mit seinen Inszenierungen in seinen Bann zog. Er log, aber bei ihm war das keine Lüge, bei ihm war es ein anderer Blick auf die Wirklichkeit.

Socher hatte inzwischen den Finger aus der Nase genommen, betrachtet den Popel, bis er ihn zu Boden schnippte, und sagte zu seinem Kollegen: »Sollten wir das nicht lieber nach Fürstenfeldbruck geben? Zur Sicherheit!«

Der Jungdynamiker blähte sich vor ihm auf. »Das ist ein Betriebsunfall, ein Arbeitsunfall. Tod ist K, wenn er lebt, ist es S. Der Ritter lebt, also sind wir zuständig. Aufgabenkatalog, Kollege! Das muss ich dir ja wohl nach so langer Dienstzeit nicht erklären. Paragraph 226, auch wenn er schwer verletzt ist, sind wir zuständig.«

»Wenn nix bleibt«, knurrte Socher, »keine bleibenden Schäden.«

»Dann können wir FFB immer noch einschalten. Komm, Sepp, du magst den Weixler-Senftleben doch auch nicht. Wenn einer schon 'nen Doppelnamen hat. Seine Alte hätte auch seinen Namen annehmen können.«

Socher zuckte mit den Schultern. »Bitte, aber wir hätten's vom Hals gehabt.« Er begann, im anderen Nasenloch zu bohren.

Jo hatte das Gespräch mit Interesse verfolgt. Da wollte also der junge aufstrebende Kollege mal endlich einen spannenden Fall behalten und der alt gediente Kollege ihn loshaben, nach Fürstenfeldbruck, wahrscheinlich saß da die Mordkommission. Auch Marco war die Unterhaltung nicht entgangen.

»Meine Jungs sind zäh. So was wirkt meist gefährlicher, als es ist. Ein Betriebsunfall, mehr nicht. Bei uns sehen Betriebsunfälle eben so aus.«

Er lachte jovial, Jo hätte ihn erwürgen mögen.

»Bei Ihnen, Herr Kommissar Bachmaier, ist der Fall doch sicher in guten Händen?«

Auch er reichte ihm eine Karte. »Rufen Sie jederzeit an und kommen Sie doch mal zum Turnier. Ich lade Sie ein.«

Marco, ganz der souveräne Charmeur, der Menschen so leicht manipulieren konnte. Als die beiden Polizisten abgezogen waren, veränderte sich Marcos Gesichtsausdruck. Er wandte sich an Jo. »Gut. Ich möchte, dass so wenig Leute wie möglich hier auf dem Gelände etwas davon erfahren. Wir gehen jetzt essen. Nächstes Training morgen. Alles wie immer.«

Und ohne weitere Erklärungen ging er davon.

Jo ging langsam hinterher, voller Wut und Unverständnis. Wie konnte Marco so eiskalt sein? Alles dem Vermeiden von negativer Publicity unterordnen? Sie war sich völlig sicher: Das war ein Anschlag gewesen, ein ganz heimtückischer. Und was, wenn weitere folgen würden?

Als sie in ihrem Büro angekommen war, hatte sie die Nase so was von voll. Sie beschloss zu flüchten.

»Steffi, kommst du heute den restlichen Tag ohne mich klar?«

»Logisch!«

»Gut, dann fahr ich nach Hause und schreib wieder eins von diesen dämlichen Interviews.«

»Komm, die sind nicht dämlich. Die sind witzig. Ich wäre froh, wenn ich das könnte.«

»Blödsinn!« Jo hob die Hand zu so was wie einem Winken. Nach Hause, auch gut! Welches Zuhause, fragte sie sich, als sie ganz entgegen ihrer sonstigen Gewohnheit langsam über die Käffer fuhr: Walleshausen, Wabern mit der scharfen Kurve. Es war eine ruhige, gleichmäßige Landschaft, eine Art Hochebene wogender Getreidefelder. Eigentlich ganz gefällig fürs Auge. Aber weniger für die Nase, die Kohlfelder machten sich ebenfalls bemerkbar. Bestimmt war die Landschaft nicht hässlich, aber man konnte keine Berge sehen! Den Wald nicht riechen! Nein, Egling an der Paar war nicht ihre Heimat.

Egling konnte die Bergsehnsucht, die sie im Herzen trug, nicht erfüllen. Die hatte man in den Genen! Der Ort, na ja, der war lang gestreckt und baulich auch kein viel versprechender Ortskandidat für »Unser Dorf soll schöner werden«.

Ihr Heim-auf-Zeit war ein geliehenes Haus, ihr ganzes momentanes Leben kam ihr wie geliehen vor. Ihre Freundin war zu einem längeren Auslandstrip aufgebrochen und heilfroh, dass jemand das alte Bauernhaus direkt an der Kirche hütete. Ein Haus ganz nach Jos Geschmack, auf die Stalltür war ein Pferdekopf aufgemalt. Ihre Pferde waren im Allgäu, eine Tragödie für Jo. Aber sie hatte immerhin ihre Katzen mitgenommen. Wer hätte denn auch sechs Wochen lang ihre kapriziösen Felldeppen hüten sollen?

Die Katzen hatten es mit Noblesse genommen, sie hatten sich nicht dazu herabgelassen, Unmut zu zeigen. Das wäre unter ihrer Würde gewesen, und Würde war nun mal ihr zweiter Vorname. Vor allem der von Diva Frau Mümmelmaier von Atzenhuber, die allerdings wenig divaesk erst mal alle angestammten Eglinger Katzen verprügelt hatte. Tiere, die ihr Hier-Sein bis ins Mittelalter zurückverfolgen konnten. War Mümmel aber egal.

Als Jo die Tür aufsperrte, lagen alle fünf in der Küche. Bianchi von Grabenstätt im Brotkorb, Pina Grigia von Grabenstätt in einer antiken Küchenwaage, Prosecca von Grabenstätt im Einkaufskorb und Mümmel und Herr Moebius von Atzenhuber der Länge nach auf der Tischplatte. Ja, nun. Jo war sich dessen bewusst, dass sie beim Tierarzt als etwas wunderlich galt. Katzen hießen Muschi, Mausi, Miezele, Peterle oder Seppi. In Tierarztpraxen quollen die Computer über mit Muschis, zu identifizieren waren die nur über die Familiennamen ihrer Besitzer. Jos Tiere waren im Computer sofort als die ihren zu entlarven. Ihre Tiere wurden nämlich mit vollem Namen und ihren Adelstiteln geführt. Sie wurden natürlich nicht immer so angesprochen.

Pina Grigia von Grabenstätt hieß beispielsweise vornehmlich Pinele, auch Verdutztele wegen ihres überraschten Blicks oder Brumsel, weil sie praktisch schon schnurrte, bevor sie ahnte, dass sie Jo treffen würde. Aber wahrscheinlich verhielt es sich ganz anders. Sie spürte sehr wohl, dass Jo gleich um die Ecke biegen würde. Nur für Jo kam das überraschend.

Prosecca von Grabenstätt kam zumeist in den Genuss, ordentlich angesprochen zu werden. Prosecca hieß oftmals auch Prozac, die Gute-Laune-Katze.

Bianchi von Grabenstätt war Weißling, Biutschele, Grabenstättin, auch sie eine Brumsel. Sie schnurrte stundenlang, sie brummte schlafend, schlief brummend. Sie putzte sich beim Brummen und verschluckte sich dabei, sie konnte sogar fressen und brummen gleichzeitig. Als Jo zur Tür hereinkam, brummte sie auch. Alle fünf schlugen die Augen auf und streckten sich. Synchron-Strecken, wie beim Katzenballett. Als Jo ihren Laptop auf den Küchentisch gestellt hatte, lagen alle wieder – nur mit vertauschten Plätzen. Katzen sind ungeheuer beruhigend und inspirierend. Jo begann zu tippen. Ein Interview mit Galahad.

Wie sieht er denn nun aus, der Gral?
Galahad: Sie glauben doch nicht wirklich, dass ich Ihnen das verrate. Die Legende um den Heiligen Gral gibt's seit dem 12. Jahrhundert, das ist Weltliteratur. Da leben Generationen davon, dass es einen rätselhaften heiligen Gegenstand gibt. Und da soll ich ganz profan sagen, wie der aussieht. Ich bitte Sie!

Ja, aber ist er denn wenigstens eine Schale?
Galahad: So steht's geschrieben. Alle schreiben von einer Schale, also wird's schon stimmen, und das Ding soll Glückseligkeit, ewige Jugend und Speisen in unendlicher Fülle spenden.
Ja, und tut er das denn?
Galahad: Na, wie sehe ich aus. Glücklich? Jung? Voll gefressen?
Ähm, eher nein. Heißt das, der Gral funktioniert gar nicht?
Galahad: Das will ich damit nicht sagen (schaut ziemlich dämlich).

Zu Galahad fiel ihr so einiges ein, am Schluss musste sie selbst grinsen und ging recht zufrieden ins Bett. Die Küchentisch-Besatzung folgte und tackerte Jo an fünf Punkten in ihrem Bett fest.

Weilheim

Als sich die Ermittlungsgruppe am Donnerstag zusammensetzte, war sie ziemlich unzufrieden. Das Ergebnis der gestrigen Befragung war eher frustrierend ausgefallen. Keiner in der Unteren Flurstraße und der nächsten Umgebung konnte sich erinnern, ob und wann Autos vorgefahren waren. Alle hatten unisono erklärt, dass zu Lepaysan ständig zu den unmöglichsten Zeiten Leute gekommen seien. Das entsprach in etwa dem, was Gerhard und Baier auch in St. Heinrich gehört hatten.

Ein Bericht der Gerichtsmedizin lag auch vor: Lepaysan hatte tatsächlich eins mit dem Stativ übergebraten bekommen. Der Schlag dürfte ihn aber nicht mal bewusstlos gemacht haben. Kein Knockout, nur eine Platzwunde. Es gab keine Anzeichen, dass Lepaysan geschlagen oder gestoßen worden war, es gab auch keine Anzeichen eines Kampfes. Gestorben war er an einem Genickbruch infolge des Sturzes. Die Spurensicherung hatte versucht, über Fußspuren zu rekonstruieren, was passiert war. Durch die Fülle der Abdrücke gab es keine hundertprozentige Sicherheit, aber es war denkbar, dass Lepaysan wegen des Schlages gestrauchelt, zurückgetaumelt und gefallen war.

»Dann wäre es ein Unfall gewesen? Ein saublöder Unfall?«, fragte Melanie.

»Warum nicht! Lepaysan hat Streit mit einem unserer Kandidaten, Herr X wird wütend, haut ihm das Stativ um die Ohren, und Lepaysan fällt nach hinten. Genick ab, aus die Maus. Pleiten, Pech und Pannen.« Baier war heute irgendwie nicht gut drauf. Er sah auch schlecht aus.

»Dann hätte der aber den Unfall melden und einen Notarzt rufen können«, überlegte Melanie.

»Kollegin! Bleibt der Umstand, dass der ihm einen Prügel aufs Hirn gehauen hat. Wenn der Lepaysan schon hin war, was hätt der noch anrufen sollen. Da hätt ich auch nicht angerufen.«

Baier scheuchte die beiden jungen Kollegen weiter, dass sie sich auf die Suche nach dem Biobauern machten. Er und Gerhard brachen auf zu Sebastian Schmoll.

Das Büro von Sebastian Schmoll lag an einem Platz, den in Weilheim gar nicht jeder kannte. Oder vielleicht auch einfach verleugnete.

Wo bitte war der Herzog-Albrecht-Platz? Ja, eben dort, wo sich der städtebauliche Supergau ereignet hatte. Das war jener aseptisch kühle Platz, der anderen Plätzen in den Plattenbausiedlungen zwischen Prag und Zwickau in nichts nachstand. Der Wohnungs- und Bürokomplex war auf der Seite, wo das Büro sein sollte, wenigstens etwas untergliedert. Auf der anderen Seite wirkte er wie Plastikriegel Marke sozialer Wohnungsbau. Und das gleich neben dem Stadttheater!

Erst mal fanden die Kommissare den richtigen Aufgang nicht, aber dann standen sie im Büro von Schmoll. Es gab nur einen kleinen Empfangsraum, eine kleine Küche und ein weiteres Büro, in dem neben dem Schreibtisch eine Sitzecke stand. Alles war eher schlicht gehalten, bis auf opulente Kunstdrucke, die spanische Flamenco-Tänzer zeigten. Schmoll war leider nicht anzutreffen.

»Seine Frau hat ihn heimzitiert«, die Sekretärin stieß ein »Pfft« aus. »Ich hätte sie auch verstanden, wenn sie gar kein Telefon benutzt hätte. Sie wollte ihn in drei Sekunden zu Hause sehen.« Sie rollte mit den Augen.

»Ja, sag ich doch. Das spanische Temperament. Maria Schmoll, geborene Garcia.« Baier stieß beim C gekonnt mit der Zunge an die Zähne. »Garcia, so häufig wie Müller oder Schmidt. Die schöne Maria aus Mechico«, grinste Baier, der sich wieder etwas gefangen hatte. Gerhard hatte bemerkt, dass er verstohlen eine Tablette geschluckt hatte.

Die Sekretärin nickte zustimmend. »Ja, sie hat Temperament, die Frau vom Chef.«

Als die beiden Kommissare schon halb in der Tür standen, fiel Gerhard noch etwas ein.

»Wie gut kann Ihr Chef denn mit Computern umgehen?«

Die Sekretärin schaute etwas kuhäugig, Gerhard lächelte sie verschwörerisch an. »Na, ist er ein richtiger Computerfreak, oder sind es am Ende doch Sie, die die schwierigen Fälle knacken muss?«

»Wenn's um klassische Anwendungen und Verträge geht, dann klappt das schon. Aber wenn's ums Tüfteln und das Internet geht, lässt er immer mich ran. Das dürfen Sie ihm aber nicht erzählen, dass ich das gesagt habe.«

»Bewahre!«

Die Herren verabschiedeten sich.

»Auch eine computertechnische Wildsau, wahrscheinlich keiner, der Lepaysans Trick mit der externen Festplatte durchschaut hätte«, meinte Gerhard und überlegte: Es waren gar nicht unbedingt immer die Männer die IT-Gurus. Bei ihnen war es ja auch Evi, die mit dem Computer flirtete. Wahrscheinlich waren Frauen doch flexibler. Oder Masochistinnen?

Schmolls wohnten in einem schmucken Haus am Narbonner Ring. Es war einzeln stehend, anders als jene uniformen Reihenhäuser, die hinter Schallschutzwällen und Zäunen kauerten. Glückliche-junge-Familien-Ghettos mit Wendehammer und Spielstraße. Genormte Zäune, genormte Gartenhäuser, genormte Gärten in der Größe eines Badehandtuchs. Der Garten von Maria war peinlich korrekt angelegt, dazu Geranien, eine blaue Gartenbank und ein

Fuhrpark. Sorgsam aufgereiht standen da drei Bobby Cars, ein Dreirad, zwei Kickboards und ein kleines Mountainbike. Ein Rad vom Feinsten, eben nur zu heiß gewaschen. Sie waren noch nicht mal richtig an der Eingangstür, als schrille Töne nach draußen drangen. Da kreischte jemand filmreif. Baier zwinkerte Gerhard zu. »Maria aus Mechico, machen Sie sich auf was gefasst.«

Zuerst mal war da nichts zum Gefasstsein, der Kreischpegel übertönte das Türgeläut. Bis irgendwann eine Kinderstimme dazwischenbrüllte: »Mama, es läutet … Mama!«

Die Tür ging auf, und da stand sie: die Rachegöttin. In diesem Fall hätte Baier auch mal mehr Worte finden können als »die schöne Maria«. Das beschrieb die Dame des Hauses nur sehr unzureichend. Sie trug hohe schwarze Stöckelschuhe, eine Seidenstrumpfhose und einen schwarzen kniefreien Rock. Ihre pinkfarbene Bluse saß sehr knapp über einer Oberweite, die augenscheinlich nicht des Silikons bedurfte. Ihre langen lockigen Haare waren schwarz mit einem leichten Rotstich, die Augen rabenschwarz. Sie wirkte erhitzt, die ganze Frau sprühte Feuer. Sie war etwa Mitte dreißig, schätzte Gerhard, und gerade in der figürlichen Übergangsphase von der wohlgewachsenen Schönheit zur Matrone. Ein Phänomen, das es bei südlichen Frauen ja oft gab. Momentan aber war ihre Üppigkeit noch sehr gut platziert, fand Gerhard. Ja, sie hätte eine tolle Besetzung für eine Tacoreklame abgegeben. Schon wieder ein Klischee auf zwei Beinen. Wie hatte die Frau in St. Heinrich gesagt? Die Realität übertrifft das Klischee? Durchaus!

Frau Maria Schmoll erkannte Baier sofort, denn sie war mit Baiers Frau, dem wandelnden gutmenschlichen Ehrenamt, wie Baier sie nannte, in irgendeiner Ausländer-Kulturinitiative.

»Herr Hauptkommissar Baier, mein lieber Freund. Sie können meinen Mann gleich verhaften. Er ist ein *cerdo!* Sperren Sie ihn weg, er ist doch kein Vorbild für die *niños.*«

Gerhard riss amüsiert die Augen auf. Das war doch mal was anderes. Sonst stießen sie auf Lügen, Versteckspielen, falsche Alibis. Hier wollte die Ehefrau den Mann gleich mal abgeben.

Sie vollführte eine kraftvolle Drehung auf ihren Absätzen und stöckelte durch den Gang. Drei Köpfe lugten aus einer Tür, und eine kleine Handbewegung der Mutter ließ sie antreten. Artig gaben sie zuerst Baier, dann Gerhard die Hand. Drei Jungs so etwa im Alter zwischen fünf und zwölf, schätzte Gerhard. Süße Kerle, alle blond, aber mit ganz dunklen Augen. Eine Handbewegung der Mutter ließ sie hinter einer Zimmertür verschwinden. Maria stöckelte weiter ins Wohnzimmer. Auch hier Perfektion pur, beachtlich, wenn man berücksichtigte, dass hier drei Buben lebten. Ihren nicht gerade kleinen oder zierlichen Mann schob sie zur Seite, rauschte zum Couchtisch, dessen Marmorplatte nur so funkelte, riss etwas hoch und fuchtelte damit vor Baiers Gesicht umher.

»Esto non es repugnante?«

Es waren die Bilder aus der Bar. Bilder, die Baier und Gerhard wohl bekannt waren.

»Trifft sich gut, Maria. Deshalb sind wir da.« Baier ließ sich auf die dunkelblaue Ledercouch sinken.

Diese Aussage brachte die Furie aus dem Konzept. Sie hielt inne, was Sebastian Schmoll die Chance gab, Baier und Gerhard zu begrüßen und fragend anzusehen.

Schmoll war blond, die zusätzlichen Farbreflexe im Haar empfand Gerhard nun wirklich als affektiert. Er würde sich in hundert Jahren nicht beim Friseur Strähnchen machen lassen. Genau genommen ging er nie zum Friseur. Früher hatte seine Mutter ihm die Haare geschnitten, dann wechselnde Freundinnen, und momentan stand es nicht zum Besten um seinen Haarschnitt. Er würde auch niemals ein Männerwellness-Wochenende buchen oder gar Männergesichtscreme verwenden. Puh! Er hatte 'ne Dose Nivea, die er so selten benutzte, dass sie schon leicht ranzelte. Schmoll jedenfalls war gesträhnt, um die vierzig, hatte eine Wohlstandsfigur, nicht fett, aber auch nicht schlank, war durchaus attraktiv und ein bisschen bieder. Auch den gemusterten Pulli hätte Gerhard in hundert Jahren nicht angezogen.

Baier deutete auf die Bilder. »Von denen habe ich auch einen Satz.« Er warf seinen auf den Tisch. Als ginge es um ein Kartenspiel.

Schmoll sah in dem Moment alles andere als intelligent aus.

»Wollen Sie nicht wissen, woher ich die habe?«, fragte Baier.

»Ja, das möchte ich sehr gerne wissen!«, fauchte Maria.

»Maria, ich würde gerne mit Ihrem Mann reden!« Baiers Tonfall war eisig, und das stoppte die Raubkatze Maria Garcia sozusagen im Sprung.

»Lepaysan hat Sie erpresst, und Sie haben ihn umgebracht, Schmoll!«, sagte Baier.

Schmoll sah nicht gerade wie eine Intelligenzbestie aus, es dauerte sogar geraume Zeit, bis er verstand. »Lutz ist tot?«

»Ja, mausetot. Erschlagen in der Bar. Wo Sie auch gewesen sind. Also, Schmoll?« Baier trommelte mit den Fingern auf den Bildern rum. Und Schmoll erzählte.

Er war tatsächlich am Sonntag, am ersten Tag des Shootings, da gewesen, er und Lepaysan kannten sich, und es war wohl so eine Art stille Übereinkunft unter Ehrenmännern, dass Lepaysan öfter mal Freunde zu den Shootings einlud und im Gegenzug Fotoaufträge erhielt. Am nächsten Tag war ein Umschlag in Schmolls Büro gelandet mit dem Hinweis, Lepaysan würde die Bilder an den Lions Club, den Stadtrat und an Maria weitergeben, gegen Zahlung von fünftausend Euro allerdings davon Abstand nehmen. Schmoll hatte Lepaysan angerufen und abgelehnt.

»Ich dachte, das macht der nie.« Tatsächlich war wieder einen Tag später, also am Dienstag, ein Bild beim Vorsitzenden des Lions Clubs eingegangen und parallel dazu die Warnung, dass das Bild an alle anderen Mitglieder von Club und Stadtrat ginge. Den Vorsitzenden konnte Schmoll gerade noch milde stimmen. »Hab da bei dem noch was gut.« Er rief Lepaysan nochmals an, aber der blieb bei seiner Erpressung und sagte, wäre das Geld am Mittwoch nicht da, würde er eine ganze Serie Bilder an Maria schicken.

»Und da haben Sie beschlossen, den Lepaysan besser aus dem Weg zu räumen. Sie hätten Ihr Ansehen in Weilheim eingebüßt, damit Ihre Aufträge und Ihre Frau dazu. Das rechtfertigt doch einen Mord an einem heimtückischen Erpresser, oder, Schmoll?« Gerhard starrte ihn mit zusammengekniffenen Augen an.

»Nein, nein! Auf keinen Fall! Ich bring doch keinen um.«

»Wann waren Sie zum letzten Mal in der Halle?«, fragte Gerhard.

»Na, am Sonntag! Das hab ich Ihnen doch gerade gesagt.« Schmoll gab sich entrüstet.

»Und am Mittwoch in den frühen Morgenstunden ist Lepaysan tot! Sind Sie sicher, dass Sie nicht mehr in der Halle gewesen sind? Dienstagnacht? Und sei es, um ihm das Geld zu übergeben?« Gerhard konnte seiner Stimme durchaus einen gefährlichen Klang geben.

»Nein, ich gehe doch auf so was nicht ein. Ich dachte immer noch, er macht Spaß«, sagte Schmoll.

»Spaß unter Ehrenmännern, was, Schmoll? Wieso sind die Bilder dann doch bei Maria gelandet?« Baier starrte ihn an.

»So jemand ist kein Ehrenmann! Dieser Schmutz! Antworte dem Kommissar!« Der südländische Flammenwerfer war wieder im Spiel.

Schmoll schwieg.

»Kamen die Bilder mit der Post?«, fragte nun Gerhard.

Maria nickte.

»Haben Sie den Umschlag noch?«

Maria entstöckelte und kam sofort wieder. Der Umschlag trug den Poststempel vom Dienstag, abgestempelt in Peißenberg.

»Kam der Brief heute?«

»Nein, gestern, aber er ist mit unter die Zeitung gerutscht. Ich habe ihn eben erst entdeckt. *Repugnante!*«

»Nun, Schmoll, er hat seine Drohungen eben doch wahr gemacht. Wo waren Sie denn am Dienstagabend?«, wandte sich Gerhard an Schmoll.

»Im Büro, bis spät in die Nacht.«

»Allein?«

»Natürlich. Als selbstständiger Arbeitgeber sind Sie doch der letzte Trottel. Von Ihren Angestellten dürfen Sie doch keine Überstunde oder Mehrarbeit verlangen. Und dann erst diese Brückentage! Deutsche Arbeitnehmer sind zwar faul, aber in einem sehr gewitzt. Im Brückenschlagen. Dieses Land versinkt von Donnerstag bis Montag früh in Agonie. Brückentage! Nichts als Brückentage!«

Gerhard schmunzelte in sich hinein. Irgendwie hatte er Recht, der Schmoll. Leider betraf ihn das nicht. Morduntersuchungen kannten weder Feier- noch Brückentage.

»Herr Schmoll, wenn Ihnen noch was einfällt, melden Sie sich.

Und Sie bleiben dabei, nur am Sonntag in der Halle gewesen zu sein?«

»Natürlich!«

Als sie draußen waren, fragte Gerhard: »Glauben Sie ihm?«

»Ich glaube von Haus aus nichts mehr«, sagte Baier, und das klang in Gerhards Ohren düsterer als nötig. »Also weiter, Weinzirl, zu Annemirl Tafertshofer.«

Es hatte gerade mal wieder aufgehört zu regnen, und die Fahrt nach Süden besänftigte Gerhards Herz. Immer wenn er den trutzigen Klosterkomplex von Polling vor den Bergen aufragen sah, dann hatte er das Gefühl, hier richtig zu sein. In einer Landschaft, die seine Seele berührte. Und das war schon was!

Als sie in Huglfing an der Bahnschranke zum Stehen kamen, brummte Baier: »Immer wenn ich Sie im Auto hab, geht die Schranke zu.«

Gerhard grinste. »Darf ich Sie zur Entschädigung auf ein Weißbier einladen? Leids zeitlich eins?«

»Ein Leichtes leids.«

Als sie in der Moosmühle die Stube betraten, konnte sich Baier mal wieder nicht verkneifen die neue »Rezeption« anzugiften. »Jetzt machens auf Grand Hotel.« Da niemand zu sehen war, galt die Rede tatsächlich dem neuen kleinen Rondell, wo ein Computer stand und wo die Zimmerschlüssel hingen. Jede Veränderung störte den Traditionalisten. Genauso wie er sich stets über die neu gestaltete Karte mokierte, auf der neben Vegetarischem sogar ein Chai-Tee stand. »Wir sind doch nicht beim Thai.« Nur gegen die Bedienung wetterte er nie. Die war nun eindeutig auch keine Bayerin, sondern ein Import aus der Slowakei, aber sie galt Baier alles. »Nettes Madel.« Das nette Madel brachte die beiden Leichten, sie stießen an, natürlich mit dem Sockel, wie sich das beim Weißbier gehört, tippten das Glas kurz auf dem Tisch auf und tranken. Und taten dann das, wofür Gerhard Baier am meisten liebte. Sie schwiegen. Mit Baier konnte man herrlich schweigen.

Nach zwanzig Minuten brachen sie wieder auf zu ihrem Ziel. Der Putz an dem alten Bauernhaus war nicht mehr Deutschlands neuester. Der gesamte Sockelteil warf ungesunde Blattern und war teils zu Boden gerieselt. Der obere Teil des Hauses bestand aus verwittertem Tuffstein. Die Fensterläden waren im Laufe ihrer Karriere wohl schon mal blau, braun und grün gewesen. Rundherum türmten sich Schrottteile, zwei alte verrostete Bulldogs gammelten vor sich hin. Hühner rannten umher, selbst der Hahn hatte zerrupfte Schwanzfedern – irgendwie passend zum Ambiente.

Das Haus lag inmitten eines Obstgartens, der in eine abschüssige Wiese überging. Weit unten ringelte sich ein kleiner Bach. Gut dreitausend Quadratmeter, schätzte Gerhard. Eine Traumlage, erhaben über Neubaugebieten – und Teil des Bauerwartungslandes.

Ein Kangoo hielt vor dem Haus. Der Mann, der ausstieg, war gelbblond, hatte eine rote Gesichtsfarbe und fast keine Augenbrauen. Er war kräftig und kam mit einem offenen Lächeln auf Baier und Gerhard zu.

»Tafertshofer, Simmerl. Grüß Gott! Dad se jetz endlich de Polizei fir de Sauerei intressieren?«

»Welche Sauerei?«

»Ja Herrschaft, mit der Oma ihrm Haus.«

»Herr Tafertshofer. Wir haben der Lokalpresse entnommen – nicht zuletzt Ihren Leserbriefen …«

»'kürzt homs. Ois 'kürzt homs. De vom Tagblatt do drin!«, unterbrach ihn Simmerl Tafertshofer. »De deana doch nix! Scho öfters war i drin, und nix homs unternomma.«

Gerhard grinste. Na, die hatten sich sicher gefreut.

»Also, aus Ihren gekürzten Leserbriefen wissen wir, dass Sie den Eindruck hatten …«

»Eindruck! Schmarrn! A Sauerei is des.«

»… den Eindruck hatten, der Bürgermeister …«

»Der oide Krautleffe! Der kehrt ned do her. Und dann werd so oaner Bürgermoaster. Sie san ja a ned vo do? Sie san ja a Schwob.« Er lächelte Gerhard an, nicht unfreundlich, eher stolz, das sofort erkannt zu haben.

»Er ist nicht von hier. Ist Allgäuer. Weiß das nicht mit den Krautlöffeln«, sagte Baier, und zu Gerhard gewandt: »Schauens, Weinzirl. Die Wolfratshausner, die haben früher im Herbst Kraut nach München geflößt. Die Tölzer, denen hat das aus Konkurrenzgründen nicht gefallen, und haben die Wolfratshausner als Krautlöffel bezeichnet, weil sie's Kraut mit dem Löffel fressen.«

»Ja, und genau des machens ja no bis heit! Der a. Und in de Bierzoitl immer neberm Landrat. Solchene fliagn immer auf d Fiaß. Und solchene verkriachn se immer hinter eanere Parteispezln. Und die Bigottischen. Renna jeden Sonntag in d'Kirch«, rief Tafertshofer. »A Pole-Position bei der Hostienvergabe hot der!«

»Aha«, sagte Gerhard und verfluchte Baier, der mal wieder zu Boden grinste und ihm den Mann überließ. Und der war nicht zu bremsen.

»Aber dahoam hot er nix zum song. Sei Oide is a rechte Bieruhr!«

»Eine was?« Manchmal hatte Gerhard den Eindruck, dass eine Versetzung nach Timbuktu weniger Verständnisschwierigkeiten gebracht hätte. Baier aber schaute inzwischen gelangweilt ins Land eini.

»Des hobts in Schwobn a! A Bieruhr. A Weib, des jeds Bier zoiht, des da Mo trinkt. De sei hot Haar auf de Zähn. Und nix is ihra gut gnug. Desweng wollt er a den Hof mit dem Mordsdrumm-Grund. Damit de Oide a Ruh gibt. A weiße Villa wollt se!«

Gerhard begann von neuem. »Sie hatten also den Eindruck, dass Ihre Oma übervorteilt worden ist. Jetzt berichten Sie uns doch bitte mal von dem Vorfall.« Gerhard flehte innerlich, der streitbare Simmerl würde seine Geschichte nicht ganz so weltumspannend erzählen, denn allein der gekürzte Leserbrief war schon über rund hundert Zeilen gegangen.

Ein Flehen, das nicht erhört wurde. Denn neben der Lebensgeschichte der Oma, des Hauses, der Familie erfuhren sie auch alles über seinen Beruf als Metzger. »A Sau grinst ja oiwei. Wenns do so in zwoa Hoiftn hänga, da homs a recht a freindlichs Gsicht.« Immerhin ließ sich am Ende herausfiltern, dass der Bürgermeister die alte Annemirl Tafertshofer einen Kaufvertrag hatte unterschreiben lassen – sie, die nachweislich einen beginnenden Alzheimer hatte und schon vorher mit ihrem IQ nur kurz über dem des Hof-Ziegenbocks Theo gelegen hatte. »Theo, weil der hot schwarze

Augenbrauen wia da Waigel.« Laut Vertrag wollte er ihr hunderttausend überweisen. Fünfzigtausend gedachte er ihr schwarz, »bar auf d Hand« zu geben. Er hatte der braven Annemirl das so erklärt, dass sie dann weniger Steuern zahlen würde. Und einer Frau, die sowieso in Banken ein Werk des Teufels sah und ihrer Lebtag nicht begriffen hatte, dass die kleinen Zahlen auf den blauen Zetteln wirklich echtem Geld entsprachen, der war Bargeld zum Anfassen natürlich am liebsten. Genauso brav hatte sie das alles dem Enkel Simmerl erzählt, der natürlich aus allen Wolken gefallen war. Denn allein die hundertfünfzigtausend lagen um gut die Hälfte unter dem Wert des Grundes. Aber der Deal hunderttausend plus fünfzigtausend in bar war natürlich absolut indiskutabel. Leider aber hatte Annemirl unterschrieben, sie stand nun mal nicht unter Betreuung, also war das rechtsgültig. Enkel Simmerl versuchte trotzdem den Vertrag anzufechten und zu beweisen, dass die Oma nicht geschäftsfähig war.

»Hat sie das Geld denn tatsächlich bar bekommen?«, fragte Baier.

»Des is' ja!« Tafertshofer klang richtig unglücklich. »Des woas d Oma a nimma.«

Baier und Gerhard wussten es schon. Sie hatte es bekommen. Das Lepaysan-Foto belegte das eindeutig. Natürlich hielten Sie mit dieser Info hinterm Berg.

»Und haben Sie den Bürgermeister gefragt?«

»Ja, und der sogt, sie hätts von eam kriagt. Wenn dem a so is, dann hot ses irgendwo in ihrm Haus oder ihrm Denna versteckt. Deifi eini! Aber dann sann hundertfünfzigtausend immer no ausgschamt«, schimpfte Tafertshofer.

»Haben Sie denn gesucht?«, fragte Gerhard.

»Ja, überoi. Unter de Matratzn, in de Kaffeekanna. Überoi!«

Gerhard schaute zum Haus und zum Sammelsurium an Schrott hinüber. Wenn das innen genauso aussah wie außen, dann war die Geldsuche eine Lebensaufgabe.

»Aber jetz hob i no oa Hoffnung«, sagte Tafertshofer.

»Ja?«

»Ja, do hot mi so a Dodl ogrufn und gsogt, er kon beweisen, dass de Oma des kriegt hot. Des is Schmiergoid. Der Bürgermoaster, der Saubeitel, der greißliche. Des hob i ja oiwei gsogt. Wiaso geht der Antrag vom Sägwerks-Sepp im Gmoirat einstimmig durch? Fünftausend Quadratmeter für a Halle und an Lagerplatz homs eam zuagstandn. Direkt am Naturschutzgebiet. A grad do, wos Unterdorf drauf schaugn muas. De hom Unterschriften gsammelt. Ja mei, des sann de Neubürger, auf de heart eh koaner. Und trotzdem: Normal darf so was gar ned gnehmigt wern.«

Das war interessant. Der Typ, der konnte ja nur Lepaysan sein. Aber was hatte der sich davon versprochen? Wahrscheinlich hatte er Tafertshofer kontaktiert, um mehr Druck auf den Bürgermeister auszuüben. Sozusagen Tafertshofer die Drecksarbeit machen zu lassen. Gerhard war sich sicher, dass Lepaysan auch den Bürgermeister erpresst hatte. Und der hatte dann wahrlich allen Grund, den Fotografen loswerden zu wollen. Gerhard war sich auch sicher, dass ein Gespräch mit Annemirl Tafertshofer wenig bringen würde, aber versuchen mussten sie es. Vielleicht hatte sie ja einen lichten Moment. Gerhard machte einen Schritt auf das Haus zu und sah Baier an.

»Gehen Sie rein, Weinzirl! Gehen Sie. Ich setz mich auf das Haus-Bankerl. Zu viele Leute verunsichern die Frau Tafertshofer nur.«

Baier ließ sich ächzend auf der Bank nieder, die zurückächzte.

Eine Tür, deren zerbrochene Glasscheibe mit einem Rupfensack zugehängt war, führte direkt in die winzige Küche. Vor dem Herd lag noch so ein Rupfensack, steif wie eine Eisenplatte, durchtränkt von Dreck, Küchenabfällen, Rauch der Jahrzehnte und anderem, worüber Gerhard nicht nachdenken wollte. Der Geruch war wirklich atemberaubend! Was auch daran liegen mochte, dass die Tür zum Stall offen stand und eine weitere zum Klo. Millionen von Fliegen, nein Abermillionen tanzten über der vergilbten Schüssel. Im kleinen Kammerl zwischen Küche und Klo hing G'räucherts an einem riesigen rostigen Fleischerhaken.

Links vom Herd saß Annemirl Tafertshofer. Sie lächelte Gerhard an, der kurz davor war, sich zu übergeben. Wegen des Geruchs, mehr noch wegen des Blicks der Frau. Sie schien zu erfassen, dass etwas nicht stimmte, griffelte am Tisch herum, nahm etwas auf und setzte es in ihr Auge. Ihr Glasauge. Gerhard verfluchte Baier im Stillen. Der alte Fuchs hatte sicher gewusst, was ihn hier erwartete.

»'tschuldigung!«, murmelte sie und mit einem weiteren »'tschuldigung« griff sie zum Stuhl neben sich und befestigte ihre Beinprothese am Stumpf, der etwa in der Mitte des Oberschenkels endete. »'tschuldigung, i hob amoi an Unfoi ghabt mit am Mahboikn. Als jungs Dearndl.«

»Oma, des is der Herr Weinzirl von der Polizei. Der möcht di wos froagn.« Simmerl lächelte seine Oma an und schob Gerhard einen Stuhl hin. Ihm grauste, sich zu setzen. Das Polster hatte eine ähnliche Konsistenz wie der Rupfensack vor dem Herd.

»Liebe Frau Tafertshofer, hat Ihnen der Bürgermeister denn die fünfzigtausend Euro gegeben?«, fragte Gerhard, der ganz knapp auf der Stuhlkante klemmte.

»Jetzt froagn Sie a no! I woas des doch ned.«

»Frau Tafertshofer, wo hat denn Ihr Ziegenbock seinen Platz?«

»Der Theo?«

»Der Theo.«

»Ja im Stoi hoit.«

»Dann gehen wir da jetzt mal hin.« Gerhard war heilfroh, sich erheben zu können.

Simmerl Tafertshofer schaute keinen Deut schlauer als seine Oma, aber er half ihr auf und stützte sie. Sie gingen in den kleinen Stall, der längst als Kuhstall ausgedient hatte. Die alten Eisen-Anbindestangen waren noch da, sogar die Bändel, um die Kuhschwänze hochzubinden. Einige Namensschilder baumelten, gerade noch von einem Nagel gehalten, über den Stellplätzen. Der Stall war jetzt so eine Art Abenteuerspielplatz für drei braune Ziegen und den kohlrabenschwarzen Bock, der sich eindeutig als Urheber des bestialischen Gestanks erwies. Gerhard kämpfte mit der nächsten Übelkeitswelle und hoffte darauf, dass sich der Geruchssinn bald gnädig adaptieren möge. Theo thronte auf einer Holzkiste, er hielt Hof. Genau diese Szene zeigte das Bild von Lepaysan.

Gerhard lächelte gegen das Würgen an. »Frau Tafertshofer. Würden Sie mal zu Theo gehen.«

Sie nickte und hinkte hinüber.

»So, genau an der Stelle hat Ihnen der Bürgermeister das Geld übergeben.«

Simmerl Tafertshofer wollte etwas sagen, aber Gerhard stoppte ihn mit einer unwirschen Handbewegung: »Maul!« Tafertshofer erstarrte. Manchmal war es gut, die knappe Sprache des Landes zu sprechen.

Annemirl überlegte. Plötzlich kam ein Lächeln über ihre Lippen. »Ja, des war 1948.«

»Oma, des war die Währungsreform. Da hast Reichsmark gegn Bank Deutscher Länder austauscht.« Tafertshofer schaute unglücklich.

Mist! Gerhard machte tapfer weiter. »Denken Sie nochmals nach. Sie standen da, wo Sie jetzt stehen. Der Theo war auf der Kiste. Ach ja, der obere Teil der Stalltür war offen.« Gerhard ging hin und stieß sie auf. Mit dem Luftzug kam noch mehr Theo, der seine Nase umwehte. Annemirl Tafertshofer schaute Gerhard bedächtig an, dann die Tür, dann Theo. Es war still, bis Theo ein sattes »Mäh« vernehmen ließ. Da haute sich das Annemirl auf den Oberschenkel. »I woas. I woas. Kemmts Burschn.«

Sie hinkte zur Tür, öffnete den unteren Teil und ging zu einem weiteren Rostlauben-Bulldog, älter als die beiden auf der Frontseite des Hauses. Die Frau hatte eine ganz schön große Schlepperdichte im Verhältnis zu ihrem Viehbestand! Mit erstaunlicher Kraft drückte sie die Motorhaube hoch und förderte ein Kuvert zutage.

Simmerl stürzte hinzu, und ungläubig begann er zu zählen. Fünfzigtausend Euro! Ein bisschen nass, aber sonst unversehrt.

»Heureka!«, kam es von Baier, der um die Ecke gebogen war.

Simmerl war nahe dran, Gerhard abzuküssen. »Wie hom Sie des gwusst?«

»Ach, der Kollege hat öfter solche Eingebungen.«

Baier drückte Tafertshofer kräftig die Hand, bat ihn, die nächsten Tage ins Präsidium zu kommen, um ein Protokoll zu unterzeichnen.

»Baier, das verzeih ich Ihnen nie! Wissen Sie, wie's da drin riecht?«

»Ja.«

»Und da lassen Sie mich also absichtlich in die offene Stinkbombe laufen?«

»Ja.«

»Danke, Baier!«

»Gern gscheng.«

Und dann lachten die beiden Männer noch die halbe Fahrt ins Büro. Sie waren guter Laune. Morgen wollten sie den Bürgermeister mit dem Bild konfrontieren und herausfinden, ob Lepaysan auch ihn erpresst hatte – und dann hatten sie vielleicht ihren Mörder.

»Lassen wir das für heute gut sein, Weinzirl. Helfen Sie lieber Frau Straßgütl ein bisschen beim Einzug. Da ist sicher noch einiges zu tun.«

Als Gerhard bei Evis neuer Wohnung in der Greitherstraße in Weilheim ankam und sich einen kurzen Überblick verschafft hatte, dachte er an Baier. Ja, der hatte leider Recht behalten. Hier gab es Regale ohne Ende aufzubauen, wieso hatten Weiber immer so viele Bücher? Und dann schleppte er auch noch eine Spülmaschine und einen Trockner durch die Gegend, was zwar heroisch war, aber mit einem zweiten Helfer weit einfacher gewesen wäre. Auch im Hinblick auf seinen schmerzenden Nacken. Irgendwann sanken sie an den Küchentisch, und es gab Brotzeit. Evi hatte ihm sogar Wurst eingekauft, während sie natürlich ihre Gabel anmutig in den Hüttenkäse tauchte.

»Ich komm aber morgen ins Büro. Was soll ich hier? Auch wenn ich offiziell erst am Montag anfange.«

Gerhard versuchte erst gar nicht, ihr zu widersprechen. Wozu auch! Er fuhr nach Tankenrain und fiel ins Bett. Um zweiundzwanzig Uhr. Wie ein uralter Mann!

Kaltenberg

Jos Donnerstag begann, wie der Mittwoch geendet hatte. Am Küchentisch. Um fünf in der Früh. Sie musste ihre Texte zu Hause schreiben, weil sie in Kaltenberg vor lauter sonstigen Verpflichtungen kaum dazu kam. Sie sah aus dem Fenster und beobachtete Herrn Moebius von Atzenhuber, Moepelmann, Moepelmännchen oder Captain Schmutzfuß, weil Körperpflege nicht seine Domäne war. Er war größer als seine Mama, was den stämmigen Körperbau und den Katerschädel betraf, er war aber sonst leider etwas tiefer gelegt. Mit langen Beinen wäre er durchaus als imposant zu bezeichnen, so war er eben ein Puschel mit Bauchbodenkontakt. Moebius, in der Seele Pazifist, begrüßte gerade einen anderen Kater höchst freundlich mit einem Nasenstüber. Der Kater aber markierte erst Jos Gummistiefel vor der Tür und fuhr dann auf Moebius los.

Da kam sie und fauchte, dass die Tiger von Siegfried und Roy Waisenkätzchen dagegen waren. Frau Mümmelmaier, Kämpferin von Atzenhuber. Der Kater war aber nicht bereit, wegen einer dahergelaufenen Allgäuerin zu weichen. Sie saßen sich also in einem Meter Abstand gegenüber und schrien sich an, jaulten und wehklagten in Tonlagen, die nicht aus dieser Welt waren. Das dauerte etwa eine Stunde. Der Kater gab auf, zog ab. Jo nahm an, weil seine Stimmbänder gar und alle waren. Moebius hatte die ganze Zeit verwirrt dagesessen. Jo musste lachen. Moepi war und blieb ein Ödipussi. Mama wird's schon richten. Tat sie auch! Jo wandte sich wieder ihrem Computer zu, wo sie sich um Herrn Erec kümmern wollte, momentan mal den letzten ihrer Interviewpartner.

> Sie sind nach Karnant, dem Hof Ihres Vaters, gezogen. Der arme Mann hat Ihnen zuliebe auf die Herrschaft verzichtet. Schlechte Idee, denn Sie hatten alles Mögliche im Kopf, bloß nicht Regieren.
> *Erec: Spießer! Spießerhafte Ansichten! Bloß weil ich mit Enite die Tage im Bett verbracht habe. Das nennt man eheliche Pflicht.*

Zu Erec fiel ihr nicht besonders viel ein, aber als sie gegen neun in Kaltenberg war, hatte sie so was wie gute Laune. Allerdings nicht lange. Die Computer waren abgestürzt, die Telefonanlage war im Eimer. Das typische Sterben der Elektrogeräte. Es gab diese Tage, an denen erst der Kühlschrank, dann der Trockner und dann noch die Waschmaschine verenden. Als begingen sie kollektiven Selbstmord.

Die Wissen-Sie-nicht-wer-ich-bin-Fraktion blies heute zum Generalangriff auf ihr Handy und ihre Nerven. Und natürlich war bei den Mitarbeitern durchgesickert, dass ein Ritter verletzt worden war. Jeder fragte, und sie musste sich winden und abwiegeln, und jedes Mal, wenn sie das Wort »Unfall« benutzen musste, wurde ihr übler. Der Tag schleppte sich dahin, und als sie endlich nach Stunden in Warteschleifen bei der Telekom jemanden am Ohr hatte, der in der Lage war, alle Anrufe nach Egling umzuleiten, war es früher Nachmittag.

Jo war gottfroh, als sie wieder in der Küche saß. Wo irgendeine Katze eine leicht angefressene Maus direkt auf dem Tisch platziert hatte, eine andere wohl eine Packung Milch so lange mit den spitzen Beißerchen traktiert hatte, dass wie aus einer Gießkanne feine Strahlen entwichen waren. Die Lache verströmte schon nach wenigen Stunden diesen ekelhaften Geruch nach gestockter Milch, jenen Geruch, bei dem man einen starken Magen haben sollte.

Jo seufzte. Sie war selbst schuld, sie hätte die Milchtüte bloß in den Kühlschrank stellen müssen. Den brachte nicht mal Bianchi auf, die sonst jede Schublade und jeden Schrank öffnen konnte und dann den Inhalt rausrupfte und verteilte. Momentan war keine Katze zu sehen, wie auch: Es roch wahrlich etwas streng.

Jo schaltet das Radio ein und starrte in die Luft. »Abenteuerland« von Pur, okay, hier in einer fremden Küche ohne Zuhörer und Zuseher konnte man mitsingen. Und schwelgen. Sonst hätte sie niemals zugegeben, dass sie Hartmut Engler gut fand, das tat man einfach nicht. Aber Abenteuerland war eine Hymne, und Engler eigentlich – heute mit Kurzhaarschnitt – trotz seines Dialekts ein netter Kerl. Aber das gab man natürlich auch nicht zu! Falco, den durfte man cool finden. Noch eine Hymne, »Out of the Dark«, und bei der Zeile »Muss ich denn sterben, um zu leben« zuckte Jo zusammen. Hatte der es nicht richtig gemacht? Sich mit knapp über vierzig in der Dominikanischen Republik unter karibischen Palmen totzufahren, weiterzuleben in seinen Liedern, den Verfall nicht mehr erleben zu müssen. Jo war einmal auf dem Wiener Zentralfriedhof gewesen, am Grab von Falco, vulgo Hansi Hölzl, ein oberkitschiges Grab mit einer Plexiglasscheibe. Provozierend noch im Tod. Himmel, was machte sie sich bloß für Gedanken, sie die Optimistin, die zwar gerne mal zynisch wurde, aber im Prinzip ein Stehaufmännchen war. Sie fühlte sich müde und hasste sich dafür. Sie hatte einen super Job ergattert, den viele gerne gehabt hätten. So what?

Jo begann die Milch aufzuwischen, während das Radioprogramm wohl angetreten war, ihre Seele zu malträtieren. Nun lief auch noch City mit »Am Fenster«. Eines von Gerhards Lieblingsliedern.

Es war sinnlos, es zu leugnen. Den ganzen Tag schon dachte sie an Gerhard, der nun mal der Einzige war, den sie wegen »des Unfalls« kontaktieren konnte. Es war zum Kotzen. Nicht bloß wegen der Milch. Sie musste es tun. Sie musste. Gegen dreiundzwanzig Uhr hielt sie es nicht mehr aus. Also drückte sie die Taste am Handy. Ihr Herz raste, tobte, donnerte gegen den Brustkorb. So als wollte es heraus aus dieser Enge.

»Weinzirl!«

Er klang sehr verschlafen. Sie schluckte.

»Gerhard, da ist Jo. Hast du schon geschlafen?«

»Jo?«

»Ja, ich weiß, es ist eine Weile her, aber ich muss dich unbedingt sprechen. Bitte.«

Es war dieses Bitte, das Gerhard erweichte. Jo sagte sehr selten bitte. Also hörte er zu. Erfuhr von einem angeblichen Mordanschlag, von Rittern, davon, dass Jo in Kaltenberg arbeitete. Er brauchte eine Weile, bis er begriff, was Jo von ihm wollte, dass er kommen sollte und ermitteln.

»Jo, das ist nicht mein Zuständigkeitsbereich. Das darf ich gar nicht. Da ist Fürstenfeldbruck zuständig.«

Jo schilderte ihm den Auftritt der beiden Polizisten. »Die haben das den Fürstenfeldbruckern gar nicht gemeldet.«

Es war jetzt müßig, Jo genaue Abläufe der Polizeiarbeit zu erklären. Es war auch müßig, sich zu wehren. Wie immer: Sie hatte ihn. »Ich komme morgen gegen Mittag. In etwa. Ich habe hier einen ziemlich schwierigen Fall. Aber ich komm. Wo finde ich dich?«

»Ruf mich kurz an, wenn du da bist. Hast du meine Nummer noch?«

Na toll, das hätte sie sich schenken können. Eigentlich hatte sie eine neutrale Frage gestellt, ob er die Nummer noch hätte. Aber sie wusste, dass Gerhard das wie eine Provokation vorkommen musste. Er würde den Unterton in ihrer Stimme gespürt haben. Es ging wieder los, wie immer, Jahre, die sich wie Jahrhunderte anfühlten. Die gegenseitigen Empfindlichkeiten, der Kampf um Boden. Er hätte jetzt die Reißleine ziehen müssen. Sie hätte sich auch nicht gewundert, wenn er es getan hätte.

Statt dessen sagte er: »Ich bin gegen Mittag da und rufe an.«

»Gut. Ich hol dich am Tor ab. Ich steh da dann schon. Kaltenberg kennst du ja?«

Weilheim

Als Jo aufgelegt hatte, stöhnte Gerhard auf. O nein, wieso wurde er nie klüger? Er erhob sich vom Bett, ging in die Küche und riss eine Tüte Chips auf. Er goss sich ein Bier ein, kein Kaltenberger Bier, sondern sein inzwischen lieb gewonnenes Dachs. Kaltenberg, Jo war also in Kaltenberg. Natürlich kannte er das. Als Biergarten, als schönen Biergarten. Als bayerischen Biergarten. Als letzte Bastion des Bayerntums vor Augsburg. Ein Lichtblick, als er mal eine kurze Zeit im Raum Augsburg gearbeitet hatte und so gar nichts hatte anfangen können mit der Stadt und deren Bewohnern. Nachdem er die Hälfte der Chips verdrückt hatte und das Bier fast leer war, suchte er nach einer Nummer, wählte, und gottlob war Weixler da und klang noch putzmunter.

»Matthias, griaß di, Gerhard hier. Entschuldige die späte Störung.«

»Kein Problem. Ich geh nie vor eins ins Bett. He, Kollege, was tut sich in Weilheim? Ihr habt einen toten Fotografen, hab ich vernommen. Es zwitscherten die Lerchen. Sag jetzt bloß nicht, dass er was mit uns zu tun hat. Ich ertrinke in Arbeit. Bitte verschone mich mit zusätzlichen Aufgaben.«

Matthias! Sie waren zusammen in Ausbildung gewesen. Matthias war der Bedenkenträger, der Vermeider, der Abwiegler gewesen. Aber immer besonnen und sehr klug. Ein Mann von großer Allgemeinbildung und herzensgut. Er kam allerdings bei seinen Untergebenen nicht so gut an. Er war zu klug und wirkte manches Mal arrogant, obgleich er es nicht war.

»Nein, keine Sorge. Ich bin im Begriff, mir zusätzliche Arbeit aufzuhalsen.« Gerhard berichtete vom verletzten Ritter und davon, dass Jo nicht an einen Unfall glaubte. »Hast du was davon gehört aus Landsberg?«

»Warte mal.« Gerhard hörte es rascheln. »Here we go. Ja, tatsächlich. Betriebsunfall! Den Vorgang hat der Fabian Bachmaier in den Händen. So ein ganz alerter Jungspund. Der gibt ungern Arbeit ab. Will sich profilieren. Und was hast du nun vor, mein lieber Gerhard?«

»Stört es dich, wenn ich mich da mal umsehe?«

»Bewahre. Du kennst das ja: Es gibt eine örtliche und eine sachliche Zuständigkeit. Mach von deiner sachlichen nur Gebrauch. Wenn du sonst nichts zu tun hast!« Er lachte.

»Nein. Natürlich hab ich nichts zu tun. Bloß 'ne Leiche und tausend Motive.«

Am anderen Ende war Lachen zu hören. »Ist sie hübsch?«

»Wer?«

»Na, die Frau wegen der du in meinen Gefilden wildern willst.«

»Ja, hübsch ist sie. Und ... und, Matthias, das ist eine lange Geschichte. Wir sollten uns endlich mal auf ein Bier treffen.«

»Klar, machen wir. Ich wohne in Reichling, nettes Dorf da oben hoch überm Lech. Ist zwar ein bisschen weiter nach FFB, aber ist nun mal meine Heimat. Unten am Lech liegt Epfach, da gibt's die Sonne. Ein richtiges Wirtshaus mit Preisen, von denen ihr da unten am Alpenrand nur noch träumt. Sechs Euro für den Schweinsbraten, zwei dicke Scheiben, wohlgemerkt. Da gehen wir hin. In memoriam der alten Zeiten. Preise wie anno Dunnemals und zwei Kerle von anno Dunnemals.« Er lachte, diesmal wehmütig. »Ach übrigens, Gerhard, wenn du was entdeckst, musst du mich natürlich informieren. Mach's gut, mein Lieber.«

Als Gerhard am Freitag erwachte, fühlte er sich krank. Ihm war übel. Der Geruch aus dem Tafertshofer Haus hing irgendwie immer noch in seiner Nase. Er fühlte sich zerschlagen, er hatte Halsweh, seine Nase war zu. Als er sich über sein Waschbecken bückte, schoss ihm etwas ins Kreuz, ein jäher Schmerz, der die Muskeln augenblicklich verhärtete. Wahrscheinlich Tribut an die Schlepperei von gestern. In leicht gekrümmter Haltung schleppte er sich zum Küchenschrank, wo er in einer übergroßen Tasse ohne Henkel Medikamente aufbewahrte. Er nahm drei Voltaren, wusste, dass er Magenweh bekommen würde, und fuhr zur Arbeit. Das Kreuz merkwürdig durchgedrückt hinterm Lenkrad.

Baier war schon da, Evi auch, die blendend aussah und ihm einen »wunderschönen guten Morgen« entgegenschmetterte. Sie stutzte.

»Was gehst du so komisch?«

»Hexenschuss oder so was! Außerdem Halsweh, Grippe, was weiß ich.«

»Männer! Wenn ihr leichten Kopfschmerz verspürt, dann habt ihr gleich 'nen Hirntumor, jedes Niesen ist der Beginn eines lebensgefährlichen Virus, ihr seid der Beginn einer die Menschheit bedrohenden Pandemie.«

Baier drohte ihr scherzhaft mit dem Finger, Gerhard hätte das Weib am liebsten geschüttelt, aber er war einfach momentan zu langsam.

»Was steht an?«, fragte er und sank auf die Kante eines Stuhls.

»Wir nehmen uns den Bürgermeister vor. Sie, Frau Straßgütl und ich. Wollen Frau Straßgütl mal in die Region einführen. Und in ihre herausragenden sauberen Vertreter«, knurrte Baier.

Der saubere Vertreter war Anfang fünfzig, in den typischen Baywa-Smoking in Leinenmischung gewandet, übergewichtig, den Schnäuzer sauber getrimmt. Er war ein Gockel, allein wie er Evi anschmachtete, war sehenswert. Die Voltaren wirkten nicht, Magenweh hatte Gerhard trotzdem. Er war so was von schlecht gelaunt!

Ohne Vorwarnung knallte er die Fotos auf den Tisch. Eines, das den Bürgermeister mit dem Sägewerksbesitzer zeigte, dann, wie er das Geld zählte, und das zusammen mit der Tafertshofer Oma.

»Nette Serie!« Baier schaute ihn bitterböse an.

»Fast wie ein Daumenkino. Eins nach dem anderen ergibt ein Filmchen«, schickte Evi hinterher.

Der Schnauzbart schwieg.

»Schmiergeld geht an Sie. Schmiergeld wird gezählt. Schmiergeld geht an die alte Frau Tafertshofer, die Sie übervorteilt haben. Verstehen Sie mich?« Gerhard war so richtig in Fahrt.

Nun kam Leben in den Mann. »Das sagt ihr Enkel, dieser Lapp, dieser Hanswurst. Die Frau ist bei klarem Verstand. Das war ein völlig korrekter Kauf.«

»Das mag ein Gericht entscheiden! Mich interessiert, wie viel Lepaysan von Ihnen wollte!«, fauchte Baier.

»Wer? Ein Herr dieses Namens ist mir nicht bekannt.«

Das musste er irgendwo mal gehört haben. Der Satz passte so gar nicht zu seiner sonstigen Sprache.

»Scheiß auf den Namen! Der Sie erpresst hat. Mit den Fotos.« Baier haute so auf den Tisch im Bürgermeisteramt, dass ein Ablagekorb einen entsetzten Hüpfer machte.

»Genau der! Also!« Gerhard hatte jetzt richtige Magenkrämpfe.

Der ganze Mann vor ihnen begann zu bröckeln. Seine Schultern fielen herunter, ebenso seine Mundwinkel und seine Backen. Er starrte sie an und schien verzweifelt nachzudenken.

»Wird's bald! So schwer verständlich ist die Frage doch nicht. Wie viel wollte Lepaysan?« Warum waren die Leute bloß immer so dämlich? Am Ende redeten sie ja doch, dachte Gerhard.

»Fünftausend«, flüsterte er.

»Aha, und hat er sie bekommen?«, fragte Evi.

»Nein, ich bin nicht erpressbar.« Die Schultern strafften sich wieder. Da war doch die Ehre des Lokalpolitikers gefragt.

»Wäre es nicht besser gewesen zu zahlen? Er hat damit gedroht, an die Presse zu gehen, und er hat Simmerl Tafertshofer angerufen, dass er Beweise in den Händen hätte, die einen Prozess gegen Sie zu einem Spaziergang hätten werden lassen«, sagte Evi.

Das war dem Mann nun wirklich zu hoch.

»Der Lepaysan wollt dem Simmerl die Fotos geben. Den Prozess hättest verloren. Deinen Posten auch«, brachte Baier Evis Aussage in eine volksnahe Form.

»Ihren Kumpel Sepp vom Sägwerk haben Sie doch sicher informiert, oder? Ihm erzählt, dass Sie beide bei der Schmiergeld-Übergabe fotografiert worden sind«, schoss Gerhard jetzt einen neuen Pfeil ab, der sozusagen ins Schwarze traf.

»Das Geld war rein privat, er hatte noch Schulden bei mir, der Sepp.«

»So ein Zufall, was!« Baier hatte sich auf die Tischkante gewuchtet und kam dem Bürgermeister bedrohlich nahe. »Wir fragen den Sepp natürlich!«

»Der wird nichts anderes sagen.«

O ja, das konnte sich Gerhard lebhaft vorstellen. Der Sägwerks-Sepp, das war der Wiefere von beiden, wusste er von Baier. Natürlich hatten die sich eine nette bauernschlaue Geschichte zusammengereimt. Die Mär von privaten Schulden. Eine Geschichte, an der sie beide erst mal festhalten würden. Andererseits war sich Gerhard sicher, dass der Sägewerksbesitzer den Bürgermeister, wenn's hart auf hart ging, gnadenlos über die Klinge würde springen lassen. Da war's vorbei mit der Parteifreundschaft.

Er zog noch einen Pfeil aus dem Köcher. »Es geht hier aber um Mord! Der Erpresser ist tot. Ermordet. Wo waren Sie Dienstagnacht oder in den frühen Morgenstunden?«

Der Bürgermeister schnappte nach Luft. Baier rutschte noch näher heran.

»Wie, tot?«, kam es lasch vom Bürgermeister.

»Tot! Mausetot! Tot-tot. Ohne Leben. Wo waren Sie?« Baier brüllte.

»Zu Hause bei meiner Frau.«

»Die das bezeugen kann?«, fragte Evi.

»Natürlich.«

»Na, dann fahren wir da mal hin.«

Evi lächelte zuckersüß.

Die Gattin des Herrn Volksvertreters war unter all ihrer Schminke kaum als Mensch auszumachen. Sie war eine wandelnde Maske. Ihr Outfit war teuer, zwei Nummern zu klein und geschmacklos:

Sie trug eine Kombination aus kurzem gemusterten Bouclé-Rock und Blazer, was an einem jungen Mädchen kess ausgesehen hätte, an ihr aber wirkte, als hätte sie einen Sofabezugsstoff umgenäht. Ansonsten war sie üppig mit Gold behängt und trug unzählige Ringe. Dafür, dass sie anscheinend gerade in der Küche arbeitete, war sie eindeutig overdressed. Ihre Stimme und ihr Auftreten waren ausgesprochen laut. Sie zog Evi in die Küche, um ihr zu zeigen, dass sie einen »gscheidn Apfelstrudel« buk, »ned so a Kleinhäusler Apfelstrudel wie die Weiber im Dorf, die die Butter reut. Da ghert Butter nei. Und de hom man zum Saufuadern«.

Das interessierte Evi sicher brennend, Gerhard musste grinsen. Natürlich wusste die Dame des Hauses zu berichten, dass ihr Mann zu Hause gewesen sei.

»Wo soi der bsuffene Depp a hi, de Wirtsheiser machen a amoi zu.«

Ja, um halb eins hätte sie ihn heimkommen gehört. Weil er was runtergerissen hätte, »a so a bsuffas Wogscheidl«.

»Woher wissen Sie die Uhrzeit so genau?«, fragte Gerhard.

»Weil i den Radiowecker ogschaut hob. Den Fernsehkasten hot er odraht, vui z laut. Der werd schee stad dored, der Depp.«

»Sagen Sie, haben Sie einen Computer?«, fragte Gerhard.

»Wieso?«

»Würden Sie bitte einfach meine Frage beantworten?«

»Mei Mo hot oan auf der Gmoa, aber er is z damisch, dass er n bedient.«

Die Kommissare verabschiedeten sich.

»Charmant, charmant!« Baier grinste. »Haben Sie das butterreiche Rezept für den Strudel, werte Kollegin?«

»Um Himmels willen. Dann ende ich wie die! Zwanzig Kilo Übergewicht ganz in Bouclé. Nein, danke. Was ist überhaupt ein Kleinhäusler Apfelstrudel?«

»Einer ohne Butter. Sparversion. Dabei stammt sie selbst aus so einer Kleinhäusler Umgebung. Drei Kühe, eine Sau, Gemüsegarten. Bitterarme Familie. Aber so schnell vergisst der Mensch, woher er kommt«, sagte Baier zu Evi.

»Glauben wir ihr?«, fragte Gerhard.

»Warum nicht? Ich glaube kaum, dass sie ihren Mann schützen würde«, meinte Evi. »Und Lepaysan ist definitiv erst nach zwei Uhr ermordet worden, eher später, sagt die Gerichtsmedizin. Aber was ist mit diesem Sägwerks-Sepp? Wenn der das Gefühl hat, der Bürgermeister reitet ihn da in was rein, hätte der nicht allen Grund, den Erpresser zu eliminieren?«

»Schon, aber der Mann hat ein sicheres Alibi.«

Sowohl Evi als auch Gerhard schauten Baier verblüfft an.

»Solltet früher aufstehen, Kollegen. Die Zeitung lesen. Tagblatt lesen, dabei gewesen. Unser Sägwerks-Sepp ist bei der Musik, und die war in Italien. Zu einem Musikertreffen im Val Sugana. Bis Donnerstag. Heute auf der Landkreis-Seite. Landkreis-Bauernschädel in Tracht neben schicken italienischen Bergchören. Was wir so exportieren in die Welt …« Er schüttelte den Kopf. »Aber glaub dem Bürgermeister nicht. Wir müssen nochmals in die Halle. Der Eintänzer wollt uns doch 'ne Liste machen.«

»Ja«, sagte Gerhard. »Treffen wir uns doch dort. Ich würde gerne versuchen, einen Arzt für mein Kreuz zu finden.«

»Pflegen Sie sich, Weinzirl! Sie sind auch nicht mehr der Jüngste.« Baier grinste.

Gerhard schämte sich ein bisschen. Seinem Kreuz ging es eigentlich wieder ganz gut. Aber er musste nach Kaltenberg. Was hieß, er musste? Aber er wollte das Baier nicht auf die Nase binden und Evi schon gar nicht. Auf deren Kommentar, was sein Verhältnis zu Jo betraf, war er nun gar nicht scharf. Evi hatte sich nämlich schon vor geraumer Zeit auf Jos Seite geschlagen. Weibersolidarität – so ein Krampf!

Als Gerhard freitags Richtung Kaltenberg fuhr, fielen ihm Matthias' Worte wieder ein. Ja, selbst auf dieser kurzen Wegstrecke war es spürbar: Es gab ein Nord-Süd-Gefälle zwischen Alpenrand und der Lechebene. Rott hatte noch Charme, aber dann wurden die Häuser anders. Einfacher, die Eternitplatten nahmen zu. Alles, was in Oberammergau in Form von Lüftlmalerei noch üppig klotzte, schien weit weg. Wo im Pfaffenwinkel ausladende Balkone unter der Geranienpracht schier zusammenbrachen, gab es hier nur noch vereinzelte Schalen auf abgewetzten Terrassen. Er war hier schon länger nicht mehr entlanggefahren und war verblüfft über die neuen Industrieansiedlungen hinter Lengenfeld. In Schwifting stand ein Geisterhaus mitten auf einer Wiese. Allein, verrammelt, alle Tristesse der Eternitplatte. Gerhard fühlte sich unwohl, er hatte das Gefühl, schlechter atmen zu können, so wie an jenen Sommertagen, an denen einem die Hitze wie eine Wand entgegenschlug. Sein Magen krampfte sich zusammen. Und das konnten schon lange nicht mehr die Voltaren-Tabletten sein. Schwifting, Penzing, Schwabhausen – das Turnier warf seine Schatten voraus. Ein kleiner Laden verkaufte Kinderschwerter, Schilder wiesen Richtung Ritterturnier. Er rief Jo an und berichtete ihr, dass er gleich da sein würde.

Kaltenberg

In Kaltenberg waren schier endlose Wiesen schon zu Parkplätzen umfunktioniert. Himmel, wie viele Autos wurden denn erwartet? Wie viele Menschen, die von den Blechbüchsen ausgespien wurden?

Auf einmal wurde sich Gerhard der Dimension dieses Turniers bewusst. Er stellte sich auf die Wiese und schlenderte zum Tor. Da stand sie: in einem hellroten Samtkleid mit Trompetenärmeln, den tiefen Ausschnitt eingefasst mit Goldbordüren. Ihre Haare waren zu Zöpfen geflochten, sie sah jung aus, trotz der Augenringe, und irgendwie verletzlich. Machte das das Kleid? Sie trat einen Schritt vor, er war schon versucht, ihr die Hand zu geben. Dann aber drückte er ihr je einen flüchtigen Kuss auf beide Wangen.

»Hallo, Jo. Wo brennt's im Mittelalter?«, fragte er in einer betont flapsigen Weise.

»Überall. Danke, dass du gekommen bist.«

Jo hatte danke gesagt!

Gerhard war Jo zum Biergarten gefolgt, wo man unter einem Schirm sitzen konnte, der diesen Sommer mehr als Regen- denn als Sonnenschirm gedient hatte. Sie erzählte ihm nochmals vom verletzten Ritter und davon, dass Marco Cœur de Fer das Ganze als Betriebsunfall herunterspielen wollte.

»Und das könnte nicht tatsächlich so sein?«, fragte Gerhard.

»Nein! Die haben keine echten Lanzen. Die hat einer eingeschmuggelt. Das war ein Mordversuch!«

Aha! Da war sie wieder, die Jo, die er kannte. Die voranpreschte für die Gerechtigkeit, immer erst sprach und dann nachdachte.

»Gut, lassen wir das mal so stehen. Ich denke, du hast ein gutes Gespür für Situationen. Ich werde hier mal ein paar Leute befragen, aber erzähl du mir erst mal, wie du hierher gekommen bist.«

»Mit dem Auto!«

»Komm, Jo, bitte ernsthaft und ohne Zynismus. Wieso arbeitest du in Kaltenberg?«

»Weil ich mich beworben habe.«

Sie wollte offenbar nicht auf sein Angebot eingehen. Sie ignorierte seine weiße Fahne und den Vorschlag eines Neutralitätsabkommens. Er bestellte sich ein König-Ludwig-Dunkel, nahm einen tiefen Zug und sah Jo in die Augen.

Plötzlich brach es aus ihr hervor: »Die Tage sind so laut hier. Ich habe mit so vielen neuen Menschen zu tun. Neue Probleme, neue Kritik, neuer Zuspruch und immer wieder so ungeheuer laut und schnell. Und am Ende des Tages wird es still. Sogar die Blätter an den Bäumen sind erstarrt. Es ist so schwer, irgendwie runterzukommen. In meiner Seele toben noch tausend ungeordnete Emotionen. Ich fahre nach Egling, ich schließe ein fremdes Haus auf, die Tür knarzt. Ich sitze an einem fremden Küchentisch. Die Leere ist grenzenlos.«

Gerhard kannte das. Er hätte es nie so formulieren können. Aber er kannte das Gefühl. Nach einer anstrengenden Ermittlungsarbeit, nach all den Lügen und Teilgeständnissen, nach der Wut und Verzweiflung der Menschen wurde es immer so still. Eine Stille, die wehtat. O ja, er kannte das nur zu gut. Und er kannte Jo und wusste, dass er sie reden lassen musste. Also schwieg er.

»Das Leben hat keinen Sinn für Übergänge. Es weigert sich, sanft hinüberzugleiten von einem Zustand in den nächsten. Es kennt nur Schwarz oder Weiß.«

»Ich weiß nicht, ob das stimmt. Du kennst nur Schwarz und Weiß«, sagte Gerhard vorsichtig.

»Ach, Gerhard, ich hätte gerne ein Auge für Grau. Eine edle, kleidsame Farbe. Du willst wissen, warum ich hier bin? Wusstest du, dass mir mein Haus in Göhlenbühl gekündigt wurde? Nein, nein, das wusstest du nicht. Woher auch! Ich habe alles versucht, Aufschub, keine Chance. Das ist schwarz. Ich habe versucht, es zu kaufen. Aber weißt du was? Ich habe kein Geld für so was. Ich erbe nichts, und ich werde nie so viel verdienen, dass ich etwas auf die Seite schaffen könnte. Also Auszug. So einfach ist das. Und so schwarz.«

»Wann musst du denn raus?« Gerhard war betroffen. So lange hatten sie sich nicht mehr gesehen? So wenig wusste er über eine Frau, die von bester Freundin bis Geliebte so ziemlich alles gewesen war. War?

»Genau genommen bin ich schon draußen. Die Sachen stehen bei Gschwendtners, die Pferde stehen da auch noch, und die gute Resi Gschwendtner versorgt sie. Ich hüte als Heimatlose ein verlassenes Haus in Egling an der Paar. Schwarz!«

»Ja, aber du findest doch wieder etwas Neues. Du kennst Hinz und Kunz im Allgäu. Man mag dich da. Man betet dich an.« Gerhard merkte selbst, dass das blöd klang.

»Wer ist man? Man, meine so genannten Freunde? Wer?!« Jos Stimme wurde schrill.

»Jo, das ist jetzt aber schon sehr negativ, oder? Was heißt da so genannte Freunde. Ich bin dein Freund.«

»Ja, wirklich? Was für ein Freund bist du, der du vor einem halben Jahr hocherhobenen Kopfes davongetrabt oder besser galoppiert bist. Einfach so, in ein neues Leben, das dir gut zu tun scheint. Die Welt scheint dein Freund zu sein, meiner nicht! Mein Leben ist ein einziges großes Fragezeichen.«

»Du hast zu hohe Ansprüche an dich. Das ist dein Problem!«, rief Gerhard.

»Tja, du fragst dich natürlich nie, wie du weiterleben willst? Kannst du mal beschreiben, was du dir die nächsten Jahre wünschst? Oder bloß für eine sehr nahe Zukunft? Hast du jemals überlegt, was du tun kannst, dass der ganz normale Wahnsinn zumindest kurz vor deiner Tür keine Chance mehr hat?«

Hatte er so was mal überlegt? Stellte er sich solchen Lebensfragen? Nein, er lebte eben. Tag für Tag. Jo, Jo-die-mit-dem-verzwirbelten-Seelenleben, sie dachte wahrscheinlich viel zu viel nach. Alle Frauen dachten viel zu viel nach!

»Wahrscheinlich bin ich unsensibel. Aber trotzdem solltest du nicht so schwarz sehen. Du hast doch schon wieder einen tollen Job, um den dich viele beneiden. Du bist sicher wie immer wieder ganz großartig.«

Auch das klang nicht wirklich überzeugend, fand Gerhard. Er war einfach ein Versager im Frauen-Trösten, im Frauen-Verstehen.

»Ja, großartig, was meine Schauspielkunst betrifft. Großartig, es allen recht zu machen. Aber ich kann doch keinen Mordanschlag vertuschen! Das geht einfach nicht!«

»Nein, das geht nicht.«

Wenn es denn einer war, dachte Gerhard. Er schüttete sein Bier quasi hinunter und stand brüsk auf.

»Wo ist dieser Marco? Dann fragen wir ihn doch mal.«

Sie gingen an einer riesigen grauen Burg vorbei, alles Fake aus Zeltplanen und Pappmaché, und gelangten hinter eine Absperrung aus Maschendraht. Sie stapften über aufgeweichten Boden, einmal hätte so ein Matschloch fast Gerhards Turnschuh als Tribut gefordert. Mit der Ferse war er schon draußen. Er hüpfte auf einem Fuß, um den Schuh wieder anzuziehen. Als er hochsah, stand ein kleiner drahtiger Mann vor ihm. Schwarze enge Hosen, ein schwarzes Wams. Jo stellte die beiden einander vor.

»Ich lass euch kurz allein.« Sie drehte sich um und ging davon.

»Wie konnte das passieren?« Gerhard sparte sich Vorreden. Der Typ wirkte, als könnte man mit ihm Klartext reden.

Marco Cœur de Fer war ein Energiebündel, das konnte man sehen, aber um seinen Mund und seine Augen lag Müdigkeit und Abgespanntheit. Er schüttelte nur den Kopf.

»Wer konnte die Lanzen austauschen?«, fragte Gerhard.

»Jeder.«

»Jeder?«

»Sehen Sie, die Lanzen liegen in einem Container. Der ist nicht abgesperrt. Jeder kann dahin.« Marco zuckte mit den Schultern.

»Und einfach eine echte einschmuggeln?«

»Ja, leider.«

»Liegen sie immer dort?« Gerhard fand das sehr unvorsichtig. Dachten diese Künstler denn nie nach? Immer lässig?

»Im Prinzip erst seit Dienstag. Wir haben neue bekommen, die wir dann in den Container gebracht haben«, sagte Marco.

»Wo kommen die Lanzen denn her?«, fragte Gerhard.

»Wir haben einen Hersteller aus Tschechien. Der präpariert sie für unsere Bedürfnisse, sodass sie abbrechen.«

»Dass ich Sie richtig verstehe: Seit Dienstag hätte jemand beziehungsweise jeder die Lanzen vertauschen können?« Gerhard wollte sich versichern. Denn das war ja der Horror. Das machte die Suche ja fast hoffnungslos. Auf was hatte er sich da bloß eingelassen?

»Ja.«

»Und beim Dienstagstraining ist nichts passiert?«

»Wir hatten eine Pressekonferenz. Wir haben nur zu Showzwecken einiges vorgeführt. Und danach haben nur vier Ritter trainiert. Aber wenn ich es mir recht überlege: Der Unfall hätte sich auch schon am Dienstag ereignen können.«

Cœur de Fer hielt mit bemerkenswerter Konsequenz am Wort »Unfall« fest. Gerhard wagte sich gar nicht vorzustellen, was gewesen wäre, wenn der Unfall beim Pressetraining passiert wäre.

»Aber am Mittwoch waren dann alle Lanzen im Einsatz?«

»Ja.«

»Hätte man nichts am Gewicht merken müssen? An der Optik?« Marco schüttelte den Kopf. »Ich hab mir die Lanze aus dem Unfall angesehen. Sie wiegt ein bisschen mehr. Das ist aber nur im Vergleich mit einer anderen zu merken.«

Er sah zu Boden, dann stand er auf und begann einfach loszugehen. Gerhard folgte ihm schweigend. Vor dem Stallzelt stoppte er. Ein Pferd wurde gerade von einem jungen Mann abgeduscht. Es hatte sichtlich Spaß, drehte die Flanke dem Wasserstrahl entgegen. Der junge Mann mit dem langen schwarzen Haar hielt ihm den Wasserstrahl direkt vor die Nase. Das Pferd biss in den Strahl, flämte mit der Oberlippe, prustete.

»Unser Seepferd!«, sagte Marco Cœur de Fer. »Er liebt Wasser.«

»Ein Ritter oder Ihr Stallbursche?«

»Beides. Es gibt viele junge Männer, die Stuntman werden wollen. Wenn sie zu mir kommen, dann dürfen sie erst mal Pferde pflegen. Striegeln, waschen, trocken reiten. Zwei Jahre lang, etwa achtzig Prozent halten durch. Wer ein Gefühl für Pferde hat, den bilde ich aus. Ich bin ziemlich hart als Chef. Aber gerecht. Ich bin hart, aber ich schau auf meine Jungs.« Er brach ab, weil ihm plötzlich klar zu werden schien, dass er auf einen nicht geschaut hatte.

»Ist die Reihenfolge im Training klar geregelt? Auch die Ausgabe der Lanzen? War es möglich, genau diesen Ritter zu treffen und keinen anderen? War er gemeint?«

Marco sah ihm nach langer Zeit wieder in die Augen. »Nein, das ist unmöglich. Ich meine, die Reihenfolge ergibt sich, die Lanzen werden ausgegeben, wie sie eben kommen. Jacques kann nicht als Person gemeint gewesen sein. Es hätte Hugo, Cedric, Frederic treffen können. Jeden der Jungs hätte es treffen können.«

»Monsieur Cœur de Fer, das heißt dann aber, dass jemand Ritter generell nicht mag. Ihre Truppe nicht mag. Haben Sie Feinde? Hat einer Ihrer Jungs Feinde?«

Er schnaubte. So wie seine Hengste. Erhaben, dramatisch, ein klein wenig arrogant.

»Natürlich haben wir Feinde. Jeder sollte welche haben. Viel Feind, viel Ehr. Natürlich habe ich Neider, ich habe wie jeder andere Mensch unter Menschen gelebt. Wo Menschen leben, ist Neid. Wo Menschen arbeiten, ist Missgunst, und meine Jungs haben sicher auch Feinde. Und Frauen, die ihnen die Pest an den Hals wünschen. Aber inmitten all der menschlichen Eitelkeiten: Wer würde einen Ritter wirklich töten wollen?«

»Und warum, Monsieur Cœur de Fer. Warum? Zu welchem Zweck?«

Gerhard sah ihn scharf an.

Der Anschlag hatte also nicht diesem bedauernswerten jungen Mann persönlich gegolten. Gerade erst Ritter- und Stuntwürden erlangt. Vierundzwanzig Jahre jung, hübsch, kühn, den Kopf voller Ideen vom Leben. Voller Vorfreude auf Kaltenberg, den größten Live-Event für Reiterkunst. Hier war bestimmt der beste Platz, als hübscher Franzose die Herzen all der Mägdelein zu brechen. Und jetzt? Was war seine Prognose? Irreparable Schädigungen? Ein Leben als invalider Trottel? Für einen, der doch gerade erst ausgezogen war, die Welt zu erobern? Er war das Bauernopfer geworden. Aber wer mordete hier? Gut, der junge Jacques war noch am Leben, aber Gerhard behandelte das Ganze als Mordversuch. Und was, wenn das erst der Anfang gewesen war?

»Monsieur Cœur de Fer, ich würde Ihnen dringend raten, die Show abzubrechen. Bis sich das Verbrechen aufgeklärt hat«, sagte Gerhard eindringlich.

»Der Unfall!«

»Kommen Sie! Sie sind zu clever, um sich und mich zu täuschen. Natürlich war das ein Anschlag! Und es können weitere folgen. Brechen Sie ab.« Himmel, Arsch und Wolkenbruch. Der war ja auch zu stur, um wahr zu sein.

»Was? Wie bitte? Niemals! Das geht auch gar nicht. Die Vorstellungen sind ausgebucht. Außerdem beuge ich mich niemals einer solchen Attacke. Wir werden die Container und die Pferde Tag und Nacht bewachen. Das hätten wir am Sonntag auch tun müssen.«

»Am Sonntag?«

»Monsieur Le Commissaire, ich habe nachgedacht, die ganze Nacht. Es gab einige Vorfälle, die …«

»Vorfälle?«, unterbrach ihn Gerhard.

»Nun, kürzlich hatten die Jungs eine Lebensmittelvergiftung oder was auch immer. Nach dem Frühstück war allen speiübel. Außer mir. Ich habe nicht mitgegessen. Es ging einigen richtig schlecht. Dann wurde einer einige Tage später im Dorf, wo das Hotel steht, verprügelt. Ich dachte eigentlich, das wäre sozusagen das Kräftemessen der Dorfjugend. Wann hat man schon mal Gelegenheit zum Franzosenkampf, wenn man sonst nur die Burschen aus dem Nachbardorf verprügeln kann oder den rivalisierenden Fußballclub. Aber es ging wohl einfach darum, dass ein Kerl das Gefühl hatte, einer meiner Jungs hätte seiner Freundin schöne Augen gemacht. *Mon dieu*, so was passiert doch ständig. Aber vorher war auch das Pferd verschwunden.«

»Wie, verschwunden?« Wie konnte ein stolzes Pferd einfach verschwinden?

»Er war weg, wie vom Erdboden verschluckt. Aus dem Stallzelt. Einer meiner Besten. Suente, mein bester Bruchpilot, der, der perfekt stürzen kann. Ein Ponyhof hat bei der Prinzessin angerufen, weil sie ihn wiedergefunden haben.«

Das war Gerhard alles viel zu verwirrend. In welchem Schauermärchen war er hier gelandet? Wer ließ hier Pferde verschwinden, und was für Prinzessinnen wurden wegen Pferden angerufen?

»Was für ein Ponyhof?«

»Der in Pflaumdorf. Der Hengst ist dort einfach aufgetaucht. Wiehernd, sehr aufgeregt, nass geschwitzt. Die Ponyleute haben sofort gemerkt, dass das ein Kaltenberger Pferd war«, sagte Marco.

Gerhard starrte Marco Cœur de Fer an. »Wie konnte das Pferd dorthin gelangen? Wenn ich ein so teures Pferd stehle, dann würde ich es auf dem schnellsten Wege außer Landes bringen!«

»Was fragen Sie mich das? Ich habe auch keine Erklärung. Für keinen dieser Vorfälle. Bis zum Schluss dachten wir, wir hätten eben eine Pechsträhne. An Zufälle dachten wir. Bis gestern. Das war ein Anschlag auf das Leben meiner Männer. Erst heute wurde mir klar, dass das eine Serie ist.«

»Also doch kein Unfall?«, fragte Gerhard süffisant. »Und all das wurde nicht bekannt? Das wäre doch eine tolle Geschichte für die Presse.«

»Eben. Die reizende Pressereferentin hat das alles, so gut sie konnte, unter dem Deckel gehalten.«

Jo! Natürlich! Von Rittern mit Veilchen, von würgenden Rittern und weggezauberten Pferden hatte sie ihm nichts erzählt. Typisch Jo!

»Das wird aber in Zukunft schwer werden, etwas unter dem Deckel zu halten. Es sind doch fast schon alle Künstler und Standlbesitzer auf dem Gelände. Das wird sich rumsprechen, schneller als ein Flächenbrand, schneller als eine mittelalterliche Feuersbrunst.«

»Ich weiß. Aber wir werden unsere Arbeit machen. Deshalb sind wir da.«

Das klang in Gerhards Ohr nun doch ein bisschen zu heroisch, und er raunzte unfreundlich.

»Brot und Spiele, was? Die heldenhaften Gladiatoren in der Arena, oder was? Ritter ohne Furcht und Tadel!«

Er fühlte ein unbestimmten Gefühl des Unwohlseins, ein Gefühl, das ihm sagte, dass er gerade den ersten Schritt in ein unüberschaubares Chaos hinein machte. Jeder war verdächtig. Jeder hatte die Gelegenheit gehabt. Hier liefen nur Irre rum, die drei Wochen lang in eine Scheinwelt abtauchten. Die Befragungen würden uferlos werden.

Marco Cœur de Fer sah ihn lange an, nicht spöttisch, eher interessiert. So wie er ein renitentes Pferd angesehen hätte.

»Ich möchte nicht in meiner Haut stecken, im Moment. In Ihrer auch nicht. Aber das lässt sich nicht ändern. Ich sehe, was auf Sie da zukommt. Aber bezichtigen Sie mich nicht des Realitätsverlusts oder gar der Arroganz. Ich bin niemand. Das Pferd hat mich in die gute Situation gebracht. Wegen des Pferdes jubeln sie mir zu. Was wäre der heilige Georg ohne Pferd? Was der Jockey? Das Pferd rennt, er gibt nur die Richtung vor! Wenn die Kameras aufhören zu surren, wenn der Vorhang fällt, dann bist du niemand mehr. Ich weiß das. Meine Jungs lernen das. Wir machen unsere Arbeit. Wir machen sie gut. Wir sind Profis. Nicht mehr.«

Gerhard schluckte. Der Mann konnte Gedanken lesen. Wahrscheinlich war er deshalb ein so guter Pferdetrainer.

»Wer wird denn nun Jacques ersetzen?«

»Jean-Paul. Der junge Mann, den sie gesehen haben. Der das Pferd abgeduscht hat.«

»Könnte er die Lanze präpariert haben? Um in die erste Reihe aufzurücken?«, fragte Gerhard.

»Sie erwarten darauf keine ernsthafte Antwort von mir. Fragen Sie ihn. Das werden Sie ohnehin tun. Ich darf mich verabschieden. Heute ist Premiere. Es ist viel zu tun. Ach, Monsieur Le Commissaire, fragen Sie den Jungen bald. Damit er sich erholen kann bis zum Abend, er ist jetzt schon nervös genug.«

Er ging davon, mit schnellen energischen Schritten, bis er stoppte. Jo war ihnen entgegengekommen. Sie und Marco Cœur de Fer wechselten ein paar Worte, dann küsste er sie schnell und flüchtig auf die Wangen. Dreimal. Französisch. *Très charmant!*

Wenig später saßen Gerhard und Jo wieder im Biergarten unter einem großen Schirm. Jo war auf den Stuhl gesunken. Sie hatte ihre Augenringe mühsam überschminkt. Auf ihrer Stirn stand eine tiefe Sorgenfalte. Auch die kleinen Fältchen um den Mund ließen sich nicht wegmogeln. Gerhard registrierte das, nicht dass es ihn gestört hätte, Jo war immer apart.

»Es wäre hilfreich gewesen, mir zu sagen, dass die Ritter zusammengeschlagen wurden, vergiftet, dass Pferde abhanden gekommen sind!«, sagte er unfreundlich.

»Das hätte ich jetzt getan. Gestern am Telefon ging alles so schnell.« Sie machte eine Pause und stürzte den Kaffee fast auf ex hinunter. »Ich bin froh, dass du da bist!«

»Jo, das alles deutet darauf hin, dass jemand die Ritter nicht unbedingt ins Herz geschlossen hat. Jemand torpediert ständig ihre Trainings, ihre Auftritte, greift zu immer drastischeren Mitteln. Wer? Warum?«

»Wenn ich das wüsste! Ich dachte anfangs auch, das alles wäre Zufall. Oder ein schlechter Scherz. Aber …« Sie sprach den Satz nicht zu Ende.

»Aber Mordversuch ist kein schlechter Scherz? Ja, so sehe ich das auch. Wo ist das Motiv? Ich möchte diesen Jean-Paul befragen, er profitiert schließlich vom Ausfall des Kollegen.«

»Der Kleine?« Jo sah ihn überrascht an.

»Na ja, klein ist er nicht gerade«, sagte Gerhard und hatte den jungen kräftigen Mann vor Augen, dessen Oberkörper selbst unter einem T-Shirt sehr muskulös gewirkt hatte.

»Nein, aber jung. Gerade vierundzwanzig Jahre alt.«

»Auch solche Jungs morden! Kannst du für mich übersetzen? Mein Französisch ist fast nicht existent. Und wenn Franzosen englisch reden, klingt das wie Suaheli«, sagte Gerhard.

Schweigend marschierten sie wieder an der falschen Burg vorbei und hinter die Absperrung. Diesmal gingen sie bis zu einer Reihe Container. Gerhard hatte sich nie Gedanken gemacht, wie es backstage bei Ritters aussah.

Lauter Hausmänner, die tollen Kerle. Einer nähte gerade in voller Konzentration und besserte die Stickerei an einem Lederteil aus. Ein anderer hatte sein Kostüm an einer Container-Tür aufgehängt und klopfte es mit einem Teppichklopfer aus. Eine rhythmische Bewegung, die den Container irgendwie zum Schwingen brachte und ihn ein zirpendes Geräusch ausstoßen ließ. Marco und Hugo sprühten Kopfteile an. Einer popelte an den Federbüschen herum, und Jean-Paul wienerte an seinen Stiefeln. Er schien sie erwartet zu haben, grüßte artig und folgte Gerhard und Jo in einen Container, der wohl als eine Art Cafeteria diente.

Sehr schlicht, das Ambiente. Schlicht war auch das Gemüt des jungen Ritters. Er antwortete nach langem Nachdenken sehr langsam auf die Fragen, und auch wenn Jo womöglich das eine oder andere wegließ, waren seine Antworten beängstigend einsilbig. Da Gerhard ja stets auf die deutsche Übersetzung warten musste, hatte er viel Zeit, Jean-Paul zu beobachten. Mit offenem Mund lauschte er der Frage, dachte angestrengt nach und antwortete dann wirklich mit voller Anstrengung. Gerhard war sich eigentlich sicher, dass er nicht log, wenn er sagte: »Marco ist wie ein Vater. Die Ritter sind meine Brüder. Ich verehre Marco. Marco hat mir sehr geholfen.« Im Laufe des Gesprächs kam heraus, dass er ein nordafrikanischer Einwanderer war. »Nie würde ich meinen Freunden Schmerz tun.« Anscheinend übersetzte Jo wörtlich. Eines aber bestätigte auch er. »Die Lanzen sind erst am Tag vom Unglück gekommen. Da war ich immer mit den Pferden. Immer waschen. Hubert hat mich gesehen. Immer. Er hat die Leitung ganz gemacht. Überall Wasser.« Gerhard nickte dem Jungen zu, der ihm irgendwie Leid tat. Als sie sich von Jean-Paul verabschiedeten, wünschte Gerhard ihm »Bonne Chance«. Er strahlte, schüttelte Gerhards Hand. Er schien nahe dran, ihm die Füße zu küssen. Nein, so ein guter Schauspieler war der nicht. Als sie gingen, hob Marco die Hand zum Gruß und lächelte. Hugo sah hoch und zwinkerte Jo zu. Gerhard sagte nichts, bis sie wieder vor der Burg standen.

»Wo finde ich diesen Hubert? Wer ist das genau?«, fragte er.

»Hubert Holzer aus Rottenbuch. Er ist Spenglermeister, hatte einen kleinen Betrieb. Er war vor vielen Jahren hier der Spengler für die Dauer des Turniers. Ein paar Jahre. Dann hat er, glaub ich, lange Jahre pausiert. Nun ist er seit zwei Jahren wieder dabei. Er ist längst Rentner und will sich wohl die karge Rente aufbessern. Er ist ein Juwel. Er kann einfach alles reparieren. Im Stallzelt gab es Probleme mit dem Wasser.«

»Na, dann suchen wir den Reparatur-Wunderknaben!«

»Knabe ist gut. Der Mann ist sicher Ende sechzig. Wenn nicht älter. Suchen musst du nicht. Ich pieps ihn an.«

Hubert Holzer tauchte wenig später auf. Ein großer, fast überschlanker Mann. So ein zacher Hund. Er trug eine Latzhose, darunter ein Karohemd. Seinem Gesicht und seinen Händen sah man die jahrelange harte körperliche Arbeit an. Wahrscheinlich hatte er ohne Urlaub, ohne Unterlass für ein paar Kröten geschuftet. Für die Selbstständigkeit, die Unabhängigkeit. So eine Selbstständigkeit hatte einen auch unabhängig gemacht von staatlichen Rentenzahlungen. Gerhards Vater erging es ähnlich. Er bekam hundertsiebzig Euro.

Hubert Holzer gab Jo die Hand, dann ihm. An der schwieligen Hand fehlte ein Finger.

»Herr Holzer, ich will nicht drum rumreden. Ein Ritter wurde schwer verletzt, das wissen Sie ja sicher.«

Er nickte.

»Haben Sie denn gesehen, wann die Lanzen geliefert wurden?«

»Ja, am Dienstag in der Frühe. Ich musste den Jungs ein paar Mal zur Hand gehen und bei Bohrungen helfen. Die Lanzen haben ja Aussparungen für die Pfeilspitzen, die waren diesmal sehr schlecht gearbeitet«, sagte Holzer.

»War der junge Jean-Paul dabei?«

»Nein, der war im Stall. Da habe ich ihn zumindest getroffen, als ich versucht habe, die Wasseranschlüsse zu reparieren. Nichts ging mehr. Wir hatten schon einen regelrechten Ozean.« Er lachte.

»Und Jean-Paul war immer da?«, vergewisserte sich Gerhard nochmals.

»Ich habe ihn natürlich nicht dauernd gesehen. Er hat draußen Pferde geputzt und andere trocken geführt. Aber er war eigentlich immer rund ums Stallzelt unterwegs. Warum fragen Sie?«

»Reine Routine«, sagte Gerhard und fand seine TV-Kommissar-Antwort saublöd. »Wo kommen die Lanzen eigentlich her?«

»Vom Tschech«, sagte Holzer.

»Der Tschech?«

»Der Mann eben, der die Lanzen liefert. Der baut auch noch eine ganze Menge anderes Spezialequipment für Theater und Filme. Wahrscheinlich weit billiger als in Frankreich oder hier. Und der war ziemlich sauer«, erklärte Holzer.

»Aha, und warum war er denn sauer?«

»Nun, er hat mir gesagt, dass er seit Wochen auf sein Geld wartet. Cœur de Fer scheint es mit der Zahlungsmoral nicht so genau zu nehmen.« Das kam ein wenig bissig rüber.

»Sie mögen ihn nicht, den Chef der Ritter?«, fragte Gerhard.

Holzer machte eine wegwerfende Handbewegung.

»Doch, aber ich finde das ganze Spektakel ziemlich albern. Und das Brimborium, das um diesen Cœur de Fer gemacht wird. Der Held, der Pferdeflüsterer, der Filmstar. Mir sagen solche Leute nichts. Leben in einer abgehobenen Welt. Wissen Sie, ich bin Handwerker, Ein-Mann-Betrieb, ab und zu hab ich mal 'nen Lehrling ausgebildet über die Jahre. Alles ziemlich mühsam. Es kann die Existenz ruinieren, wenn einer nicht zahlt. Ich versteh den Tschech, dass er sauer ist.«

»Kannten Sie ihn denn so gut, dass er Ihnen sein Leid geklagt hat?«, fragte Gerhard.

»Nein, nicht so gut. Aber wir haben immer mal wieder ein paar Worte gewechselt. Der sprach sehr gutes Deutsch.«

Am Tag, an dem der Ritter so schwer verletzt worden war, tauchte also ein tschechischer Zulieferer auf, der auf sein Geld wartete. Einer, der sich mit den Lanzen besser auskannte als jeder andere. Gerhard sah Holzer eindringlich an.

»Sie denken doch nicht, dass der Tschech… Das ist ein ganz integrer Mann.«

»Sie sagten doch eben, dass seine Existenz auf dem Spiel stand. Wissen Sie, wo der Mann heute ist?«, fragte Gerhard.

»Keine Ahnung. Wahrscheinlich heim?«

»Und das ist wo?«

»Mikulov«, kam es von Holzer.

»Aha, und wo wäre das?« Wieso ließen sich die Leute immer jeden Satz aus der Nase ziehen?

»Südmähren. Direkt an der österreichischen Grenze. Weinbaugebiet. Er hat mir mal ein paar Weine mitgebracht. Ganz andere Sorten: Palava zum Beispiel.«

Na, nun hatte der Holzer ja richtigen Sprechdurchfall entwickelt. »Dann kannten Sie ihn ja doch etwas besser, oder?«

»Wie man sich kennt, wenn man sich einmal im Jahr sieht. Wie man sich kennt, wenn man vom gleichen Schlag ist. Er war eben auch Handwerker. Hier hat es sonst nur Künstler und Irre.«

Da war Gerhard versucht, zuzustimmen. Was er natürlich Holzer gegenüber unterließ. »Hat der Mann auch einen richtigen Namen?«

»Miroslav Havelka heißt er.«

Holzers Piepser ging wieder. Er zückte ein Handy. Hörte zu.

»Aha. Aha. Keine Angst, das kriegen wir schon. Keine Panik, das läuft eben nicht ganz rund.« Er redete, als müsse er ein Pferd beruhigen, das drohte, im Moor zu versinken. »Nur keine Panik, ich bin gleich da.« Zu Gerhard sagte er: »Brauchen Sie mich noch? Da stimmt was mit der Nebelanlage nicht. Außer mir ist gerade niemand da, der einen Schraubenschlüssel vernünftig halten kann. Ich müsste mal. Premierentage sind die Hölle.« Er gab Gerhard die vierfingrige Hand. »Sie können mich ja jederzeit wieder anpiepsen.« Er wandte sich an Jo. »Frau Kennerknecht, sagen Sie Steffi, ich würde gerne vor dem Turnier mit ihr ‘nen Happen essen. Geht das? Das Mädel isst ja sonst gar nichts.«

Jo nickte.

»Steffi?«, fragte Gerhard.

»Seine Enkelin. Sie ist meine Assistentin. Ebenso universal begabt wie der Opa«, sagte Jo.

Gerhard sah Holzer nach, der sich plötzlich umdrehte und zurückkam. Er rannte fast. »Herr Kommissar, mir ist noch was eingefallen. Ich weiß nicht, ob ich spinne. Das passiert bei alten Männern schon mal. Aber ich hatte ein-, zweimal in den letzten Tagen sozusagen eine Erscheinung. Ich bilde mir ein, Juckie gesehen zu haben. Jetzt muss ich aber wirklich.«

Und bevor Gerhard noch etwas sagen konnte, war er auf einen Unimog gesprungen, der soeben über den Hauptweg kam. Gerhard wandte sich an Jo.

»Juckie?«

»Ja, Juckie Verbier, eigentlich Jacques.«

»Hm, der gute alte Juckie, Himmel, Jo! Ein bisschen genauer und untertänigste Verzeihung, dass mir dein Mittelalter nichts sagt.«

»Er ist, war der Vorgänger von Marco«, sagte Jo.

»Von Cœur de Fer, von Eisenherzchen?«

»Ja, er hatte hier fünfundzwanzig Jahre die Regie. Er war der Schwarze Ritter. Er war alle Schwarzen Ritter dieser Welt. Verstehst du?«

»Nein!« Gerhard verstand kein Wort.

»Der Schwarze Ritter! Er ist ein Held. Er ist zügellos. Er ist kühn, aber auch wagemutig. Er ist der beste Kämpfer, auch weil er hinterlistig ist, ein Egoist, ein Egomane, für den die Regeln nicht gelten. Die Regeln der Burgen, der Turniere, des Christentums. Er ist auch mit der dunklen Seite der Macht ausgestattet. Juckie war die Inkarnation des Schwarzen Ritters, er hätte nie einen andern den Schwarzen mimen lassen.«

»Ja und? Sorry, Jo, aber ...«

»Ich erzähl dir jetzt mal ein Märchen«, unterbrach sie ihn. »Es war einmal ein Schloss, so ein richtiges Schloss. Und es war einmal ein kleiner Prinz, so ein richtiger Prinz, nämlich Prinz Luitpold von Bayern. Er lebte in einem Schloss mit Ritterrüstungen auf den endlosen Gängen. Er war ein Junge. Und er war fasziniert vom Rittertum, so fasziniert, dass er 1980 eine Art bayrisches Bierfest mit Ritterbeteiligung initiierte. Schon 1981 kam ein mittelalterlicher Markt dazu, und das berühmteste und größte Ritterturnier der Welt war geboren. Was er und die Prinzessin hier auf die Beine gestellt haben, ist großartig. Das ist nicht so ein Provinzfestchen oder der Versuch eines Reitclubs, Mittelalter zu spielen. Das ist authentisch, perfekt besetzt. Großes Theater eben im familiären Rahmen. Die ganze Familie arbeitet mit. Wirklich großartige Leute! 2004 gab es dann das furiose fünfundzwanzigjährige Jubiläum, der Schwarze Ritter durfte nochmals alle Macht des Bösen aufbieten. Und dann ein Abschied: Juckie und seine Stuntgruppe stiegen aus den Sätteln. Er hörte auf. Das war eine Katastrophe für die Fans.

»Ja, schön. Und weiter?«

»Warst du letztes Jahr in Kaltenberg?«, fragte Jo.

»Nein, wieso sollte ich?«

»Ja, wieso solltest du? Weil man das Turnier gesehen haben muss, um zu verstehen, warum das so eine Art Sucht wird. Weil du mehrere Tage da gewesen sein musst, um den Zauber zu begreifen. Vor allem seit Marco da ist.«

Jos Augen leuchteten.

»Marco Cœur de Fer? Was ist so toll an ihm?«

»Er ist der Beste.«

Gerhard zog die Augenbrauen hinauf.

»Nicht wie du meinst. Du musst das verstehen. Die Mittelaltergemeinde war in Aufruhr: Was würde werden ohne Juckie? Alle haben damals anscheinend wie wild im Internet gesucht, um möglichst viel über den Nachfolger, über Marco zu erfahren. Ich bin ja erst seit vier Wochen hier, aber ich habe natürlich auch recherchiert, bevor er hier ankam. Ich muss ja die PR machen. Er und seine Pferde haben in rund vierhundert Filmen mitgespielt. Alle großen Hollywood-Produktionen mit spektakulären Pferdeszenen sind von ihm. Er ist der Beste. Und ich liebe Pferde.«

Wieso hörte Gerhard von allen Mädels stets nur, sie würden Pferde lieben? Es waren doch die Reiter! Aber er sagte nichts.

»Letztes Jahr gab es eine Story von den zwei Brüdern. Segur, der Dunkle, wird als Sklave an die Hexe Oregane verkauft. Silor, der Blonde, wird von einem Onkel zuerst zu einem hervorragenden Reiter, dann zum Ritter ausgebildet. Darin liegt die ganze Philosophie von Marco: Du musst dich mit dem Pferd verbünden. Dann erst kannst du Ritter sein! Nur ein großer Pferdemann kann ein großer Ritter werden. Und so war es dann auch. Beim Turnier im letzten Jahr standen die Pferde weit mehr im Mittelpunkt als vorher. Hohe Schule, Facetten des Barockreitens und dann Trickreiten. Es gab Standing Ovations, es war einfach grandios.«

»Ich will jetzt keine Abhandlung über Pferde und Reitkunst hören, Jo! Dass Marco, das Eisenherzchen, richtig gut ist, hab ich auch begriffen. Ein Hollywoodstar, mit den Größen der Showwelt auf Du und Du. Ja okay, und?« Gerhard wollte Jo mal wieder auf den Boden der Tatsachen bringen.

»Ja, und gerade in Kaltenberg wird er frenetisch gefeiert.«

»Aha, und warum hat Juckie dann aufgehört? Vielleicht hätte alles noch viel schöner werden können? Wieso hat er Marco Cœur de Fer das Terrain überlassen?« Gerhard versuchte, aus Jos Lobeshymne auf Marco mal etwas Greifbares herauszufiltern.

»Tja, er wollte auf dem Höhepunkt aufhören und wusste ja nicht, dass ausgerechnet Marco sein Nachfolger werden würde. Es geht das Gerücht, dass sie sich nie mochten. Manche sagen, sie hätten sich den Markt sozusagen aufgeteilt. Juckie, der Held der Live-Performance, und Marco, der Mann für Hollywood, der Mann am Set«, erklärte Jo.

»Okay, und nun ist Marco sozusagen in die Domäne von Juckie eingebrochen. Live in Kaltenberg, gefeiert, wie man hört. Coole Stunts, Trickreiten. Weniger Turnier, aber Hollywood an der Paar!«

»Ja, und wie er reitet! Er ...«

»Darf ich deine Lobpreisungen auf Eisenherzchen mal unterbrechen! Die Frage ist doch ganz einfach. Kann es sein, dass dieser Juckie hier war? Hier ist?«

»Ja, womöglich«, meinte Jo zögernd.

»Womöglich? Was heißt womöglich?«

»Auch Hugo hat gesagt, er hätte ihn gesehen. Aber auch Hugo war sich nicht sicher.«

Gerhard hatte schon einen bissigen Kommentar auf den Lippen. Warum erzählte dieses Kettenhemd Jo solche Sachen? Und wann! Er hatte sehr wohl gesehen, wie er ihr zugezwinkert hatte.

»Nehmen wir an, er war da. Ein Mann, der das Turnier kennt wie kein anderer. Der über die Abläufe Bescheid weiß. Der seinem Intimfeind eins auswischen will. Das ist doch mal ein Motiv! Müssen wir nur diesen Juckie auftreiben. Hugo, sagst du, hat ihn gesehen. Dann fragen wir doch mal deinen Hugo, oder?«

»Das ist nicht mein Hugo!«, rief Jo.

»Jo, ich kenne dich. Ich kenne deine Blicke. Deine Gesten. Du hast was mit diesem Hugo. Himmel, Jo! Du bist doch die Frau, die durch niemanden und nichts zu beeindrucken ist. Das betonst du doch immer gebetsmühlenartig. Und nun beeindruckt dich dieser aufgestellte Mausdreck im Kettenhemd.«

Wieso wurde er nur immer so polemisch, wenn es um Jo ging?

Sie sah ihn nur an, dann streckte sie ihm die Zunge raus. »Du solltest ihn mal ohne Kettenhemd sehen. Da beeindruckt er mich noch viel mehr. Du findest ihn sicher in der Arena. Die wollten noch ein letztes Mal einige Szenen üben.«

Sie drehte sich um, schürzte ihre Röcke und ließ ihn einfach stehen. Bergschuhe unter einem Samtrock, das registrierte Gerhard und musste lächeln. Ein wehmütiges Lächeln. Es würde nicht mehr so werden, wie es einmal gewesen war zwischen ihnen. Nie mehr!

Gerhard ging langsam die Stufen zur Arena hinunter und lehnte sich an den Zaun. Direkt vor ihm trainierten zwei Männer den Schwertkampf. Der Gute und der Böse. Das ewig Gute gegen das immer neu aufflammende Böse. Der Kampf sah so echt aus. Sie hieben aufeinander ein, das Krachen ging Gerhard durch Mark und Bein. Obgleich er sich dagegen wehrte, war er fasziniert. Er beobachtete Hugos Gesichtsausdruck. Wild, entschlossen, gefährlich. Abgründe lagen in seinem Blick. Seine Locken waren nass vom Regen. War das das Animalische, das Frauen suchten?

In einer schnellen Drehung kreiselte er zur Seite und fiel zu Boden. Rückwärts stürzte er in den Sand. Sein Gegner warf das Holzschwert hoch in die Luft, dorthin, wo ein Regenbogen stand. Er fing es mit der einen Hand auf, die andere reichte er Hugo, der wie von einer Sprungfeder getragen auf die Füße kam. Er lachte. Nichts mehr vom wilden Ritter.

Gerhard suchte seinen Blick und hieß ihm durch ein Winken, an den Zaun zu kommen. Er tänzelte heran. Wie ein Pferd, das gerade warm geworden war. Voller Energie und Tatendrang.

»Kann ich Sie kurz sprechen? Wegen Juckie«, fragte Gerhard.

»*Oui.* Ich ziehe mich kurz um. Ich bin in fünf Minuten im Bräustüberl.«

Hugo ging in Richtung Tor. Ein Mann mitten in einer riesigen Arena. Ganz allein, und doch füllte er sie mit seiner Anwesenheit aus. Im Gehen zog er sein Kettenhemd aus, dann das schwarze T-Shirt. Er winkte jemandem zu. Gerhards Blick folgte seiner

Handbewegung. Jo stand dort oben. Unter dem Regenbogen. Sie winkte zurück. Dann war er unterm Tor verschwunden.

Wenige Minuten später war Hugo im Bräustüberl. In Jeans und einem hellblauen Hemd. Er war klein, überraschend klein. Weniger präsent als in der Arena. Er sah Gerhard an, lächelte. »Sie wollen wissen, ob ich Juckie gesehen habe?«

»Ja, haben Sie?«

Er schob eine schwarze Locke hinter die Ohren, bei jedem anderen Mann hätte das affektiert gewirkt – oder schwul. Bei ihm wirkte das eher so, als würde diese Geste ihm ein wenig Zeit verschaffen, sich wirklich zu konzentrieren. Es war immer schwer, als Mann einen anderen Mann zu beurteilen. Zumal einen, von dem man ahnte, dass er mit einer sehr guten alten Freundin das Bett teilte. Was Gerhard zumindest annehmen wollte. Aber allen Vorbehalten zum Trotz musste Gerhard zugeben: Hugo war wohl ein Typ, der Frauen gefiel. Gerhard musste neidlos anerkennen, dass dieser Hugo gut aussah. Er hatte dieses gewisse Etwas. Er hatte ihn kämpfen sehen in der Arena, und nun sah er ihn hier sitzen: entspannt, freundlich mit einem Lachen, bei dem Frauen sicher dahinschmolzen. Da konnte man als Mitmann nur sagen: Nun gut, du hast den Vortritt.

Hugo nickte. »Ja, ich hab ihn gesehen. Beim ersten Mal war ich mir nicht sicher. Wir waren bei einem unserer ersten Trainings, und da war jemand in der Königsloge. Juckie, heute bin ich mir sicher. Damals war es wie eine Fata Morgana.«

»Wann war das?«, fragte Gerhard.

»Oh, ich glaube, am Tag bevor das Pferd verschwand. Samstag. Oder auch zwei Tage davor.«

»Und Sie haben ihn nochmals gesehen?«

»Ja, am Montag vor dem Unfall. Am Morgen. Ich habe das Marco erzählt, und der hat mich ziemlich schnell abgefertigt. So, als wäre das nicht von Bedeutung«, sagte Hugo.

»Abgefertigt?«

»Ja, abgewiegelt. Er schien einfach nicht interessiert zu sein.« Hugo sah ihn offen an.

»Fanden Sie das nicht komisch?«

»Nein, ich kenne Marco sehr gut. Juckie kenne ich auch, nicht gut, aber ich kenne ihn. Die beiden haben eine gemeinsame Geschichte. Sind Wegstrecken gegangen, bevor sich die Pfade getrennt haben. Das geht mich nichts an. Ich glaube aber, dass Marco Juckie längst vor uns allen gesehen hat. So wie ein Pferd Wasser wittert. So wie die Indianer hören, dass die Bisons kommen.«

»Hat er etwas mit dem Verschwinden der Pferde zu tun? Mit dem Unfall?« Der ein Mordversuch war, dachte Gerhard.

»Wie soll ich das wissen! Finden Sie es heraus.« Er war aufgestanden, schenkte Gerhard ein herzliches Lachen, gab ihm die Hand. »Sehen Sie sich das Turnier an, heute Abend?«

Gerhard nickte.

»Bon.«

Gerhard machte sich auf, Jo zu finden, die er schließlich im Pressecontainer am Eingang entdeckte. Es war Einlass, Menschentrauben quetschten sich durch das Tor. Jo drückte ihm eine nicht abgeholte Pressekarte in die Hand und wünschte »Viel Spaß«.

Das klang in seinen Ohren ironisch.

Er ließ sich vom Strom der Menschen über die Hauptstraße schleusen, blieb an einem Ausschank hängen und verpasste den Umzug der Teilnehmer. Später saß er weit vorne, direkt an der Treppe. Die Leute hatten Sitzkissen dabei, Decken, Getränke.

Gerhard starrte in die Arena. Ihm war unwohl. Er war von einer unbestimmten Unruhe erfüllt. Was machte er hier? Er hatte in Weilheim einen Fall zu klären, und nun hockte er hier und sah einem Ritterturnier zu. Er war nahe dran, aufzustehen. Er würde Jo morgen anrufen, ihr sagen, dass es ihm Leid täte. Dass ihn das alles nichts anginge. Er entschied sich für eine halbherzige Zwischenlösung und schrieb eine SMS an Jo: »Muss nach dem Turnier gleich weg. Melde mich mit Erkenntnissen morgen.« Dann schaltete er das Handy ab. In dem Moment preschte ein Pferd direkt an ihm vorbei, schien Richtung Arena zu fliegen, berührte die Treppenstufen kaum. Von allen Seiten kamen Pferde einfach so die Treppen hinuntergeschwebt. Pferde und Menschen, die die Schwerkraft außer Kraft setzten. Pferde, die stiegen und stürzten, immer schneller, dramatischer. Marco beherrschte sein Geschäft. Eine Story wie bei einem Feuerwerk, in ansteigender Dramatik, ein furioses Finale. Die Welt der Gralsritter, die ewige Faszination ein und desselben Themas. Aber im Gegensatz zu so manchem Nebel-von-Avalon-Artus-Heldenmut-Film war er hier keine Sekunde abgelenkt. Die Atmosphäre war so dicht, diese Unmittelbarkeit ergriff auch ihn. Doch, er begann zu verstehen.

Langsam wälzten sich die Menschen die Treppen hinauf. Gerhard mittendrin, er wurde bis zur Burg gespült. Vor dem Thronsessel war die Hölle los. Überall hielten sie diese kleinen Digitalkästchen hoch, blitzten, drängelten. Einige erhitzte Gestalten stolperten immer wieder aus dem Pulk heraus. Sie hatten ein Programm oder einen Zettel an die Brust gedrückt. Es dauerte eine Weile, bis Gerhard begriff, dass da jemand wohl Autogramme gab. Nach etwa zwanzig Minuten dünnte sich der Pulk etwas aus, und Gerhard kam näher heran.

Auf einem einfachen Holzstuhl saß Hugo. Verschwitzt, erschöpft. Und schrieb Autogramm für Autogramm. Kinder mit Holzschwertern und Frauen aller Altersklassen drückten sich neben ihn und ließen sich ablichten. »Foto mit dem Schwarzen Ritter, *Photo with the Black Knight*«. Er war fast versucht, Hugo zu retten, ihn da rauszuholen. Es war unwürdig.

Da kam Jo. In einem grün schimmernden Gewand mit Trompetenärmeln. Sie trug einen hohen Kopfschmuck mit Bändern, die über ihre Schultern fielen, und ihre Augen schimmerten ebenfalls metallisch grün. Gerhard kannte Jo so viele Jahre. Er hatte sie gesehen als sie zwanzigjährig so verdammt hübsch gewesen war. Er hatte sie gesehen in schlechten Zeiten, aschfahl, müde, gealtert. Er hatte sie erlebt, als sie üppig war und dann wieder viel zu dünn. Er hatte Jo durch Höhen und Tiefen begleitet. Aber noch nie war sie so schön gewesen wie heute. Die Menge spürte das auch, sie bildete einen Korridor. Jo baute sich vor Hugo auf.

»Liebe Mittelalterfreunde! Wir danken Ihnen für Ihr Interesse. Aber bitte verstehen Sie, dass der Schwarze Ritter nun auch eine Pause braucht. Eine ganz neuzeitliche Dusche. Sehen Sie sich noch auf dem Markt um, auf der Rabenbühne geht's auch gleich weiter. Danke, liebe Freunde!«

Das Volk klatschte, als wäre sie eine Königin. Hugo war hinter ihr aufgestanden. Und beide gingen hinaus. Unangetastet. Unter Applaus. Wem galt der Applaus? Jo oder Hugo? Gerhard war sich nicht sicher. Nein, Hugo musste er nicht retten, der hatte seine Retterin!

Er sah sich um. Was hatte Jo gesagt? Die Rabenbühne? Ein Mädchen neben ihm schürzte ihren Leinenrock und packte gerade ihr Mini-Handy und eine noch kleinere Digitalkamera weg. Stopfte beides in einen Jutebeutel, der ihr über der nackten Schulter hing. Sie lächelte Gerhard an. Er fasste sich ein Herz.

»Was ist denn die Rabenbühne?«

Sie sah ihn verächtlich an, drehte sich ohne Antwort einfach um und verschwand im Pulk. Nein, irgendwie war das nicht seine Welt. Eine Welt der Rabenbühnen. Er schlenderte weiter über das Gelände. Es war merklich ruhiger geworden. Die Turnierbesucher waren mehrheitlich abgezogen. Er gelangte vor eine Kellerkneipe namens Räuberhöhle. Davor lungerten einige junge Männer herum. Gerhard brauchte eine Weile, bis er überhaupt begriff, dass die Typen Ritter waren. Kleine schmale Jungs in Jeans, die sich herumdrückten wie bestellt und nicht abgeholt. Unsicher. Waren das die Helden der Arena? Auf ihren feurigen Rössern? Helden in Jeans, die vor kurzem den Boden noch zum Zittern gebracht haben. Was hatte Marco gesagt? Das Pferd erst macht dich zu dem, was du bist! Ohne Pferde waren sie wie amputiert, wirkten unbeholfen.

Sie verschwanden in der Räuberhöhle, Gerhard ging hinterher. Drinnen tobte Stimmungsmusik, die alles andere als mittelalterlich war. Neben ihm kippte ein Mädchen in einem Samtgewand und Haarreif Wodka Red Bull. Komasaufen zwischen den Welten. Er bekam Platzangst, die Ritter wohl auch. Draußen traf man sich.

Jean-Paul erkannte ihn, winkte ihm linkisch zu. Dann befummelte er wieder ein Mädchen, das ihr Leben wohl im Solarium zubrachte. Und einen tollen Verschleiß an Kajal haben musste. Fast bedauerte er den kleinen Jean-Paul, aber man konnte ja nie wissen, was unter der Maske so steckte.

Es war nach dreiundzwanzig Uhr, als Gerhard sich urplötzlich daran erinnerte, sein Handy wieder einzuschalten. Die Mailbox meldete sich augenblicklich. Evi war dran und klang sauer.

»Wo bist du, bitte schön? Bist du am Hexenschuss gestorben? Wir wollten in diese Halle gehen. Baier ist stocksauer. Melde dich.«

Gerhard rief Evi an.

»Der Verschollene. Wie schön, dass du lebst!«

»Evi, sorry. Ich bin in einer knappen Stunde in der Halle.« Gerhard war wirklich zerknirscht.

»Wie bitte?«

»Frag jetzt nicht. Komm einfach«, sagte Gerhard eindringlich.

»Um Mitternacht? Hast du sie noch alle?«

»Evi, bitte! Ich erklär dir das später. Was ist mit Baier?«

»Was, mein lieber Herr Weinzirl, wird wohl mit ihm sein? Er wird im Bett sein.«

Sie zischte noch ein »Idiot« hinterher, das Gerhard gerade noch so hörte. Er fuhr Rekordzeit. Es war fünf vor zwölf, als er die Halle erreichte.

Weilheim

Evi lehnte im Türrahmen. Baier auch. Anscheinend hatte Evi ihn doch angerufen. Baier sprach ausnahmsweise sehr leise.

»Weinzirl, so etwas haben Sie genau einmal gemacht. Genau einmal. In einer laufenden Ermittlung sind Sie zu erreichen. Tag und Nacht. So, und jetzt pack mers.«

Sie eilten die Treppe hinauf in die Bar, wo der Herr Besitzer gerade mit einer Frau in einem rosa Abendkleid flirtete.

»So, Sie wollten uns doch ein Liste zusammenstellen mit all jenen, die während des Shootings immer mal wieder ihr Interesse an der Fotokunst gezeigt haben?« Gerhard verlieh seiner Stimme einen gefährlichen Klang.

»Habe ich gemacht. Aber ich bitte Sie da wirklich um Diskretion, die Herren, also, sie stehen im Blickpunkt, also …«

Ja, ja, Gerhard konnte sich gut vorstellen, dass dieser Club der Foto-interessierten Ehrenmänner im Landkreis im Blickpunkt stand. Die Großkopfeten kannten sich alle. Schmoll war so ein

Exemplar. Und wenn die Ehefrauen der anderen Männer auch nur halb so dramatisch waren wie die schöne Maria aus Mechico, dann hatten die nichts zu lachen, wenn's die Damen erfahren würden. Von Geschäftsleuten und der Kleinstadt-Schickeria mal ganz abgesehen. Das würde Gesprächsstoff geben im Salut, wo Weilheims Möchtegern-High-Society plus Adabeis gerne saß.

»Die Liste!«

»Ja, ich hol sie.«

Gerhard war an die Brüstung des Balkons getreten und sah hinunter ins Getümmel. Die Red Sina Band spielte alte Kracher, und das Tanzvolk versuchte sich am Jive. Mal abgesehen davon, dass bis auf ein alertes Pärchen, das sicher weit in den Sechzigern war – sie in Tiger-Print-Hose, er glatzköpfig und mit Telly-Savalas-Lolly – keiner Jive konnte, war das Bild, das sich Gerhard bot, ein Panoptikum der Modesünden. Frauen steckten in Cocktailkleidern, die aussahen, als hätte jemand knittriges Bonbonpapier um die Bedauernswerte gewickelt. Neben den unvermeidlichen Landhaus-Leinen-Kurzdirndln mit quellenden Oberweiten und Krautstamper-Waden war die Herrenmode eintöniger. Plastikhemden in Designs, von deren Existenz Sweatshirt-Gerhard noch nicht einmal geahnt hatte. Stoffhosen dazu, knitterfrei und garantiert frei von Naturfasern. Garantiert feuerfest, Bayers gesamtes Chemiewissen in Hosenform.

Ein Mann trat neben Gerhard. Unter seiner Hakennase puschelte ein Schnauzbart. Sein Hemd war auberginefarben, gaukelte Satin vor und biss sich mit der gelben Lederkrawatte. Wieso hatte niemand nach den Siebzigern so was auf einem gewaltigen Klamotten-Scheiterhaufen verbrannt?

Inzwischen wurde die Liste präsentiert, und bei der Lektüre pfiff Baier ein paar Mal durch die Zähne. Sie war sehr ordentlich nach Tagen gestaffelt. Geschäftsmänner, Kreisräte, Bürgermeister standen drauf. Eines war besonders interessant: Laut Liste war Schmoll am Sonntag da gewesen und nochmals am Dienstag. Und an jenem Dienstag war auch ein ihnen wohl bekannter Bürgermeister vor Ort gewesen.

»Sind Sie sicher, dass Schmoll und der Herr Bürgermeister genau an diesem Dienstag da waren?«, fragte Gerhard.

»Natürlich. Als ich gegangen bin, waren noch fünf Männer da. Darunter der Schmoll und der Bürgermeister. Der Schmoll wirkte ziemlich gestresst und hat ein paar Mal versucht, Lutz bei seiner Arbeit zu unterbrechen. Das geht natürlich nicht«, er machte eine exaltierte Handbewegung, »einen Künstler kann man doch nicht mitten im kreativen Prozess stören.«

Anscheinend hatte der Mann beschlossen, lieber seine Kumpels anzuschwärzen, als selbst dran zu sein.

»Hatten Sie den Eindruck, dass er auf Lutz Lepaysan gewartet hat?«, fragte Gerhard.

»Ja, er wollte unbedingt mit ihm reden.« Putzer nickte eilfertig.

»Und warum?«, fragte Evi.

»Ja, das weiß ich natürlich nicht!«, kam es von Putzer.

»Aber Sie wissen, ob Sie selbst nochmals zurückgekommen sind?«

Evi konnte auch ganz schön sarkastisch sein.

»Ich sagte bereits, ich bin gegen halb zwei gegangen. Direkt zu meinem Hasi.«

»Die das bestätigen kann?«, mischte sich Baier ein.

Der Maître des Petersdoms schenkte Baier einen vernichtenden Blick und wandte sich einer hübschen Frau zu. Die konnte natürlich bestätigen, dass er um zwanzig vor zwei zu Hause gewesen war und das Bett nicht mehr verlassen hatte. Sie wusste das genau, weil man bis in die frühen Morgenstunden nicht geschlafen habe.

»Aha!«, raunzte Baier.

Sie verabschiedeten sich und gingen die royale Treppe hinunter. Die Red Sina Band spielte »Hotel California«.

»You can check in any time you like, but you can never leave …« Ja, so kam sich Gerhard auch vor. Ein Scheißjob, den man nicht mehr verlassen konnte.

Baier schaute Gerhard fragend an.

»Ja, unbedingt«, sagte der.

Evi sah vom einen zum anderen.

»Schön, dass sich die Herren wortlos verstehen. Dürfte ich wohl teilhaben?«

Gerhard nickte. Er hakte Evi an der einen Seite unter, Baier an der anderen, und wortlos gingen sie durch die dunklen Straßen, bis sie bei Toni stoppten.

»Unser Wohnzimmer«, sagte Baier, »kommen Sie rein, Frau Straßgütl.«

Und wie immer, wenn es eine neue Weiblichkeit zu sehen gab, war Wirt Toni zur Stelle. Er drückte Evi die »Begrüßungsmedizin« in die Hand. Prostete ihr zu, dann den Herren. Evi trank artig aus, obwohl sie sicher sonst keinen Ouzo zu sich nahm. Aber Toni hatte diesen Charme und die Gabe, Menschen einen Hort zu schenken, wo man abtauchen konnte, weg von den Sorgen des Tages. Abtauchen in weiche Ouzo-Wogen des Vergessens. Gerhard atmete tief durch. Doch, man konnte seinen Job verlassen, zumindest für kurze Zeit.

Plötzlich wurde er fast ein wenig sentimental, drückte Evis Hand und sagte: »Ich bin so froh, dass du da bist!«

Baier nickte. »Dito!«

Obwohl es schon nach eins war, zauberte Toni noch einige gefüllte Blätterteig-Leckereien zum Retsina hervor, und während sie mampften, wälzten sie den Fall durch. Der sich so weit besser wälzen ließ.

»Wieso ist der Schmoll so blöd, uns anzulügen? Kann sich doch denken, dass wir rausfinden, dass er am Dienstag noch da war?«, fragte Evi.

»Desgleichen der saubere Bürgermeister«, grummelte Baier.

»Den Herren fühlen wir morgen nochmals auf den Zahn, an deren Zähnen ist was faul.« Außerdem empfand Gerhard die Aussicht, Miss Mechico in Aktion zu erleben, als durchaus reizvoll.

»Ich pack's«, sagte Baier plötzlich und stemmte sich hoch. Mühsam, wie Gerhard schien, und wieder erfasste ihn eine unbestimmte Angst. Was war mit Baier los?

Als er draußen war, nahm Evi einen tiefen Schluck von ihrem Mineralwasser.

»Zwei Fragen: Erstens: Was verschweigst du mir über Baier? Zweitens: Wo warst du, wohl kaum beim Einrenken deines Heldenkreuzes?«

Gerhard seufzte. »Bella, ich glaube, dass Baier krank ist, ernsthaft krank, aber er lässt nichts raus, der sture Hund. Ich mach mir

Sorgen. Er ist mir in der kurzen Zeit ans Herz gewachsen, der alte Haudegen. Hat einen klaren Blick auf die Welt. Das ist selten. Und zu deiner zweiten Frage, das ist eine längere Geschichte.«

»Jo, oder?«

»Woher weißt du das?«

»Immer wenn du sagst, dass etwas eine längere Geschichte ist, geht es um Jo«, sagte Evi. Sie winkte Toni. »Bringst du uns bitte noch zwei Medizin?«

Was beachtlich war, denn Evi trank wahrscheinlich zweimal im Jahr etwas Schnapsartiges, und sie duzte jemanden auch nicht auf Anhieb. Das musste an Tonis Aura liegen und am Ernst der Lage.

»Also, was ist mit Jo?«

»Wusstest du, dass sie in Kaltenberg beim Ritterturnier in der PR-Abteilung arbeitet?«

Evi sah ihn überrascht an. »Nein! Seit wann denn? Jo verlässt ihre geliebten Berge? Das kann ich mir nicht vorstellen. Jo würde bei der Entscheidung Karrieresprung ohne Berge gegen mieseren Job mit Bergen immer Variante zwei wählen, oder?«

»Die Entscheidung wurde ihr wohl abgenommen.«

Und er begann zu erzählen, vom Verlust des Hauses und von ihrem Verdacht, dass der Betriebsunfall ein Anschlag gewesen war. Er berichtete vom Tschech und Juckie Verbier, und dann sah er Evi fast verzweifelt an.

»Bella, was soll ich tun?«

Sie blieb ihm die Antwort schuldig. »Jo hat ihre Pferde zurückgelassen. Um Himmels willen, es muss ihr richtig schlecht gehen!«

Als sie Toni verließen, war es halb drei. Es hatte wieder zu regnen begonnen. Gerhard fuhr Evi zu ihrer neuen Bleibe in der Greitherstraße. Er hatte die kurze Fahrt lang voller Unwohlsein überlegt, wie er Evi wohl nahe bringen sollte, dass er morgen unbedingt nochmals nach Kaltenberg musste. Darüber hätte er nicht nachdenken müssen. Evi war Hellseherin. Oder einfach eine Frau.

»Du willst morgen wieder nach Kaltenberg, oder?«, fragte Evi, die sich anschickte, die Wagentür zu öffnen.

Er nickte.

»Weinzirl, du bist wie ein offenes Buch. Können wir morgen ganz in der Frühe den Biobauern besuchen? Melanie und Felix haben herausgefunden, um welchen Hof es sich handelt. Wir sollten dahin, du kannst ja danach nach Kaltenberg. Wenn du mir versprichst, abends wieder da zu sein. Wir müssen unsere beiden Hauptverdächtigen aufsuchen. Das passt insofern ganz gut, als Baier vorhatte, die beiden Herrschaften erst abends zu überfallen. Zu Hause, ganz spontan.«

Na, Evi hatte ja alles schon perfekt im Griff. Wie immer, Das-Leben-im-Griff-Haben war ihre Domäne. Nur einmal hatte er Evi sehr derangiert erlebt. Als sie mit einem Ulmer Kollegen ein Techtelmechtel gehabt hatte. Mit einem Halb-Italiener-Halb-Schwaben, für den sie wohl mehr empfunden hatte, als sie zugab. Als sie hingegen kurz mit Gerhard liiert gewesen war, war sie cool geblieben. Gerhard kam das alles vor, als sei es Ewigkeiten her. Er hatte das alles vergessen, sich hundert Jahre Zeit nehmen und tausend Kilometer Abstand dazwischen bringen wollen. So schnell vergingen hundert Jahre, so relativ waren Distanzen.

»Danke, Bella. Ich sehe dich morgen um acht im Büro, und danach brechen wir zu dem Hof auf. Und ich verspreche, nein gelobe, um achtzehn Uhr spätestens wieder da zu sein.«

Sie beugte sich herüber und gab ihm einen flüchtigen Kuss auf die Wange und sagte im Aussteigen. »Grüß Jo. Sag ihr, ich ruf sie an.« Sie lächelte und ging davon. Gerhard sah ihr nach. Hundert Jahre konnten wirklich sehr schnell vergehen.

Als Gerhard kurz vor acht im Büro war – Samstag hin oder her –, kam ihm Evi entgegen.

»Gerhard, ich habe da auf dem Gang einen Mann getroffen, der hat ein Geschenk für dich.« Sie verschluckte sich fast an ihrem unterdrückten Lachen.

»Ja, sag ihm, dass das Beamtenbestechung ist und ich sowieso keine Geschenke annehmen darf!«, sagte Gerhard unwirsch. Er hatte den ganzen Abend über Evi und Jo nachgedacht und dann zum wiederholten Male versucht, Anastasia-Kassandra zu erreichen.

Anastasia-Kassandra, die Schamanin. Offiziell für ihre Kunden im Dienste der Esoterik unterwegs und im Grunde ihres Herzens eine grundgute Haut mit viel Bodenhaftung. Das war die Seite an ihr, die Gerhard schätzte und ein paar gemeinsame Nächte. Normalerweise war es doch der Mann, der sich nicht mehr meldete. In dem Fall war es anders: Ihr AB und ihre Mailbox kündeten nur von ihrer Abwesenheit. Wo war das Weib? Sie hätte sich wirklich mal melden können. Irgendwie wurmte ihn das. Außerdem brauchte er sie jetzt. Brauchte sie, weil ihm seine Ex-Gespielinnen Jo und Evi so nahe kamen? Wo war sie bloß?

Baier war hinzugekommen und zwinkerte Evi zu.

»In dem Fall sollten Sie vielleicht besser doch mal raus kommen.« Er sank auf einen Stuhl und lachte schallend.

Na, das fing ja gut an. Baier und Evi rotteten sich jetzt schon gegen ihn zusammen. Gerhard erhob sich und ging zu Tür, Evi dicht hinter ihm. Im Gang stand Tafertshofer und winkte ihm mit der linken Hand frenetisch zu. Mit der rechten Hand konnte er nicht winken, denn mit ihr hielt er etwas, das wie ein Nikolaussack über seiner Schulter hing. Mit einem Ruck beförderte er es nach vorne. Eine halbe Sau, gefroren!

»Herr Kommissar, i hob mi erkundigt. Des is koa Bestechung, des is a Spende fürs nächste Polizeifestl. Nemma Ses ruhig, des Viecherl.« Er klatschte dem Eisblock liebevoll auf die halbe Schulter. Dann förderte er aus der Tiefe seiner Jacke noch einen ganzen Kranz Weißwürste ans Tageslicht. »Ganz frisch! Da frühstückens jetz erst amoi mit eanere Kollegen. Oder san Sie vielleicht a Kearndlfresserin?«, fragte er in Evis Richtung.

»Seh ich so aus?«, fragte Evi, die tatsächlich vegetarisch lebte.

»Ja, Madl, weil an eana nix dro is. Sie san hoit z dürr.« Er sah richtig traurig aus.

Evi beeilte sich zu versichern, dass sie selbstverständlich Weißwürste essen würde, um Tafertshofer nicht zu enttäuschen. Tafertshofer strahlte wieder und drückte Gerhard die Gefriersau in den Arm.

»Also vergelts Gott, vergelts Gott!« Und weg war er.

Mitten im Gang stand Gerhard mit einer Kette aus Weißwürsten und einer halben Sau. Evi hatte von irgendwoher eine kleine Digitalkamera gezaubert. Erst der Blitz ließ Gerhard aus seiner

Erstarrung auftauchen, und dann lachte auch er. Bis es ihn schüttelte vor Lachen.

»So«, sagte Baier. »Jetzt brauchen wir eine sehr große Kühltruhe.« Sie lachten noch, als Melanie und Felix ihre Ergebnisse präsentierten. »Ich schmeiß eine Runde Weißwürste«, lachte Gerhard, und als die Würste dann heiß waren, mampften sie alle zufrieden. Evi nagte an einer Breze.

»Seid ihr sicher, dass es sich um den Hof auf dem Bild handelt?«, fragte Gerhard schließlich. Vier Weißwürste hatte er verdrückt.

»Ziemlich. Wir sind inkognito durch unseren und die Nachbarlandkreise gefahren. Wir haben inkognito auf Hofläden eingekauft, ich habe eine Bio-Vergiftung.« Felix stöhnte und biss herzhaft in eine Leberkäs-Semmel. »Endlich was Ungesundes. Ihr könnt den ganzen Krempel übrigens haben. Melanie hat Öko-Nudeln gekauft und getrocknete Bio-Tomaten, Bärlauchpesten …«

»Was?« Baier starrte ihn entgeistert an.

»Na, Pesten. Oder wie heißt der Plural von Pesto?«

»Pesti?«, warf Evi ein.

»Ja, oder Pestos oder was auch immer. Jedenfalls muss jemand das ganze Zeug essen. Wär ja doch schade, wenn's verkommt. Selbst bei so 'nem Öko-Scheiß. Ich ess das aber nicht. Sie sind doch so ein Gesundheitsfreak«, sagte Felix in Evis Richtung. Er beeilte sich hinterherzuschicken: »Was Ihnen natürlich sehr gut tut.« Er lächelte sie nachgerade verliebt an.

»Danke, Herr Steigenberger, ich liebe Pesten oder Pesti oder Pestos.«

»Und Evi wird auch unsere Testkäuferin. Sie ist als dumme fränkische Touristin unterwegs«, stichelte Gerhard.

»Die Kollegin wird das übernehmen. Als Touristin. Nicht als dumme!«, Baier warf Gerhard einen strafenden Blick zu. Doch, die rotteten sich zusammen gegen ihn. Franken und Oberbayern gegen das Allgäu. Schulterschluss von Kernland und Franken, na das war ja eine Mischung.

»Ja, und wo ist der Hof jetzt?«, fragte Gerhard.

Als Melanie und Felix die Adresse nannten, pfiff Baier durch die Zähne.

Melanie nickte. »Das hat was, oder? Der Vorzeige-Öko. Der heroische Kämpfer gegen Umweltsünder.«

»Klärt ihr uns auf?«, fragte Evi.

Den Namen hatte Gerhard schon öfter mal gehört und in der Zeitung gelesen. Evi sagte er nichts, aber irgendwie hatte ihre Seele schwere Blessuren erlitten. Wo sie doch nur in Bioläden einkaufte. Und nun sollten ihre Ökos auch Betrüger sein?

Drum war es auch Evi, die, als sie den Hof erreicht hatten, der hart an der Landkreisgrenze zu Tölz lag, das Wort ergriff. Die den Bauern, der auf den ersten Blick ein netter, sympathischer Kerl zu sein schien, sofort mit den Bildern konfrontierte. Er trug heute sogar das gleiche Käppi. Er machte gar keine Anstalten zu leugnen, sondern bat sie in die Küche, die augenscheinlich von Ikea stammte. Ein moderner Landwirt eben.

»Warum tun Sie so was?«, fragte Evi.

»Weil ich Geld brauch.«

»Na, hören Sie mal. Sie haben Grund, viel Grund. Warum erzählt uns der Bauernstand eigentlich immer, wie schlecht es ihm geht? Sie verkaufen ein paar Bauplätze und werden Millionär. Ohne die Prozedur von Jauch! Sie leben in einem großen Haus, inmitten von Wiesen. Im schönsten Teil der Republik. Davon träumt der Rest der Welt. Sie haben Platz, manchmal auch Zeit. Sie leben in und mit der Natur. Mit Tieren. Ihre Kinder haben die Chance, beide Eltern den ganzen Tag zu sehen, nicht bloß die genervte Mama und abends den gestressten Ernährerpapa, der nach U-Bahn stinkend und nach Arbeitsplatz-Verlust-Angst schnell noch 'nen Gutenachtkuss gibt. Wissen Sie, dass man vor Angst wirklich stinken kann? Ihre Kids haben sogar die Großeltern täglich um sich.«

Wow! Was für eine Rede. Gerhard sah Baier an, der bedächtig nickte. Ja, Evi war eine Gute.

»Genau, die Oma und den Opa. Eine Generation überspringt die Probleme. Meine Kids sind noch jung. Die können Opi noch lieben.« Er rotzte Evi das so richtig hin.

War der Mann dem Wahnsinn anheim gefallen? Was redete der da?, dachte Gerhard.

»Muss ich das verstehen?«, fragte Evi.

»Sie haben keine Ahnung, oder?« Das war nicht mal böse gemeint, sondern wirkte ehrlich interessiert.

»Tolle Frage. Was soll ich darauf antworten? Wovon reden Sie?«

»Sie sind eine sehr hübsche Frau, sicher auch sehr klug, aber von der Landwirtschaft haben Sie keine Ahnung! Ach, wie romantisch! Oma und Opa im Austrag, die ganze liebe Großfamilie beisammen. Wissen Sie, wie die Realität aussieht? Es gibt nur Verlierer. Nur!«, sagte er düster.

»Entschuldigen Sie, aber ich verstehe Sie wirklich immer noch nicht.«

»Meine Eltern haben den Hof übergeben. Wie viele. Sie haben ein nettes Austragshäusl bekommen und kriegen von mir zweihundertfünfzig Euro Austrag im Monat«, sagte der junge Mann.

»Ja, aber das ist doch normal, das ist der Deal zwischen den Generationen«, echauffierte Evi sich.

»Der Deal? Hä? Genau. Ein beschissener Deal. Im Austragsvertrag steht, dass ich nicht verkaufen darf, bis die Eltern unter der Erde sind. Jede Änderung muss ich mit Ihnen absprechen. So steht's im Vertrag. Das gibt es zuhauf, glauben Sie mir. Fast auf jedem Hof, da, wo man erwartet, dass der Erbe missraten ist. Neunzig Prozent aller Alten haben das erwartet. Der Hass wächst. Täglich. Auf beiden Seiten. Wir Jungen hassen die Alten, weil uns die Hände gebunden sind. Die Alten hassen uns, weil wir nichtsnutzig sind und moderne Ideen haben.«

Evi schwieg. Die anderen auch.

»Verblüfft Sie das? Mach ich Ihre Idee von der Romantik einer Bauernwelt kaputt? Warte ich jeden Tag auf den Tod meiner Eltern? Nein, obwohl das vielleicht sogar logisch wäre. Ich wünsch ihnen noch gute Jahre. Aber ich werde älter. Jeden Tag. Meine Zeit verrinnt. Alles, was ich machen wollte, darf ich nicht. Ich kann keinen Quadratmeter verkaufen. Ich kann mit meinen Hektaren angeben. Jeder, der's weiß, lacht sich tot. Der Grund nutzt mir einen Scheißdreck. Also mach ich Kulap-Heu und halte Mutterkühe. Süß, mit den Kälbern bei Fuß. Goldig! Aber die Kohle reicht nicht. Hat nie gereicht. Sie kommen mir jetzt gleich wieder mit ihrem Schmu, dass wir ja so toll leben, ohne Miete zu zahlen. Wissen Sie, was ich reinheiz in die alte Hütte? Was die allein an Brandschutzversicherung kostet? Meine Kinder wollen auch zur Skiwoche. Die wollen auch coole Klamotten. Meine Frau will einmal im Jahr mit den Landfrauen in Urlaub. Wir haben den Zaster nicht. Sieht toll aus, unser Hofladen! Aber er wirft nicht genug ab. Bei weitem nicht!«

»Und deshalb der Käse aus Dänemark?« Evi sprach sehr leise.

»Ja, verdammt! Ich bin nicht stolz darauf. Aber der Käse von den bekannten Sennereien im Allgäu ist einfach zu teuer. Ich muss ja was draufschlagen, dass ich auch was verdien. Das zahlen die Leute nicht mehr. So läuft das.«

»Und damit alles weiter läuft, haben Sie beschlossen, den Lepaysan mal besser aus dem Weg zu räumen. Er hat Sie doch erpresst, oder?«, fragte Gerhard.

»Ja, hat er.« Der Mann war erstaunlich ehrlich.

»Und?«

»Ich hab nicht gezahlt. Womit auch?« Er sah Gerhard an, dann Evi, als ob sie die Frage hätten beantworten können.

»Wie viel wollte er denn?«, wollte nun Baier wissen.

»Fünftausend Euro.«

Das schien Lepaysans Standard-Forderung gewesen zu sein.

»Wo waren sie Dienstagnacht?«, fragte Gerhard.

»Zu Hause. Ich war die halbe Nacht im Stall, weil meine beste Kuh kalben sollte.«

»War jemand dabei? Ihre Frau? Ihre Kinder? Ein Tierarzt vielleicht?«

»Nein.«

»Nein?«

»Wenn Sie es genau wissen wollen: Meine Frau ist zu ihrer Schwester. Mit den Kindern. Weil es für den Urlaub eben nie gereicht hat und für die Kinder. Weil wir uns über all den Sorgen voneinander entfernt haben. Weil wir nicht wissen, ob es eine Brücke gibt zurück über den Graben.«

»Ihre Frau ist gar nicht mehr am Hof?«, fragte Evi.

»Doch, sie macht noch den Laden. Und die Buchhaltung. Ich habe keine Ahnung von Computern und dem ganzen Büroscheiß.

Aber abends geht sie wieder. Ich hab kein Alibi. Nur Kühe sind meine Zeugen.«

Er lachte voller Bitterkeit. Dann sprang er auf seinen Bulldog, einen alten Königstiger, und fuhr davon.

Baier, Evi und Gerhard standen leicht betreten auf dem Hof herum und wollten gerade wieder ins Auto steigen, als ein älterer Nachbar um die Ecke lugte.

Gerhard und Baier gingen zu ihm hinüber.

»Entschuldigen Sie, aber können Sie mir sagen, ob Ihr Nachbar Dienstagabend und -nacht zu Hause war?«, fragte Gerhard.

»Hot er Ärger?« Der Mann sah richtig erschrocken aus.

»Nein, nein«, beeilte sich Gerhard zu sagen. »War er da?«

»I hob eam spad auf d' Nacht mit seina Hirnbirn übern Hof geh seng.«

»Hirnbirn?«

»Stirnlampe«, sagte Baier missbilligend. »Weinzirl, jetzt lernen Sie mal Bayerisch.« Er wandte sich an den Mann. »Wann war das ungefähr?«

»Sicher no oiwei um hoib oans. I bin dann ins Bett. Is a netta Hund, mei Nachbar. Er werkelt recht vui. Und dann haut eam de Frau ab.«

Baier nickte verständnisvoll. »Nach halb eins haben Sie nichts mehr gehört oder gesehen?«

»Mir is so vorkemma, als dad er sei Auto starten. Der Karrn is am nächstn Dog a wo anderst gstandn«, sagte der Mann.

»Danke, Sie haben uns sehr geholfen«, sagte Gerhard.

»Der is fei wirklich a netter Hund!«, versicherte der Nachbar eindringlich.

Baier nickte.

Auf der Rückfahrt nach Weilheim machte Evi als Erste ihrem Unmut Luft.

»Das ist ja wieder mal klassisch. Schmoll sagt aus, er wäre im Büro gewesen. Kann durchaus sein, aber nachts war er laut der Liste nochmals in der Halle. Hat kein Alibi, der Mann. Der Bürgermeister kommt gegen halb eins heim, dreht den Fernseher auf und geht wieder. Auch er war laut Liste in der Halle. Hat auch kein Alibi. Und der Landwirt fährt mitten in der Nacht nochmals weg. Wohin? Zur Halle? Auch kein Alibi. Was sollen wir bloß mit so vielen Verdächtigen?«

»Einen nach dem anderen ausschließen und hoffen, dass einer übrig bleibt«, sagte Gerhard.

»Wir hätten auch noch den Trüffelkleber«, stöhnte Evi.

»Nein, den haben wir nicht!« Baier setzte mal wieder auf den Überraschungseffekt.

»Wieso?«

»War auch bei der Musi. Im Val Sugana. So 'ne Italienfahrt lässt sich der Gourmet nicht nehmen. War als Dolmetscher dabei. Ich sag's nochmals: Tagblatt lesen, dabei gewesen.«

»Bleiben uns drei verdammte Lügner!«, schimpfte Evi.

»Genau, und zwei werden wir heute Abend aufsuchen. Achtzehn Uhr hier. Sie auch, Weinzirl.«

Mit diesen Worten stieg Baier aus und ging davon.

»Achtzehn Uhr! Genau! Wenn du nicht da bist, dann gnade dir Gott!«, schickte Evi hinterher.

Kaltenberg

Gerhard war um zwölf Uhr in Kaltenberg und schlenderte erst mal über den Markt, wo sich die Standlbesitzer für den Ansturm rüsteten. Hier hätte Gerhard sich ausstaffieren können: ein Papphelm in Silber, ein Holzschwert, ein Wams aus Samt. Eine Frau arrangierte Haarreifen mit langen weißen Schleiern, eine andere legte sich Farben zurecht, um später Kindern geheimnisvolle keltische Symbole auf die Wangen zu malen. Mittendrin trainierten junge Männer in oversized Caprihosen das Jonglieren, einer trug ein T-Shirt mit »Fuck the army«, der nächste eins mit Cannabisblatt, auf einem anderen stand: »On the shore of a lake there gathered some outlaws.« Später würden sie Pumphosen anhaben und neckische Schellenkappen. Wo war sie bloß, diese große Zeitmaschine?

Er ging weiter bis zu einem Stand, wo ein Schild versprach, dass die Mützen und Kappen alle aus nicht entölter Yakwolle stammten. Aha! Er blieb wieder stehen. Von einem Rondell baumelten Kreuze. Sie waren aus Holz geschnitzt, kleinere und größere. Und sie trugen Inschriften jeweils auf Vorder- und Rückseite, die wie beim Scrabble funktionierten.

DIR WIRD EIN SIEG oder BAUER HAT ERD KRAFT

Er las, überlegte, wie er das fand – diese merkwürdigen Kreuze. Sie waren witzig, und irgendwie sprachen sie ihn an. Es ging etwas von ihnen aus.

Hinter der Theke kam ein Kopf hervor.

»Kann ich Ihnen he ...«

Beide starrten sich an. Die Frau begann zu lachen, Gerhard starrte noch immer. Es war Anastasia-Kassandra! Die Verschollene.

Sie war leichtfüßig hinter ihrer Theke herausgesprungen, umarmte ihn. Gerhard stand stocksteif.

»Ich habe dauernd versucht, dich zu erreichen.«

»Ich war bei Sybille. Sie macht diese Kreuze. Sie ist sehr krank. Sie verdient in Kaltenberg fast ihr Jahreseinkommen. Jemand anderer musste hier den Laden schmeißen.«

Das war Anastasia, wie sie leibte und lebte. Mit ihrer klaren Sicht auf die Welt. Wie Baier. Klar und gradlinig. Gerhard registrierte einen Stich im Herzen. Da war sie also: Stasi, Himmel, nicht mal einen Kosenamen hatte er für eine Frau, mit der er ein paar Mal geschlafen hatte. Stasi? Nein, das ging ja gar nicht. Staserl? Auch nicht! Anni, zu banal. Cassy, zu englisch. Anastasia-Kassandra. An seinem Bein scharrte und kratzte einer und bellte auf Quietschfrequenz: Plinius, der Ältere, der alte flatulente Rehpinscher.

»Er freut sich, dich zu sehen. Ich auch!«, sagte Kassandra lachend.

Er freute sich auch. Sagte es aber nicht. Immer wenn er sie traf, freute er sich. Die gemeinsamen Stunden waren voller Lachen. Er war jedes Mal ohne Erwartungen gekommen und mit leichtem Herzen gegangen. Immer wenn er mit Jo verabredet gewesen war,

war er nervös gewesen, voller Erwartungen. Und oft war er mit schwerem Herzen gegangen.

Jemand tippte ihm auf die Schulter. Jo!

»Hallo!«

Gerhard sagte nichts. Kassandra streckte Jo die Hand hin.

»Hallo, du bist die Pressesprecherin. Ich bin die Vertretung für Sybille Köhler, wir haben das mit Martin von der Regie besprochen.«

Jo nickte.

»Alles klar, Martin hat mir erzählt, dass er froh ist, den Stand da zu haben. Ihm gefallen die Sachen sehr.«

Sie ließ ein paar der Kreuze durch ihre Finger gleiten. Schließlich nahm sie eines vom Ständer. DIR WIRD EIN SIEG. »Ich nehm das. Es schadet sicher nicht.«

Anastasia-Kassandra lächelte. »Nein, bestimmt nicht. Es ist gut, etwas zu beschwören. Was man wirklich will, tritt auch ein.«

Beide Frauen sahen Gerhard an, der unangemessen ruppig zu Jo sagte: »Können wir dann!«

»Sicher. Ciao«, sagte Jo in Kassandras Richtung. »Nette Frau, interessant, was macht sie denn sonst?«

»Sie hat sich der Lebenshilfe verschrieben. Sie firmiert als Schamanin. Die Menschen suchen anscheinend alle ihren Weg. Suchen einen Sinn oder Glück. Was weiß ich?«

»Suchst du kein Glück?«, fragte Jo. Sie sah ihm in die Augen. »Nein, das tust du nicht. Du hast nie gesucht. Warst nie verkrampft auf der Suche. Dein Geheimnis?«

»Ich weiß nicht. Was ist schon Glück? Doch nicht mehr als eine Momentaufnahme«, sagte Gerhard und fand sich toll. So kluge Sachen fielen ihm selten ein.

»Tja, was ist Glück?«, fragte Jo und fuhr fort: »Nichts Spezielles, nichts Großartiges. Es ist Ende März und plötzlich ganz warm. Krokusse spitzen aus einem grauen Boden, Schneeglöckchen ducken sich noch ungläubig hinter bemoosten Steinen. Ist es wirklich so warm? Und dann gehst du raus. Moebius liegt auf dem Holzstapel und sonnt sich. Mümmel springt auf den Tisch und riecht am ersten Glas Frühlingswein. Es ist halb drei, keine Zeit für Wein an einem Wochentag. Oder doch! Ein junger Weißer. Reicht dir das als Glück?«

»Durchaus.«

»Dir wäre ein junges Weißbier lieber. Ich weiß. Das erste im Stift. Das erste im Strandcafé in Bühl? Oder bist du schon Weilheimer geworden, dass dein erstes frühlingshaftes Weißbier im Dachsbräu eingeschenkt werden müsste? Oder in deiner Moosmühle in Huglfing? So hieß die doch?« Sie lächelte ihn an.

»Ach Jo, ist es nicht seltsam, dass vor meinem inneren Auge mein erstes Frühlingsweißbier untrennbar mit deinem Garten verbunden ist? Eine Katze stößt es um, ein Pferd bläst mir seinen warmen Atem in den Nacken. Ich falle vom Stuhl, weil der dumme Gaul immer näher rückt. Das sehe ich: dein ganzes Pippi-Langstrumpf-Leben.«

Sie schwiegen. Gerhards Blick ging über das Gelände. Ein junger Mann in kurzen Hosen und einem verwaschenen T-Shirt lief an der Burg vorbei. Er hatte einen Waschbeutel unter dem Arm und ein rosa Handtuch über der Schulter. Ihm kam einer entgegen, ein Handtuch um die Hüften gewickelt. Schnappi, das Krokodil, zierte das Tuch. Auch er hatte einen Waschbeutel dabei, das Mädchen, das hinter ihm herschlappte, trug ein türkisfarbenes Beauty Case. Da waren sie wieder, die Menschen des dritten Jahrtausends, der Querschnitt schlechten Handtuch-Geschmacks, die am Abend plötzlich zur ungewaschenen Mittelalter-Besetzung mutierten. Von Schnappi zum Kettenhemd!

Er wandte sich wieder Jo zu. »Was ist das, um Gottes willen? Was zieht die modernen Menschen zu Wahrsagern und Kräuterhexen? Noch nie sind wir so alt geworden wie bisher, noch nie hat die Medizin so viele zu frühe Tode verhindert und Leiden gelindert. Leute wettern gegen die Schulmedizin, fressen Globuli und glauben an Wunder.«

»Komm, Homöopathie wirkt. Auch wenn keiner weiß, warum. Und sei es ein Placebo-Effekt, auch gut!«

»Ja, von mir aus. Aber gerade die akademisch gebildeten Menschen sind ganz wild nach Mondkalendern, Wünschelrutengehern, Bachblüten und Horoskopen. Warum?«

»Weil wir alle eine Sehnsucht haben nach Mystizismus.« Jo klang bestimmt und überzeugt.

»Ach komm! Was für ein Mystizismus ist das? Im Kreisboten,

ich wiederhole, schon im Kreisboten, da gibt es Sonderseiten mit Menschen, die mir eine potenzialorientierte Einzel- und Paarbegleitung anbieten, die meine Iris diagnostizieren wollen, die meine Träume bearbeiten und meine Chakren ins rechte Lot zu bringen gedenken. Die behaupten, ein Medium zu sein, das zwischen mir und meinem Schutzengel vermitteln will. Was geht denn so eine Tussi mein Schutzengel an? Und was sind das für Leute? Wieso soll ich mich freiwillig in die Hände von Halbirren begeben, die ich nicht kenne, die auf dubiosen Wegen noch viel dubiosere Diplome fürs Chakren-Zurechtbiegen erworben haben? Das ist doch Verarschung. Im Kreisboten! Lebensglück als Postwurfsendung!«

»Ja, da gebe ich dir ja Recht, anscheinend gibt es einen Markt. Aber ich meine eine andere Sehnsucht. Eine, die wir in uns tragen. Nach Unmittelbarkeit.«

»Ich trage die nicht in mir! Ich nicht! Gut, ich bin ja auch ein unsensibler Klotz. Aber erklär mir, wieso besteht diese Faszination einer muffigen Epoche voller Männer mit Mundgeruch und Frauen mit verfaulten Zähnen? Einer Epoche der Hexenverfolgung, der Verdammung von Sex und von Rittern, die auf Pferden saßen, die nicht größer als deine Ponys waren. Das ist doch alles Potterismus. Und über allem wehen die Nebel von Avalon. Diese Ritter der Tafelrunde waren entweder debil oder größenwahnsinnig. Mensch, Jo, mach doch die Augen auf.« Gerhard spürte, dass er unangemessen wütend wurde.

Jo schrie ihn plötzlich an. »Du hast natürlich null Gespür für eine andere Welt als Biergarten, Fußball und Bergtouren. Warum hab ich dich bloß um Hilfe gebeten? Ich hätte es wissen müssen.« Und sie rannte davon.

Gerhards erster Impuls war es, dieser ganzen Mittelalterkomödie den Rücken zuzukehren. Aber etwas hielt ihn auf. Langsam ging er bis in die Königsloge hinauf.

Eine Packung Tempos zierte platt getreten den Boden. Neben dem Sessel rollte eine Flasche Thannhäuser Cola-Mix auf dem Boden. Wie ein Perpetuum mobile rollte sie von links nach rechts und zurück. Vom Wind beflügelt. Schachteln von Kamera-Akkus lagen herum, an der Brüstung war ein Leitz-Ordner auf ein Brett genagelt. Hier fand wohl das Skript des Moderators seinen Platz.

Er stieg hinunter, und Gerhard betrachtete das Tor: Da war eine Düse, wo der Nebel während der Vorstellung hinter dem Tor herauszischte, ein Tor, das nur aus ein paar Balken und Stangen bestand. Die Backside, Backstreet, Nordseite, die Kehrseite der Medaille. Alles Attrappe, alles Provisorium. Schmutz, Staub, Pferdeäpfel – Gerhard fühlte die Entzauberung. Er war auf einmal so mutlos. Ein Gefühl, das ihn selten überkam. Er drehte sich gerade um, als ein gewaltiger heißer Nebelschwall herausschoss. Gerhard riss die Arme vor das Gesicht, hatte Mühe, sich zu orientieren und zu atmen. Er taumelte zur Seite, langsam lichtete sich der Nebel.

Gerhard zwinkerte und schrie: »Hallo, ist da jemand? Spinnt ihr, die Anlage zu testen, wenn hier Leute rumlaufen?«

Er bekam keine Antwort. Mit schweren Beinen ging er weiter. Er brauchte dringend kaltes Wasser für seine malträtierten Augen. War hier irgendwo ein Wasserschlauch?

Im ersten Container gab es aber nur die Elemente, die im Turnier die Begrenzung für die beiden aufeinander zugaloppierenden Ritter bildeten. Daneben kistenweise Melonen. Einige bereits geköpfte Exemplare waren drunter. Roter Saft rann zu Boden. Ein Wagen stand davor, er besaß Pappmaché-Aufbauten, leicht wie Federn, die im Turnier wie schwarze gewichtige Lavafelsen wirkten.

Eine ganze Welt aus Pappmaché. Selbst er, der er sich lustig machte über Turniere, Ritter und Anhängerschaft, wollte an die Helden glauben, an den Kampf zwischen Gut und Böse. Weil das Gute siegte. Anders als sonst. Gerhard beschloss, zum Stallzelt zu gehen, da gab es sicher Wasser.

Er kam am zweiten Container vorbei. Dem für die Lanzen. Das Lager war auch jetzt offen. Na toll, das war also Marcos Überwachung. Gerade als er sich abwandte und weiterging, spürte er einen Stoß in den Rücken. Er fiel, stieß sich das Schienbein und kippte nach vorne. Eine Tür schepperte. Es war dunkel, bis auf kleine Flinkerlichtchen.

Gerhard versuchte, sich zu orientieren. Da lief der Ventilator auf Hochtouren. Er konnte allmählich Mikros und Schaltpulte und Kabel ausmachen, wahrscheinlich sollte der Ventilator sie auf einer durchbrennsicheren Funktionstemperatur halten. Dennoch war es unglaublich heiß. Und plötzlich verstummte das Brummen des Ventilators. Gerhard rieb sich die Schienbeine, er fasste in etwas Warmes. Er hinkte zur Tür. Die Eisentür war verriegelt. Er rüttelte und schrie. Nichts. Er suchte sein Handy und hatte kein Netz. Die Luft war stickig, und die Hitze wurde immer unerträglicher. In einer Sauna überlebte man nicht allzu lange, dachte er – und das hier war eine.

Plötzlich hatte er eine Idee. Er riss Kabel aus den Schaltpulten, irgendwo im Gelände musste das doch eine Wirkung haben. Es wurde immer heißer. Gerhard hatte keine Ahnung, wie lange es gedauert hatte, bis er gedämpfte Stimmen hörte. Er begann, wieder gegen die Tür zu poltern. Plötzlich fiel Licht in sein Gefängnis, und er wankte zur Tür. Da standen Jo und Holzer.

»Gerhard, um Himmels willen, wie siehst du denn aus?«, rief Jo. Gerhard sah an sich herunter. Seine Hosenbeine waren zerschnitten, seine Schienbeine bluteten.

Holzer reichte ihm den Arm und wies mit seiner vierfingrigen Hand zu einem Unimog.

»Ich fahr Sie erst mal zur Sanitätsstation, oder?«

»Danke.« Gerhard hinkte von Holzer gestützt los und hoffte bloß, dass nichts gebrochen war. Jo war mit in den Unimog geklettert und tat etwas Unglaubliches: Sie schwieg.

Erst als er verarztet war und Holzer wieder verschwunden, fragte sie: »Was ist passiert? Es tut mir so Leid! Ich hätte vorher nicht ... Ich ...«

»Ist schon gut. Lassen wir das. Auf jeden Fall scheint es jemand nicht zu gefallen, dass ich hier rumschnüffle.«

»Bitte?«

»Na, zuerst attackiert mich jemand mit einem Nebelwerfer, und dann stößt man mich in einen Container.«

»Stößt dich?«

»So hat es sich angefühlt.«

»Dann war das kein Zufall?«

»Nein, das Wort Zufall oder Unfall beginnt allmählich das Unwort des Jahres zu werden.«

»Gerhard, es tut mir wirklich Leid, dass ich dich da reingezogen habe, ich könnte dich gut verstehen, wenn du jetzt abhaust.«

Gerhard verzog den Mund, straffte die Schultern. Nein, mutlos fühlte er sich jetzt nicht mehr. Im Gegenteil.

»Eines solltest gerade du wissen: Es gibt eine herausragende Eigenschaft des Allgäuers: Sturheit. Jetzt interessiert es mich wirklich, was hier los ist. Wo ist Marco?«

»Du willst doch nicht so …?« Jo wies auf seine zerschlissenen Hosenbeine und die Verbände.

»Doch, das ist doch männlich. Also wo ist der Oberritter?«

»In der Arena.«

Sie schauten Marco zu, der mit einem Pferd trainierte. Jos Piepser ging. »Ich muss weg. Ich treff dich später wieder? Kommst du zurecht?«

Gerhard nickte.

Marco kam mit einem schönen Tier auf ihn zu. Die Mähne des Pferdes fiel in Locken weit über den Hals herab. Er registrierte Gerhards merkwürdigen Aufzug, sein Blick glitt über die Verbände, er sagte aber nichts.

»Was ist das für ein Pferd?«, fragte Gerhard.

»Ein Andalusier! Sie sind wahre Krieger, sie sind die Pferde der Könige gewesen. Ein andalusischer Hengst ist das beste, spektakulärste und dabei gleichzeitig das harmonischste Pferd. Sie sehen auch im Film am besten aus.« Zum Beweis ließ er den Schimmel steigen. Himmelwärts, die Gesetze der Schwerkraft außer Kraft gesetzt.

»Ein schönes Pferd, nicht wahr?«

Die Frage war rhetorisch. Selbst Gerhard konnte sehen, dass das ein schönes Tier war. Der starke Hals, die kräftige Brust, die endlos lange Mähne, die wachen und doch freundlichen Augen.

Die beiden Männer waren auf dem Sprung, sie umschlichen sich und gaben vor zu plaudern.

»Sehen Sie sich öfter mal Monumentalfilme an?«, fragte Marco. Gerhard antwortete nicht sofort. »So was wie Napoleon, die Nebel von Avalon, Jeanne d'Arc. Ich habe allein sechs Jeanne d'Arcs gemacht. Er lachte offen. »Sehen Sie, ich habe sozusagen jene Tricks und Kniffe erfunden, mit denen man Pferde so filmen kann, dass sie sehr elegant und erhaben aussehen, und das Stuntreiten perfektioniert.«

»Reiten die Schauspieler denn nie selber?«

»Selten. Matt Damon hat in einem Film mein Muli geritten. Besser als meine Jungs. Damals, zur Gründerzeit von Hollywood, war Kalifornien noch ein raues Land für noch rauere Burschen. Tough Guys wie Clark Gable, Gary Cooper oder James Stewart konnten das noch, was einen echten Pionier ausmacht: schießen und reiten wie der Teufel! Heute sind Schauspieler Surfer, Skater, blasse Typen in Bodybuilding-Studios. Keine Reiter!«

»Und der Stuntman war erfunden?«, fragte Gerhard. »Aber sind das nicht die, die aus Hochhäusern stürzen oder aus brennenden Autos kugeln?« Gerhards Schienbeine brannten wie Feuer. Er war ganz froh um das Gespräch. Um warm zu werden, ein bisschen runterzukommen.

»Ja, auch, aber das hat mich weniger angezogen. Ich war zehn, als meine Eltern nach Frankreich gezogen sind. Amerika oder Kanada wäre mir lieber gewesen, ich wollte unbedingt Indianer werden. Stattdessen wurde ich erst mal so eine Art Fachmann für verrückte Pferde. Dabei ist das Tier selten verrückt. Es ist der Mensch!«

O ja, das gefiel Jo natürlich. Das war auch ihr Credo. Tiere spiegeln nur die Unsicherheit oder Aggression ihrer Besitzer wider.

»Und weil Sie einen Draht zu Pferden haben, haben Sie beschlossen, gegen deren Natur zu arbeiten? Und Pferde durch Feuerwälle rennen zu lassen?«

»Pferde wollen lernen. Sie brauchen Aufgaben. Das Training ist ein langer Prozess! Das absolut Entscheidende ist, das Tier nicht zu enttäuschen. Pferde sind vertrauensvoll, aber ist dieses Vertrauen einmal verspielt, gibt es kaum einen Weg zurück.«

Marco tätschelte den Hengst. Er schickte einen nachdenklichen Blick zu seinem Hengst hinüber. Was hatte Jo auf ihrer Homepage geschrieben? Er vertiefe sich in ein Pferd. Wenn er beginne, ein junges Pferd zu trainieren, versuche er vom Pferd zu lernen.

Als erahnte Marco Gerhards Gedanken, fuhr er fort: »Tiere sind Individuen. Pferde haben Präferenzen, jedes ist anders, die Kunst ist es, das Beste aus dem jeweiligen Charakter herauszufiltern und Nachteile in Vorteile umzumünzen. Gilt übrigens auch für Frauen.« Er lachte wieder. Offen und nett. »Sie müssen Ihren

Blickwinkel ändern. Im Film merken es die wenigsten. Wir arbeiten im Film mit dem Doppelgänger-Trick. Ich trete stets mit zwei Pferden an, die dem Zuschauer absolut identisch vorkommen. Das eine Pferd steigt beispielsweise sehr gekonnt, das andere ist kühn beim Sprung über Feuer. Im Kino geht das, die Drehs lassen sich wiederholen.«

»Und hier ist das live ...«, meinte Gerhard.

»Ja, in Kaltenberg ist das anders. Genau das ist der Reiz für uns. Alles muss auf die Sekunde passen. Wir haben gestern viele Fehler gemacht. Es gibt keine Chance auf Wiederholung. Das Publikum reagiert unmittelbar. Das ist mir momentan wichtiger als Ruhm in Hollywood. Den Jungs auch. Sie trainieren hart, dahinter steckt extrem viel Arbeit. Und es macht mir Freude, neue Geschichten zu erfinden.«

»Ihre Freude dürfte etwas getrübt sein nach dem Unfall, Monsieur Cœur de Fer?«

»Sagen Sie doch Marco zu mir, Gerhard.« Er betonte das französisch. »*Oui*, Gerhard, ich bin entsetzt. Und halten Sie mich jetzt bitte nicht für herzlos. Ich bedauere den armen Jungen, aber ich war noch viel entsetzter, als Suente weg war. Menschen leben selbstbestimmt, Verletzungen sind Berufsrisiko, aber die Kreatur liefert sich uns bedingungslos aus. Das ist eine große Verantwortung.«

»Nun, eine präparierte Lanze ist wohl kein Berufsrisiko, oder?« Gerhard wollte ihn ein wenig provozieren.

»*Naturellement*, nein. Ich gäbe etwas darum, das zu verstehen!«

»Monsieur ... also Marco, es ist Ihr zweites Jahr hier. Letztes Jahr gab es tolle Kritiken, dieses Jahr werden Ihre Jungs zusammengeschlagen, sie haben dubiose Lebensmittelvergiftungen. Ihre besten Pferde verschwinden, am Ende wird einer lebensgefährlich verletzt. Das gehört doch alles zusammen, oder wie sehen Sie das? Was ist dieses Jahr anders als letztes Mal?«

»*Mon dieu*, das habe ich mich auch gefragt und keine Antwort darauf.«

»Nun, neu wäre, dass Sie den Lanzenmacher schlecht bezahlt haben.« Doch, Gerhard musste ihn provozieren, um ihn hinter der kühlen Fassade hervorzulocken.

Er zog die Augenbrauen hoch. »Aha.«

»Marco, ein Aha ist mir zu wenig. Sie finden doch sonst so schöne Worte für Ihr Tun. Hat der Mann auf Geld gewartet, ja oder nein?«

»Ja, hat er. Aber nicht, weil ich ihn nicht bezahlen will oder kann, sondern weil er ein paar Mal sehr schlechte Qualität geliefert hat. Ich habe ihm gesagt, dass ich neue Lanzen erwarte, und wenn die in Ordnung sind, dann gibt es Geld. Das war mein letztes Angebot. Sonst suche ich mir einen neuen Zulieferer.«

»Und die letzten Lanzen waren in Ordnung?«

»*Merde*, nein! Die Bohrungen waren schlampig, er hat Fichtenholz verwendet. Ich aber wollte Arvenholz, das ist leicht und hart zugleich.«

»Und so gab es wieder kein Geld?«, fragte Gerhard.

»Nein, ich habe Nachbesserungen verlangt. Das ist ja wohl mein gutes Recht, oder?«

»Nun«, sagte Gerhard gedehnt, »ist das nicht ein Teufelskreis? Ohne Geld tut sich ein kleiner Handwerker womöglich ziemlich schwer, die gewünschte Qualität zu liefern?«

Er dachte an das, was Hubert Holzer gesagt hatte. Schon ein säumiger Zahler konnte die Existenz ruinieren, wenn man hart am Minimum kalkulierte. Kalkulieren musste.

»Das ist mir egal. Völlig.«

Gerhard sah ihn überrascht an. Das klang hart. Marco Cœur de Fer registrierte diesen Blick.

»Mich fragt auch keiner, wie ich zurechtkomme. Wie ich die Pferde füttere. Wie ich meine Männer bezahle.«

Er sah in die Arena, Gerhard folgte seinem Blick. Da waren Hugo und Cedric gerade dabei, eine Kampfszene zu proben. Marco hatte sie wohl beobachtet.

»Sekunde«, sagte er zu Gerhard und sprengte ohne Vorwarnung hinüber zu seinen Männern. Er schien sie zurechtzuweisen, er zupfte am Zaum der Pferde, er redete auf die Männer ein.

Gerhard konnte nicht hören, was er sagte. Er nutzte die Zeit, um Evi anzurufen.

»Bella. Ich muss einen Miroslav Havelka in Mikulov ausfindig machen. Ich brauche Daten, Kontaktadresse, vielleicht nimmst du mal Kontakt zu den tschechischen Kollegen auf. Ich muss wissen, wo der Mann ist, und ich muss den Mann sprechen.«

»Ach so, in Mikulov! Sonst noch was? Wir rotieren hier, was du vielleicht bitte nicht ganz vergisst. Und du suchst einen Tschechen? Wozu? Geht's noch?«

»Evi, ich hab jetzt keine Zeit. Ich melde mich. Ach ja, Evi: Ich hatte einen Unfall. Ich schaff das nicht bis achtzehn Uhr. Ihr könnt doch sicher bis sieben warten. Stimm Baier milde, das sollte dir mit deinem Charme ja gelingen.«

»Was für ein Unfall? Was ist passiert? Gerhard, hast du ...«

»Erklärungen später! Danke, Bella.« Er schaltete sein Handy aus, weil Marco wiederkam. Sein Hengst stoppte millimetergenau vor Gerhard.

Gerhard straffte die Schultern. »Noch etwas ist neu und anders als letztes Jahr: Ihr Vorgänger war da. Ein Mann, der diesen Ort kennt wie kein Zweiter!«

Marco Cœur de Fer war elastisch vom Pferd gesprungen. »Gehen wir ein paar Meter.«

Er begann, die Arena zu umrunden, der Hengst folgte ihnen.

»Juckie Verbier soll hier gewesen sein«, begann Gerhard von neuem. »Der Geländespengler hat ihn gesehen. Hugo auch. Und Sie?«

»Ich habe ihn auch gesehen«, sagte Marco ganz ruhig.

»Wie bitte?«

»Ja, ich habe ihn sogar gesprochen. In meinem Haus. Wissen Sie, ich wohne nie im Hotel. Ich miete mir eine Ferienwohnung, ein Chalet. Ich bin zu alt für ständig wechselnde Hotelzimmer und die Hotelküche. Ich koche gerne mal selber. Jedenfalls war Juckie da.«

»Einfach so! Und das haben Sie niemandem gesagt? Ja, läuten denn nicht alle Alarmglocken bei Ihnen?«

Dieser Typ machte ihn ganz irre. Seine Sicht der Welt erst recht, dachte Gerhard.

»Sehen Sie, Gerhard, wir sind keine Freunde, Juckie und ich. Vieles ist passiert, vieles liegt da in der Vergangenheit. Nicht begraben, sondern immer noch greifbar. Juckie war da, er hat tatsächlich spioniert. Er war backstage, er war im Stall. Er kann sich auf sehr leisen Sohlen bewegen, aber er hat eben doch keine Tarnkappe. Ich habe ihn gesehen, andere wahrscheinlich auch. Jeder hinterlässt Spuren, das wissen Sie doch am besten?«

Ja, Gerhard wünschte sich, das wäre wahr. Letztlich hatte Marco Cœur de Fer natürlich Recht, aber meist war die Suche in einer Ermittlung so mühsam. Oft lag es daran, dass die Spuren immer da gewesen, aber nicht beachtet worden waren. Spuren gab es immer, auch wenn sie verwischt wurden. War Juckie so eine Spur?

»Und dann tauchte er einfach so auf?«, fragte er.

»Ich habe damit gerechnet, dass er kommen würde.«

»Wann war das?«

»Am Montag.« Aha, Hugo hatte also Recht gehabt.

»Und?«

»Wir haben geredet. Wir werden allmählich alte Männer. Wir werden milder und weiser. Es wird Zeit, immer mehr Ballast abzuwerfen, der auf die Seele drückt. Wir haben geredet, ja, eine ganze Nacht lang, vieles ausgeräumt zwischen uns, manches so stehen lassen. Verstehen Sie, es kann auch hilfreich sein, Dinge einfach so stehen zu lassen. Wie Ruinen. Die bröckeln dann immer weiter, und irgendwann sind sie weg. Die Natur hat sie zurückerobert.«

»Und das funktioniert auch mit menschlichen Problemen?«

Marco wiegte den Kopf hin und her.

»Und was, wenn das ein Trick war? Was, wenn er Sie in Sicherheit wiegen wollte? Können Sie für ihn die Hand ins Feuer legen? Hundertprozentig? Trotz der Läuterung?«

»Sie sind misstrauisch, was? Müssen Sie! Aber um Ihre Frage zu beantworten: Nein, das kann ich nicht. Das würde ich nicht mal für Keops tun.«

Er wandte sich zu dem Hengst um. Gerhard hatte völlig vergessen, dass das Tier immer noch hinter ihnen herlief.

»Hundertprozentig vertraue ich niemandem«, fügte Marco noch hinzu.

Gerhard tätschelte dem Hengst den Hals. »Und wo ist Monsieur Verbier jetzt? Ist er womöglich noch da?« Gerhard dachte an den Anschlag gegen ihn.

»Das weiß ich nicht.«

»Er könnte also noch da sein?«

»*Oui.*«

»Er war also mehrmals da? Bevor das Pferd verschwand und am Montag?«

»*Oui.*«

»Und am Dienstag, dem Tag, an dem die Lanzen gekommen sind, haben Sie ihn nicht mehr gesehen? Auch nicht am Mittwoch, am Tag als Jacques verletzt wurde?«

»*Non.*«

Plötzlich hatte Gerhard eine Idee. »Kennen sich Verbier und Havelka?«

»Keine Ahnung, aber es ist vorstellbar. Vielleicht arbeitet Havelka auch für Juckie«, sagte Marco.

»Ich frage Sie nochmals: Könnte der so perfide sein, eine Serie von Anschlägen durchzuführen, dann am Montag zu Ihnen zu kommen, den großen Verzeiher zu geben und dann zum Finale auszuholen?«

»Das wäre eine schöne Dramaturgie. Das wäre die Macht des Bösen. In Perfektion. Der letzte Auftritt des Schwarzen Ritters«, sagte Marco, und blitzschnell schwang er sich in den Sattel. »Finden Sie es heraus!«, rief er, indem er sich auf dem Pferd umdrehte und mit dem Gesicht in Richtung Pferdehinterteil durch das Arenator hinaussprengte.

Gerhard sah lange dorthin, wo der Mann verschwunden war. Überall gebe es Spuren. Und er müsse seinen Blickwinkel ändern, hatte Marco gesagt. Ja, nur welche Blickrichtung sollte er einschlagen?

Er ging langsam zurück zum Veranstaltungsbüro – auf der Suche nach Jo. Als er klopfen wollte, öffnete sich gerade die Tür.

»Ich habe dir aufgeschrieben, wer in unmittelbarer Nähe der Lanzen gewesen sein könnte, wer überhaupt am Dienstag auf dem Gelände war, wer gesehen wurde. Die Liste basiert auf Aussagen der Ritter und von Hubert Holzer, der an dem Tag ständig unterwegs war zwischen den Containern und der Hauptstraße.« Sie hielt ihm die Liste unter der Nase. Da standen einige Namen. Gerhard graute davor, die alle zu befragen. Er fasste Jo an der Schulter und schob sie ein bisschen zur Seite. Er berührte ihre nackte warme Haut. Es war, als hätte er seine Finger in Feuer gehalten. Er zuckte regelrecht zurück.

»Außerdem habe ich dir eine Hose besorgt. Ist die okay?«, fragte Jo und klang echt besorgt.

»Klar, danke«, meinte Gerhard, obwohl eine blaue Stoffhose nicht direkt sein Stil war. Aber sie passte. Dann fasste er das Gespräch mit Marco zusammen. Er ließ auch nicht unerwähnt, dass der Mann ihn beeindruckt hatte. Gerade wegen seiner klugen Worte und der klaren Professionalität. Auch dass er ihn beunruhigte, durch seine Härte und die Arroganz, die immer mal wieder aufblitzte.

»Hältst du es für möglich, dass Verbier ihn so gelinkt hat?«

»Ich kenne Verbier nicht. Nur aus Erzählungen. Ich kenne viele Geschichten, die wenigsten zeichnen ein rundum sympathisches Bild. Eins aber ist ganz klar: Es geht auch – geht es darum nicht immer? – um Geld. Hier werden noch immer ein Großteil der Devotionalien mit den Bildern der alten Stunttruppe verkauft. Bierseidel, auf denen noch immer der alte Schwarze Ritter zu sehen ist. Da geht es um Rechte und Rechtsabtretungen und um Geld. Ich bin unzureichend über die Rechtslage informiert, aber ich weiß, dass Juckie letztes Jahr schon ziemlich sauer war. Aber ob da Marco unbedingt das richtige Hassobjekt ist?«

»Vielleicht projiziert er allen Hass auf Marco, und wir wissen ja wirklich nicht, welche Pferdekadaver die beiden im Keller haben!«

»Deine Wortspiele werden auch immer besser!«, sagte Jo scharf.

»Oh, entschuldige, dass ich deine sensible Tierfreundeseele verletzt habe.«

Lange hatte der Waffenstillstand zwischen ihnen ja nicht gehalten. Das hätte er sich schenken können, warum hielt er nicht mal rechtzeitig die Klappe? Nur schnell zur Tagesordnung. »Kommst du mit? Es wäre mir recht, wenn du mich kurz vorstellst, wenn ich meine Befragungen durchführe. Außerdem kannst du mir auf dem Weg dahin 'ne Einweisung in die Leute geben.«

Jo sah ihn herausfordernd an. Gerhard schluckte.

»Kannst du bitte mitkommen?«

Sie nickte.

»Okay. Wer ist der Erste?«, fragte Gerhard.
»Alois von Kaltenberg.«
»Soso, und weiter?«
»Er mimt den Starken, den Hünen, den Gladiator.«

Mimen war gut, dachte Gerhard angesichts des Muskelbergs. Das war echt, und echt war auch sein Gesichtsausdruck, der dem von Annemirl Tafertshofer in nichts nachstand. Nein, allzu viel Protein und Muskelaufblas-Pillen schädigten wohl eindeutig gewisse Hirnareale. Gerhard versuchte es auf die humorvoll joviale Art:
»So, der starke Alois von Kaltenberg.«
»Viele heißen Alois«, sagte er unbewegt.
»Äh, ja, stimmt. Alois, Sie waren am Dienstag backstage.«
»Wo?«
»Hinter den Kulissen.«
Alois sah ihn so verständnislos an, als hätte er gesagt: hinter den sieben Bergen bei den sieben Zwergen.
Jo schaltete sich ein. »Alois, du warst am Dienstag da, wo sich die Ritter vorbereiten.«
Er lächelte, wobei an seinem Hals ein Muskel zu zucken begann.
»Ach so, ja, der Marco hatte mir an meinem Lendenschurz was genäht. Weil der Marco, der hat da so 'ne besondere Nadel für Leder. Gell!« Wie ein Kleinkind patschte er auf die entsprechende Stelle an seiner Hüfte.
Himmel! Der Herr aller Ritter nähte für einen grenzdebilen wandelnden Muskel eine Naht am Lendenschurz. Nichts wie weg!
»Ja gut, danke schön und viel Glück für Ihren Auftritt.«
Da packte Alois Gerhards Hand, presste sie zusammen, dass die Knöchel krachten. Trotz des Schmerzes musste Gerhard fasziniert auf den Arm blicken, an dem mit der Pressbewegung diverse Muskeln munter hochhüpften. Er ließ nicht los, der Koloss, sondern sagte nochmals ernst:
»Viele heißen Alois.«
Als sie um die Ecke gebogen waren, begann Jo zu lachen. Gerhard fiel ein. Sie lachten minutenlang, und das war wie eine Hei-

lung. Auf einmal waren sie wieder zwei alte Freunde auf der gleichen Wellenlänge.

»Zu Hilfe! Bitte nicht noch so einen!«, japste Gerhard.

»Nein, nun ein ganz anderes Exemplar.«

»Welches?«

»Carinthia, die Filzerin.«

Von der erfuhr Gerhard, dass sie einfach nur einen Blick auf die Ritter hatte werfen wollen.

»Ich spürte so ein Verlangen in meinen Lenden.«

Gerhard bezweifelte, dass es den Rittern ähnlich ergangen wäre. Die Dame gab an, ohne Strom, Gas oder Wasser zu leben.

»Ich verzichte und steige hinauf in neue Sphären.«

Der Verzicht auf Strom und Gas, nun gut: Kerzen und Petroleum reichten sicher aus, um Wolle zu verwurschteln, dachte Gerhard. Heizen konnte man mit Holz, aber dass sie dem Wasser auch abhold war? Ihn grauste vor den Rastas, in denen ja weiß Gott was alles leben konnte. Carinthia war zudem nach eigenen Aussagen auch Pazifistin und natürlich Globalisierungsgegnerin.

»Die Ausbeutung des Planeten ist irreversibel. Die Industrienationen töten die einfachen Völker, ohne selbst Hand anzulegen. Es sind schwarze Zeiten.«

Und dann war sie nach eigenem Aussagen noch Veganerin und begann nun eine fürchterliche Mixtur in einer Duftlampe zu entzünden. Gerhard wurde ganz schwummrig. Aus Selbstschutz verbot er sich, zu glauben, dass sie so eine Lanze präparieren könnte.

Ihre nächste Anlaufstelle war Peter, Mitglied einer Fußgruppe von Rittern, die von Mittelalterfest zu Mittelalterfest zogen.

»Ich kenn ihn nur als Peter. Er ist Schulhausmeister, und wenn die lieben Kleinen weg sind, dann hüllt er sich in Bärenfelle und schmiedet im Keller Schwerter und Äxte«, erklärte Jo.

Gerhard verzog das Gesicht. »Sehr beruhigend, wenn der, der deinen Kindern vormittags die Schulmilch überreicht, abends zum Kettensägenmassaker übergeht.«

»Idiot! Er schmiedet Waffen. Auch sehr feine kleine Klingen. Nix Kettensäge. Das ist eben sein Hobby.«

Ja, natürlich. Hobby! Es gab Menschen, die hatten Zeit für Hobbys – deren Leben teilte sich in Arbeitszeit und Freizeit. Seines nicht. Solche Leute bemalten im Keller Fantasyfiguren und zogen mit Gleichgesinnten dann in den Kellerkrieg. Andere bauten Modelleisenbahnen, schufen Miniaturlandschaften und ergötzten sich daran, dass eine Schranke in der Größe seines kleinen Fingers elektronisch zu steuern war. Bei Toni hatte er einen von den Mini-Welt-Irren getroffen und sich gefragt, warum so ein großer, kräftiger und vernünftiger Mann sich mit solchem Fitzelkram beschäftigen wollte. Gerhard überlegte: Skifahren und Mountainbiken waren Grundgangarten für ihn, ergo hatte er nichts, was dem Freizeitdeutschen als Hobby galt. Und der Hausmeister schmiedete Waffen, klar!

Peter Bärenfell trug ein solches und wirkte auch bärenhaft. Bärentatzen, Bärenschopf, leicht verpennter Gesichtsausdruck, als wäre er eben erst aus dem Winterschlaf hochgefahren.

»Peter, Sie waren am Dienstag backstage?«, sagte Gerhard freundlich.

»Ja. Marco hatte Probleme mit irgendwelchen Lanzen und einigen Harnischen, und er wusste, dass ich mich mit so was auskenne.« Auch seine Stimme war bärig.

»Und Sie konnten ihm helfen?«

»Ja, ich habe ein, zwei Teile mitgenommen und sie erhitzt.« Er deutete auf seinen Amboss.

»Und Sie ihm wiedergebracht?«

»Natürlich.« Er überlegte kurz: »Ach, daher weht der Wind! Sie denken, ich hätte die Lanze präpariert. Ja schauen Sie nicht so. Ganz Kaltenberg redet darüber. Ganz Kaltenberg weiß, dass Sie hier unterwegs sind. Das ist eine kleine Welt hier und eine geschwätzige. Alle denken, der Unfall war kein Unfall.« Er richtete sich zu seiner vollen Größe auf. Winterschlaf beendet! »Sie sind ja nicht bei Trost! Wieso sollte ich einen der Ritter verletzen wollen?«

Gerhard wartete irgendwie drauf, dass ihn gleich eine Grizzlytatze treffen würde.

Jo schob ihn sozusagen aus dem Aktionsradius des Bären.

»Ja, wieso sollte er? Er hat kein Motiv. Er ist doch so ein netter Kerl.«

»So ein netter Kerl!«, echote Gerhard. »Aber er ist der Erste, der sich mit Waffen auskennt. Vielleicht wurde er beauftragt. Nicht jeder Bär ist Winnie the Pooh oder der Bärenmarkebär! Den Mann behalte ich im Auge!«

»Der wäre aber schön blöd, dir das so auf die Nase zu binden.«

»Schon gehört: Angriff ist die beste Verteidigung. Wer offensiv mit den Dingen umgeht, wirkt unverdächtiger als der Zauderer«, belehrte sie Gerhard.

»Ja danke, Herr Kommissar. Und wo ist das Motiv?«

»Finden wir eins! So und jetzt weiter. Zu?«

»Zu Moritz, dem Narren!«, sagte Jo.

Gerhard stellte sich vor.

Moritz schaute in Richtung der Rittercontainer und riss die Augen auf.

Gerhard wiederholte seine Frage: »Sie waren am Dienstag backstage. Warum?«

Der Narr lächelte, schürzte die Lippen und wiegte den Kopf hin und her.

»Sakrament! Jetzt machen Sie den Mund auf!«

Nun sah der Narr bestürzt aus, nahm Gerhards Arm, um ihm den Puls zu fühlen. Er nickte, wie um sich selbst zu bestätigen, und tippte dann ganz schnell mit der Fußspitze auf.

Gerhard wusste selbst, dass er manchmal einen zu hohen Blutdruck hatte.

Er suchte Jos Blick, die zu Boden sah. Dann sah er den Mann scharf an. Der schaute noch immer besorgt-freundlich. War der Idiot taub? Da platzte Jo mit einer Lachsalve heraus. Sie verschluckte sich. Moritz klopfte ihr kräftig auf den Rücken. Dann sagte er in einer angenehmen und festen Stimme zu Gerhard:

»Entschuldigen Sie meine kleine Demonstration.« Er machte ein Verbeugung: »*Enchanté*, ich bin Moritz, der Narr. Heuer ist mein fünfundzwanzigjähriges Strumpfhosen-Jubiläum. Ich firmiere auch beim Finanzamt offiziell als Narr. Das ist übrigens nicht das Schlechteste! Ich habe mir das Reden abgewöhnt. Reden ist die Sprache des Geistes. Schweigen die des Herzens. Die der Unmittelbarkeit. Der Kinder. Übrigens: Mit Ihrem Herzen sieht es ganz gut aus, Sie haben doch genau verstanden, was ich Ihnen sagen wollte!«

»Ja, das habe ich. Tatsächlich.« Gerhard lächelte und sah Jo an. »Danke für das Attest mein Herz betreffend, ich glaube, da gibt es auch andere Ansichten. Aber würden Sie mir meine Frage der Einfachheit halber doch verbal beantworten? Waren Sie backstage?«

»Ja, tatsächlich. Ich war auf der Suche nach dem Fotografen.«

»Welchem Fotografen denn?«

»Peter Lustig. Der offizielle Turnierfotograf. Wir sind alle angehalten, also alle Teilnehmer, jede Gruppe, die in die Arena einzieht, Fotos machen zu lassen. Auch für die Homepage des Turniers, die unsere verehrteste Frau Dr. Kennerknecht so trefflich zu gestalten vermag.« Er machte eine höfische Verbeugung in Jos Richtung.

»Und haben Sie ihn gefunden?«, fragte Gerhard.

»Nein, aber da war ein anderer Fotograf«, sagte der Narr.

»Ein anderer?«

»Ja, tatsächlich, er hatte zumindest jede Menge Equipment dabei. Ich war selbst mal Fotograf, bevor ich der Narr wurde. Ich bin also in der Lage, diesen ehrwürdigen Berufsstand zu identifizieren! Brauchen Sie mich dann noch, werter Kommissar? Ich hätte noch einige Pflichten zu erledigen.«

»Herr Narr, ich danke für Ihre Auskünfte. Auf Wiedersehen. Ich muss auch.« Gerhard packte Jo an der Schulter und schob sie rüde weiter.

»Spinnst du? Was soll das, den Moritz einfach so stehen zu lassen!«

»Was ist mit dem Fotografen?«, fragte Gerhard eindringlich.

»Das dürfte dieser Typ gewesen sein, der diese Miedermodels fotografiert hat. Der hatte irgendwie einen sehr guten Draht zu Marco, denn normalerweise machen wir so was kurz vor dem Turnier nicht. Die kennen sich irgendwoher. Der spricht auch französisch völlig ohne Akzent.«

»Miedermodels?«

»Ja, nahezu unbekleidete Damen vor angezogenen Rittern. Damen oben ohne, einzig mit Federbusch und Lendengürtel bekleidet. Damen mit Lederstring, von zwei Rittern in voller Rüstung hochgestemmt. Und so weiter. Der letzte Dreck eben. Er war mit einer Sondererlaubnis von Marco am Samstag, vor genau einer Woche, backstage gewesen und mit ihm einige Models in Miedern beziehungsweise sehr wenig Mieder, die er inmitten der Ritter und der Pferde fotografiert hat. Den Rittern hatte das gefallen. Jedenfalls war er am Samstag letzter Woche da für sein Shooting und dann nochmals am Dienstag. Er hat Marco Bilder gebracht, und er hat auch noch ein bisschen hinter den Kulissen fotografiert. Er war auch auf meiner Pressekonferenz, und ja, er stand dann noch am Zaun. Ein Wichtigtuer und Unsympath«, meinte Jo.

Gerhard riss die Augen auf. »Jo! Wie heißt der Fotograf?«

»Lutz Lepaysan. Wieso? Und jetzt, wo du mich an diesen Schleimer erinnert hast: Der hat am Freitag seine Premierenkarte gar nicht abgeholt. Die hab ich dir gegeben.«

Gerhard sah ihn da liegen. Rücklings inmitten des Peißenberger Zillertals. Er sah all die Fotos von den Bademäusen und denen im Landhaus-Stil vor sich aufsteigen. Und immer wieder Lutz Lepaysan, der auf dem Rücken lag. Der ehemalige Ludwig Bauer.

»Dein Miederfotograf Lepaysan konnte seine Karte nicht abholen! Da war er nämlich schon tot. Ermordet.«

»Ermordet!« Jo schlug sich die Hand auf den Mund.

»Ja, meine Liebe, das ist der Fall, an dem wir fieberhaft arbeiten. An dem Evi arbeitet, weil ich ja hier bin, weil du gerufen hast und ich ja immer springe, wenn Frau Dr. Kennerknecht ruft!«

»Gerhard, ich …«

»Egal. Entschuldige, in meinem Kopf fuhrwerkt jemand mit einem großen Quirl. Ich muss mich irgendwo hinsetzen, ohne Ritter, ohne Mittelalter, und meine Gedanken sortieren. Und ich muss was essen!«

»Aber mit Weißbier?«

»Sicher.«

»Lass uns nach Steinach fahren. Zum Huber. Der hat Spargel, Johanni ist zwar durch, aber vielleicht hat er noch Reste. Und ordentliches Fleisch hat er auch und Weißbier und eine Weinschorle für mich. Vor allem: Kaltenberg ist weit genug weg. Aber ich habe nicht lange Zeit. Ich zieh schnell etwas anderes an, sag Steffi Bescheid, und schon sind wir weg«, schlug Jo vor.

Gerhard stieg zu Jo in den Wagen, sie fuhr wie eh und je. Viel zu schnell. Sie war stets am Limit, was die Kurven betraf. Im Radio lief Falco. »Muss ich denn sterben, um zu leben?«

»Das kam erst kürzlich«, sagte Jo, und ihre Stimme klang wie gesplittertes Glas. Sie fuhren durch Egling, und Jo wies nach rechts. »Da oben ist mein ... na ja, das Haus meiner Freundin.«

Als sie in Steinach vor dem Gasthof parkte, hatte sie sich wieder im Griff. Der Gasthof war an einem späten Samstagmittag ordentlich besucht. Der Gastraum hatte zwar den Charme vom Resopal der siebziger Jahre, aber das Essen war wunderbar, und die Leute wirkten, ja wie eigentlich?, fragte sich Gerhard. Normal, ganz normal!

»Das ist doch kein Zufall, oder?«, meinte Jo.

»Wohl nicht.« Gerhard prostete ihr zu und setzte das Glas sehr harsch auf dem Holztisch auf.

»Gerhard. Ich lese gerne Krimis und schaue leidenschaftlich CSI an. Im Buch oder Film wäre es doch sicher so, dass der Mann was fotografiert hat, was er besser nicht fotografiert hätte. Das denkst du doch auch. Und komm mir jetzt nicht mit deinem Lieblingsspruch: *Welcome to reality*. Ich weiß, das ist kein Film, aber fällt dir was Besseres ein? Es muss doch so sein.«

»Müssen tut gar nichts. Zu frühe Annahmen verstellen den Blick aufs Wesentliche. Aber ja, natürlich, der Gedanke liegt nahe.«

Vor allem, wenn einer ein mieser Erpresser war, der auch andernorts von Menschen mit kompromittierenden Fotos Geld herausgepresst hatte. Oder es versucht hatte.

Aber dann müsste es Bilder aus Kaltenberg geben. Vom Tschech, der die Lanze präpariert hatte oder von Juckie. Beides erschien Gerhard bedrückend wahrscheinlich. Wieso hatten sie keine solchen Bilder gefunden? Oder was, wenn der Lepaysan-Mörder das Material sehr wohl gefunden hatte? Der hätte natürlich all die anderen Fotos zurückgelassen. Den interessierten doch keine korrupten Bürgermeister, keine bauernschlauen betrügerischen Biobauern und geile Ehemänner schon gar nicht. Das war alles logisch, verdammt logisch.

»Jo, entschuldige mich. Ich muss nach Weilheim. Ganz dringend. Lass uns fahren, setz mich bei meinem Auto ab. Und tu mir den Gefallen: Bitte verstärkt alle Kontrollen. Bewacht Ritter und Pferde. Vielleicht ist das alles noch nicht vorbei.« Bevor wir den Tschech oder Juckie haben, dachte er bei sich.

Während Jo ihren Rekord zwischen Steinach und Kaltenberg weiter verbesserte, saß Gerhard schweigend im Auto. In Kaltenberg angekommen, drückte er Jo einen kurzen Kuss auf die Wange und hastete zu seinem Auto. Er dachte noch daran, dass er Anastasia-Kassandra noch hätte sehen wollen, sich verabschieden. Aber er musste nach Weilheim. Anastasia-Kassandra musste warten. Würde sie warten? Er musste mit ihr reden. Sie in den Arm nehmen. Sie küssen. Plinius tätscheln. Wenn der Fall gelöst war. Im Auto tippte er schnell eine SMS: »Gut, dass es dich gibt. Ich melde mich. Momentan Mords-Chaos.« Und er fand sich kreativ: Mordschaos, diese Doppelbedeutung.

Weilheim

Gerhard war um halb acht im Büro. Baier zog die linke Augenbraue hoch. Mehr nicht.

»Dann pack mers zum Schmoll.«

Schmolls waren gerade von einem Verwandtenbesuch zurück gekommen, die Jungs waren in Trachtenanzüge gesteckt worden. Sie sahen aus wie geschrumpfte Erwachsene. Schmoll trug eine protzig bestickte Trachten-Kombination ganz in grünlichem Leder, und Maria wogte in einem Edeldirndl in dunklem Lila mit schwarzem Samtjäckchen. Nur ihre himmelhohen Pumps waren so gar nicht trachtlig und störten ein wenig das Bild von der perfekten bayerischen Familie. Von Marias Zeter und Mordio unterbrochen, war Schmoll zu entlocken, dass er tatsächlich am Dienstag noch in der Halle gewesen war. Um mit Lepaysan zu reden. Ihn zur Vernunft zu bringen. Aber weil der Mann ihn hatte eiskalt abblitzen lassen, sei er gegangen. Den ehrenwerten Dorf-Bürgermeister hatte er gesehen. Natürlich, man kannte sich, so unter Parteifreunden.

»Und was wollte der in der Halle?«, fragte Gerhard.

»Was alle wollten. Die Mädchen ansehen. Etwas ausspannen.« Schmoll schien jetzt alles egal zu sein, auch, dass die Furie einen ihrer Pumps ausgezogen hatte und kreischend auf ihn einprügelte. »Ausspannen! Ausspannen! Du musst ausspannen, was?! Von deiner Familie? Du *guarro*!«

Es gelang Gerhard, sie von ihrem Gatten zu lösen.

Ohne handfeste Beweise reichte das alles nicht aus. Sie fuhren zum Bürgermeister, der mitten im Dorf unweit des Maibaums wohnte. Der Herr Bürgermeister öffnete und erklärte sofort, dass er Strohwitwer sei. Die Gattin war übers Wochenende auf eine Beauty-Farm am Tegernsee gereist. Er hatte augenscheinlich auf seiner Ledercouch gelegen. Auf dem Tisch standen drei leere Flaschen Karg. Auch er gab schließlich zu, Dienstagnacht noch in der Halle gewesen zu sein. Er hatte Schmoll getroffen, der sei ihm komisch vorgekommen. So gehetzt. Plötzlich durchzuckte so was wie Erkennen sein Gesicht.

»Ist der Basti auch erpresst worden?«

Er wollte sich fast ausschütten vor Lachen, verschluckte sich und hustete ganz erbärmlich. Als er sich wieder beruhigt hatte, konnten sie ihm aber auch nur entlocken, dass der Schmoll vor ihm gegangen sei. Er selbst wenig später.

»Waren Sie der Letzte?«, fragte Evi.

»Schöne Frau, das wäre saudumm, wenn ich das sagen würde. War ich aber eh nicht. Es kam einer die Treppe hoch, als ich gegangen bin. Hab ich schon mal irgendwo gesehen. Wusst aber nicht, wo ich den hintun sollte.« Er beschrieb den Mann. »Noch einer, der Geld ablatzen sollte?«

Und er lachte wieder aus vollem Halse. Gerhard starrte ihn an. Da war einer, der mit Sicherheit Schmiergeld kassiert hatte. Einer, der eine alte Frau übers Ohr gehauen hatte. Einer, der einem Dorf vorstand. Und der so selbstgefällig war, dass Gerhard das Kotzen kam. Der wohl dachte, dass er alle und jeden linken konnte. Ein bauernschlauer Kleinkrimineller, der immer durchkam, abgefedert durch ein Fangnetz, das die Parteifreunde gespannt hatten.

Er hätte ihn gerne als Mörder verhaftet. Dieses Arschloch! Aber das alles reichte nicht. Wie bei Schmoll, für den Gerhard deutlich mehr Sympathien hegte.

Sie hatten natürlich von beiden Verdächtigen Fingerabdrücke genommen, die sie mit jenen auf dem Stativ vergleichen mussten, aber irgendwie versprach sich Gerhard wenig davon. Selbstverständlich mussten die Abdrücke auch mit jenen im Atelier abgeglichen werden – und das waren Tausende. War ja zugegangen wie im Bienenschlag bei Lepaysan. Der Mann auf der Couch rülpste herzhaft und griente Gerhard provozierend an.

Als sie gingen, stieß Evi aus: »Kotzbrocken, korrupter!«

»Mag sein, aber andererseits trainiert er unentgeltlich die Fußballjugend und hat einen Stadl, der ihm gehört, auf eigene Kosten als Jugendraum hergerichtet. Macht das gut, der Mann. Hat auch die Dorferneuerung sehr geschickt gelenkt, ist nicht alles Schwarz oder Weiß, Frau Straßgütl. Hat seine gute Seiten. Wie wir alle.«

»Trotzdem!«, maulte Evi.

Gerhard war auf Evis Seite und beschloss, Simmerl Tafertshofer auf jeden Fall die Fotos zukommen zu lassen. Vielleicht nutzten die wenigstens Tafertshofer beim Prozess um das Haus. Das war zwar nicht ganz korrekt, aber um dieses Arschloch sollten sich andere Instanzen kümmern.

»Hält so einen keiner auf?« Evi hatte sich immer noch nicht beruhigt.

Baier lächelte ein ganz feines Lächeln.

»Vielleicht ein Prozess«, und er zwinkerte Gerhard zu. Der verstand. Baier hatte Tafertshofer die Bilder bereits gegeben!

Ein Lichtblick, ein Hoffnungsschimmer – und eine neue Aufgabe, die auf sie zukam. Die Beschreibung des Mannes auf der Treppe passte hundertprozentig auf den Biobauern.

Als Evi, Baier und Gerhard auf dessen Hof vorfuhren, dämmerte es bereits. Im Stall war Licht. Der Bauer lehnte an einer Laufbox und lächelte. Als er die Kommissare kommen sah, winkte er sie näher. In einer großen Box war eine Kuh gerade dabei, ein Kalb trocken zu lecken.

»Es ist wenige Minuten alt und steht schon. Ein Wunder.«

Er lächelte, und auf einmal fiel Gerhard auf, wie jung der Bauer war. Wahrscheinlich noch keine dreißig. Aber es lag eine große Melancholie in seinen Augen.

»Komm, Kleiner, jetzt trink!«

Seine Mama schubste ihn sanft an, und er trank. Ein Winzling auf wackeligen Beinen, eine Szene wie aus einem Kinder-Bilderbuch übers Leben auf dem Bauernhof. Rührend und romantisch. »Ich freu mich jedes Mal, wenn's gut geht.«

Er förderte eine Flasche Obstler und einige Gläser zutage.

»Stoßen Sie mit mir an. Auf den Kleinen. Auf das Leben.«

Der letzte Toast klang sarkastisch. Sie stießen an auf das Tier, dessen Bestimmung es war, ein Kalbsschnitzel zu werden. Aber bis dahin würde es ein schönes Leben haben. Mit der Frau Mama und den anderen Kälbern. Draußen auf wunderbaren Wiesen mit Bergblick. Ob Kühe Bergblick zu schätzen wussten bis zum Kalbsschnitzel?, überlegte Gerhard. Einfach ein gutes Leben einen Sommer lang?

Gerhard gab dem jungen Bauern das Schnapsglas zurück. »Danke. Sie waren Dienstagnacht in der Bräuwastlhalle. Sie wurden gesehen.«

Der junge Bauer mit den traurigen Augen nickte.

»Ich dachte mir schon, dass Sie kommen. Mein Nachbar, der alte Pius, war ganz aus dem Häuschen, weil er Ihnen erzählt hatte, dass ich in der Nacht weggefahren bin.«

»Was Sie tatsächlich getan haben?«, fragte Evi.

»Ja, und ich war in Peißenberg. Dieser Lepaysan hatte mich dorthin bestellt, damit ich ihm das Geld gebe. Ich bin gefahren, viel später als verabredet, ich war ja so lange im Stall wegen der Kuh. Das ist übrigens diese junge Schönheit.«

Er wies auf ein anderes Kalb, das schon etwas älter war und hinreißende Wimpern hatte.

»Ich bin diese Treppe hoch, da kam mir einer entgegen, und oben stand Lepaysan.«

»War er allein?«, fragte Evi.

»Nein, zwei Mädchen waren noch da. Waren gerade dabei, sich anzuziehen. Als ich kam, lachte Lepaysan mich aus. Seht her, so riecht der Bauernadel, kommt stinkend aus dem Stall zu mir. Die Mädels kicherten.« Er senkte den Blick.

»Und dann haben Sie ihn umgebracht. Wegen der Schmach und weil Sie das Geld nicht hatten?«, fragte Evi, noch immer ganz sanft.

»Nein! Ich habe ihm gesagt, dass es mir völlig egal wäre, wenn er mich bei Bioland anschwärzen würde. Dass ich nichts mehr zu verlieren hätte. Dass er gewonnen hätte.« Das klang nicht aggressiv, sondern resigniert.

»Gewonnen? Was meinen Sie damit?«, wollte Gerhard wissen.

»Na, was glauben Sie, wie der auf mich gekommen ist? Er hat letztes Jahr meine Frau bei einem Seefest am Lido in Seeshaupt entdeckt. Ihr Flausen in der Kopf gesetzt. Dass sie zu schön sei für das Bäuerinnen-Dasein.«

Er nestelte in seiner Latzhose und hielt ihnen ein abgegriffenes Foto hin. Eine junge Frau mit brünetten Locken, einem ebenmäßigen Gesicht, einem Grübchen am Kinn und einer perfekten Figur. Das Bild war am Starnberger See aufgenommen. Die Frau trug einen ganz schlichten Sport-Badeanzug. Und wirkte gerade deshalb viel erotischer als alle gestylten, aufgeschminkten Models von Lepaysans albernen Kalender-Inszenierungen.

»Sie ist wirklich außergewöhnlich hübsch«, sagte Gerhard.

»Ja, das hat der Scheißer Lepaysan auch bemerkt. Aber ich hab sie da rausgeholt aus seinem Atelier. Er hat sich an mir gerächt. Aus reiner Bosheit. Ich nehme an, er liebt es, Menschen wie Marionetten tanzen zu sehen und mit Dreck zu bewerfen. Seitdem war nichts mehr so, wie es war, zwischen meiner Frau und mir. Sie hatte sich verändert. Vielleicht hätte ich sie lassen sollen?« Es war eine flehentliche Frage in Evis Richtung, die peinlich berührt zur Seite sah.

Das kleine neu geborene Kalb war an den Rand der Box getreten, hatte den kurzen Hals verrenkt und schleckte mit einer rosa Zunge über die Finger des Bauern, die sich am Holz festgekrallt hatten. Er löste seine Finger und strich dem Tier über die Nase.

»Ich habe Lepaysan nicht umgebracht, das hat er lange schon vorher mit mir getan.«

»Was haben Sie dann gemacht?«, fragte Evi.

Gerhard kannte sie zu gut. Evi konnte sehr viel besser als sie alle Blut sehen, war völlig cool bei schweren Unfällen. Aber tiefes inneres Leid, das nahm sie mit. So viel Sarkasmus vertrug sie schlecht.

»Ich bin die Treppe wieder hinunter und habe mich in mein Auto gesetzt. Ich habe geheult, geflennt wie ein Baby«, sagte der Bauer.

»Haben Sie denn noch jemanden gesehen?«, fragte Gerhard.

»Die beiden Mädchen sind an mir vorbeigegangen und in einen Golf eingestiegen. Dann bin ich losgefahren. Als ich losfuhr, löste sich ein Schatten aus den Säulen. Ein Mann, er hatte einen Hut auf und den Kragen hochgezogen.«

»Ging er in die Halle hinein?« Gerhard sah ihn überrascht an. Kam jetzt die Mär vom großen Unbekannten?

»Was weiß denn ich, ich bin gefahren«, sagte der Bauer.

»Warum sollten wir Ihnen die Geschichte glauben?«, fragte Gerhard.

»Weil sie stimmt!«

»Diese Story könnten höchstens die beiden Damen bestätigen«, meinte Evi. »Kannten Sie die?«

»Nein. Die eine war so ‘ne Negerin, die hab ich schon mal im Atelier bei Lepaysan gesehen. Als ich meine Frau da rausgeholt habe. Die andere war blond.«

Gerhard sah Baier an, der nickte.

»Gut. Wir kennen eine der Damen. Wir werden Sie fragen.«

»Informieren Sie uns, wenn Sie länger wegfahren«, sagte Evi.

»Madel, Sie haben wirklich keine Ahnung von der Landwirtschaft. Wer sollte denn meine Viecher versorgen? Wie soll ich hier jemals weg?«

»You can check in any time you like, but you can never leave«, kam Gerhard wieder in den Sinn. So viele Menschen waren Gefangene ihres Lebens oder zumindest vermeintliche Gefangene.

Als sie langsam vom Hof fuhren, war es bereits dunkel.

»Glaube ihm. Diese Antonia Gröbl ist am Montag wieder an ihrer Arbeitsstelle, wir fragen sie, ob sie das Gstanzl bestätigen kann«, brummte Baier.

Evi überlegte. »Wenn er wirklich so spät jemand gesehen hat, war das womöglich der Mörder.«

»Den müssen wir bloß noch finden«, meinte Gerhard und stöhnte. Also doch Mister Unbekannt?

»Könnte auch einer von den anderen beiden gewesen sein. Der

sich versteckt hatte. Der zum zweiten Mal wiedergekommen ist. Dem Bürgermeister trau ich so was zu«, sagte Evi und verzog das Gesicht.

»Bitte nicht wieder von vorne. Muss noch einen geben.« Baiers Tonfall war genervt. »Das ist Sisyphosarbeit. Gehen wir heim, kotzt mich an, dieser Stillstand.«

»Kollegen, ich bräuchte ein paar Minuten.« Gerhard zögerte kurz, dann fuhr er fort. »Es haben sich tatsächlich neue, äh, Aspekte im Fall Lepaysan ergeben.«

»Bitte?«, blaffte Baier.

»Kann ich euch das bei Toni erklären?«

»Weinzirl, freuen uns. Wer braucht schon Schlaf?« Baier zog die rechte Augenbraue hoch und steuerte die Ebertstraße an.

Als Gerhard ein Weißbier, Baier ein Leichtes und Evi ein Wasser vor sich hatten, begann Gerhard von neuem.

»Ja, äh. Ich glaube, es gibt noch eine Spur.«

Baier zog die linke Augenbraue hoch. »In Kaltenberg?«

Gerhard zuckte zusammen. Hatte Evi etwa? Er sah sie durchdringend an. Sie schüttelte unmerklich den Kopf.

»Kollegen, Ihre Mimik ist köstlich.« Baier lehnte sich im Stuhl zurück.

»Sind Sie Hellseher, oder stand das auch wieder im Tagblatt?«, fragte Gerhard lächelnd.

»Weder noch, ich kenne Weixler.«

Matthias, der alte Bedenkenträger. Diese Petze.

Baier war doch Hellseher, weil er offenbar Gerhards Gedanken lesen konnte.

»Hab ihn zufällig getroffen, sind auf Sie gekommen. Fiel ganz beiläufig, dass Sie in Kaltenberg rumfuhrwerken. Hab so getan, als wüsste ich das. Also, was sollte ich denn wissen?«

Und Gerhard berichtete. Von den Anschlägen auf die Ritter, vom Unfall, davon, dass Lepaysan am Tag, als die Lanzen kamen, backstage war. Dass er annahm, Lepaysan könnte etwas fotografiert haben, was er nun auch für eine Erpressung nutzen konnte. Dass er den tschechischen Lanzenmacher oder Juckie Verbier in Verdacht hatte. Mit einem uralten Mordmotiv: Rache für eine erlittene Schmach. Und er erzählte von dem Anschlag auf ihn selbst.

»Der Unfall? Hinkst du deshalb?«, fragte Evi.

Gerhard nickte und rollte die Hosenbeine hoch. Er hatte die Pflaster abgenommen. Verkrustetes Blut und beginnende Blutergüsse waren zu sehen.

»Wie aus dem Fleischwolf«, sagte Baier. »Nun, Weinzirl, Sie glauben also, der Lanzenmacher oder dieser Verbier waren das. Und was, wenn Lepaysan es selber war?«

Gerhard stutzte. Darauf war er gar nicht gekommen. »Warum sollte unser Fotodandy Lanzen präparieren?«

»Vielleicht war das Verhältnis zu diesem Cöör dö Fär doch nicht so innig? Vielleicht gab's da was. Alles Künstler, da weiß man nie.«

Heute war Baier mal wieder ganz der Alte. Knurrte, brummte, war wach wie eh und je. Dachte kreuz und quer und konnte eins, was Gerhard in all den Jahren immer noch nicht hundertprozentig beherrschte. Baier konnte seinen Kopf frei halten, in alle Richtungen denken. Er legte sich nie zu früh fest. Wechselte die Blickwinkel. Wie Marco das Gerhard auch geraten hatte. Er selbst hatte doch Jo gerade erst gepredigt, dass zu frühe Annahmen den Blick verstellten. Andere zu belehren war leicht. In dem Fall war er sich fast sicher, dass Lepaysan den Tschech oder Verbier bei etwas Verbotenem fotografiert hatte. War diese Annahme voreilig?

»Nehmen wir mal an, Lepaysan hätte einen von denen fotografiert, wo sind dann die Bilder?«, fragte Evi.

Evi, diese Spielverderberin! Immer diese penetranten Fragen. »Meine kritische Evi-Maus«, sagte Gerhard, »der Mörder muss sie gefunden und vernichtet haben. Gelöscht, was weiß ich. Das würde ja auch erklären, weswegen er keinerlei Interesse an den anderen Bildern gehabt hat.«

»Und wenn sie noch da sind?«, meinte Baier. »Frau Straßgütl. Können Sie sich die Computer nochmals ansehen? Vielleicht haben wir etwas übersehen.«

Evi nickte. »Gleich?«

»Kaum. Es reicht jetzt. Morgen früh. Wir treffen uns im Büro. Um acht.«

Als Gerhards Wecker um sieben Uhr klingelte, kam das Geräusch aus weiter Ferne. Es dauerte eine Weile, bis er begriff. Er lag auf dem Sofa und war wohl in einer Tiefschlaf-Phase gewesen. Er war wie abgeschaltet. Nachdem sie Toni gestern gegen zwei Uhr verlassen hatten, war er viel zu aufgedreht und unruhig gewesen, um schlafen zu können. Er hatte im Fernseher rumgezappt zwischen »Ruf-Mich-An«, Klingeltönen zum Runterladen und Shopping-TV, wo er ein Reinigungsgerät für seine Terrassenfliesen hätte kaufen sollen. Irgendwann war er wohl eingeschlafen, der Fernseher lief noch immer, jetzt mit schauerlichen Comics, die wohl gestressten Eltern den Sonntagsschlaf retten sollten. Um die Zukunft dieses Landes war es überaus bedenklich bestellt, befand Gerhard, wenn die nachfolgende Generation in einer wichtigen Prägephase am frühen Morgen solchen Scheiß sah. Er versuchte sich zu strecken. Die Nacht auf der Couch hatte seinem Kreuz alles andere als gut getan.

Er tapste zur Terrassentür und erblindete schlagartig, angesichts ungewohnter sonniger Helle. Rumms, er stieß gegen etwas, das allerdings ziemlich weich war. Gerhard blinzelte. Er war gegen eines von Sarahs Fohlen gelaufen, Sarah, die 23-jährige Tochter seiner Vermieter, war eine Tier- und Pferdenärrin. Pferdemädels schienen ihn zu verfolgen. Pferde auch. Der mausgraue Norweger musterte ihn interessiert. Dann vollführte er einen kleinen Hüpfer. Wollte der komische Mensch mit ihm spielen?

Gerhard gab ihm einen deftigen Klaps auf den Hintern. »Abfahrt!« Wild buckelnd schoss er durch den Garten zu seinem Shetland-Kumpel, beide gehörten wahrscheinlich nicht in die Beete.

Gerhard überließ die beiden den Blumen und Beeten, die würden in den weitläufigen Ländereien seiner Vermieter schon nicht verloren gehen. Er duschte lange, öffnete das Fenster und stieß zum zweiten Mal gegen den Grauen, der seine Nase hereinsteckte.

»Du lästiges Wimmerl!«

Als Gerhard durch Tankenrains Kurve fuhr und die Alpenkette so vor ihm lag, war er auf einmal richtig froh. Froh hier zu sein. Er schielte auf das Display seines Handys: keine Kurzmitteilung von

Kassandra. Gerhard betrat gleichzeitig mit Evi das Büro, wo Baier bereits frische Semmeln und Wurst aufgebaut hatte. Sogar an Philadelphia für Evi hatte er gedacht.

»Morgen, Ball-anzze für Sie. Mit Joghurt. Isst meine Frau auch immer.«

Evi bedankte sich überschwänglich.

Auf der Fahrt nach Seeshaupt waren sie mehr oder minder allein, der gemeine Sonntagsmensch erblickte wahrscheinlich gerade erst das Licht des Tages. Lepaysans Atelier lag noch immer im Chaos, zusätzlich war noch überall das Wirken der Spurensicherung zu sehen.

»Und was suchen wir jetzt?«, fragte Evi.

»Bilder mit Rittern. Lanzen. Einfach ein Bild, auf dem wir Juckie Verbier oder Miroslav Havelka oder beide entdecken, die eine Lanze präparieren. Ganz einfach. Suchen!« Baier sank wieder auf denselben Stuhl. Gerade wie beim ersten Besuch im Atelier. »Und täglich grüßt das Murmeltier«, »I got you babe«. Manchmal arbeitete sein Hirn schon in komischen Assoziationsketten, dachte Gerhard.

»Ich hab da wenig Hoffnung. Der Mörder hat das Material sicher gefunden und vernichtet!«, meinte Evi.

»Computer an. Suchen!«, kam es von Baier, der ächzend auf seinem Stuhl wippte.

Es war immer noch sonntagsstill. Man hörte nur Evi auf den Tasten tackern, bis sie einen seltsamen Stöhner ausstieß. Gerhard trat neben sie. Evi sah richtig unglücklich aus.

»Fragt mich jetzt nicht, warum und wieso. Aber es gab noch eine externe Festplatte. Ich hätte das merken müssen beim ersten Mal. Verdammt, das hätte mir nicht entgehen dürfen.«

»Geschenkt!«, knurrte Baier.

»Evi, du hast eine schwer zu identifizierende Festplatte gefunden mit überaus verdächtigen Bildern. Wie hättest du, wie hätten wir da noch eine Festplatte vermuten sollen? Vergiss es Evi, aber wo ist diese Platte?« Gerhard starrte auf die für ihn völlig kryptische Oberfläche am Bildschirm.

»Wie soll ich das wissen! Sie ist extern. Sie kann überall sein. Ich hab euch das beim ersten Mal ja schon gesagt. Da war einer dran am PC. Wahrscheinlich hat der Mörder sie. Der ist eben weniger unprofessionell als ich.«

»Frau Straßgütl, Schluss mit Selbstzweifeln! Wer sagt denn, dass unser Mörder die Platte gefunden hat? Wer, hä?«, fragte Baier.

»Die Spurensicherung hat alles auf den Kopf gestellt. Hier ist sie nicht.« Evi war wirklich frustriert.

»Hier nicht, aber vielleicht in der Wohnung. Weinzirl und ich haben da auch nicht übermäßig genau geschaut. Oder, Weinzirl? Abmarsch!« Baier hatte sich hochgestemmt.

Die Wohnung des Fotografen kam Gerhard heute noch aseptischer und leerer vor als beim ersten Mal. Wo bitte schön sollte da so eine Festplatte sein?

»Wie groß ist denn so 'ne Festplatte?«

Evi deutete eine Größe an. Na ja, eine Stecknadel war es nicht. Aber wo war das Ding? Sie durchforsteten das wenige Geschirr, lüpften die Matratze, gingen ins Bad, wo sie den kleinen Handtuchstapel durchkämmten. Und auf einmal fiel Gerhards Blick auf die Parfüm- und Lotionkartons. Evi schien denselben Gedanken zu haben. Sie rissen die Schachteln regelrecht auf. Armani, Baldessarini, Cool Water, Dolce & Gabbana, Polo … Und dann stieß Evi so was wie ein Indianergeheule aus: Sculpture war nicht Sculpture, sondern Verpackung für eine Festplatte.

»Ist nicht immer drin, was draufsteht«, grinste Baier und klopfte Evi etwas linkisch auf den Rücken.

Ihre Fahrt nach Weilheim hätte Schumacher zur Ehre gereicht. Es war kaum auszuhalten, bis Evi die Platte angestöpselt hatte.

»Was ist jetzt?« Gerhard hing über Evis Schulter.

»Gemach. Ich hab's gleich. Jetzt setz dich hin.«

Es dauerte unerträglich lange, bis Evi die beiden Herren erlöste und ihre ganz persönliche Sonntags-Film-Matinee startete. Es gab eine Reihe von Bildern. Ein Mann stand neben dem Lanzencontainer. Der Mann schaute sich um, verstohlen, und er wirkte nervös.

»Wer ist das?«, fragte Baier.

»Juckie Verbier, ich hab Bilder von ihm in einem Bildband gesehen«, sagte Gerhard düster.

Evi öffnete die nächsten Bilder. Immer noch Juckie. Dann war wieder ein Mann zu sehen, der zusammen mit einigen der jungen Ritter Lanzen in den Container schichtete. Die Ritter waren teils oben ohne, teils tätowiert, Gerhard registrierte Evis zunehmendes Interesse. Baier runzelte die Stirn.

»Und wer ist der?«

»Ich nehme an, das ist der Tschech.« Gerhard verzog den Mund. Was für ein undurchschaubarer Fall!

Evi war auf ihrem Stuhl herumgewirbelt. »Du musst nichts annehmen. Ich habe natürlich die Weisungen des Herrn Hauptkommissar Weinzirl ausgeführt, der mal wieder nicht geruhte, mir deren Sinn mitzuteilen. Und ich habe eine nette Mail aus Südmähren erhalten. Miroslav Havelka wohnt tatsächlich in Mikulov, hat eine kleine Maschinenbau-Spezialfirma mit drei Angestellten. Ein Foto war auch dabei. Er ist es. Die tschechischen Kollegen stehen jederzeit zur Verfügung, wenn wir Hilfe brauchen.«

Na das war ja fix gegangen, dachte Gerhard. Wahrscheinlich hatte Evi ein Foto von sich mitgeschickt, das hatte den Diensteifer der Herren da drüben sicher beflügelt. Was tun?, überlegte Gerhard. Es stand ja außer Zweifel, dass dieser Havelka da gewesen war. Sie konnten sich aus Tschechien Fingerabdrücke von Havelka liefern lassen und diese mit jenen auf dem Stativ vergleichen. Sie konnten sein Alibi überprüfen. Evi hatte mittlerweile weitere Bilder von Rittern und Lanzen geöffnet sowie eins, auf dem der Tschech ganz allein aus dem Container kam.

»Da!«, rief Evi.

»Er kommt aus 'ner Blechkiste. Mehr nicht!«, dämpfte Baier ihre Euphorie. »Weiter, Frau Straßgütl.«

Sie sahen eine Serie von Bildern vor den Containern backstage, die Marco zeigten, dem ein anderer Mann ein Mikro vor die Nase hielt.

»Wer ist das nun wieder?«, fragte Baier.

»Marco Cœur de Fer und – keine Ahnung, wer der zweite ist?«, sagte Gerhard, und Evi fiel ein: »Der andere ist Simon Söll vom BR. Den kenn ich. Den hab ich schon mal live gesehen auf einer BR-Veranstaltung. Sehr sympathisch. Das ist der, der die Morning-Show macht, der immer so unanständig gut gelaunt ist in der Frühe.« Sie lachte.

Das musste Evi gerade sagen. Die war ja selbst immer so unanständig gut gelaunt. Und sie war die Frau, die immer so frisch aussah. Wie heute mit rosiger Gesichtsfarbe und halblangem Haar, das ihr weich ins Gesicht fiel. Dezent geschminkt. In einer Designerjeans, T-Shirt und kurzem Jäckchen. Nichts übermäßig Teures, nichts Exaltiertes, aber Evi sah einfach immer gut und gepflegt aus, dachte Gerhard und schaute dann nochmals auf den Bildschirm. Simon Söll, klar, der fungierte als Turniermarschall, das hatte in Jos Pressemappe gestanden.

»Ist der jetzt auch verdächtig?«, knurrte Baier genervt.

»Nein, das glaube ich nicht. Laut Jo hat Lepaysan an diesem Dienstag einige Bilder bei Marco Cœur de Fer abgegeben und wohl zusätzlich fürs Archiv ein bisschen hinter den Kulissen fotografiert. Sozusagen für Marcos Familienalbum. Da wird diese Interview-Szene dabei gewesen sein. Warum sollte der BR-Typ Marcos Turnier torpedieren? Einen Mordanschlag begehen? Es ist doch auch sein Turnier, sozusagen. Konzentrieren wir uns erst mal auf Juckie Verbier und Miroslav Havelka.«

»Aber man sieht nichts wirklich Verwerfliches, oder?«, fragte Evi.

»Ja, aber hat das unser Verbrecher gewusst? Hat er es gewusst? Das ist doch die Frage!«

Das kam von Baier. Er klang entschlossen, und seine Stimme vibrierte. Baier hatte Witterung aufgenommen.

»Klar! Was, wenn der Lanzenpräparator Lepaysan gesehen hat, als der ihn fotografiert hat? Der nun annehmen musste, sein Tun sei auf einem Bild zu sehen?«, rief Gerhard.

»Ja, was dann?« Baier war aufgestanden. »Hat Lepaysan aus dem Weg geräumt, und die Bilder wollte er auch vernichten! Frau Straßgütl, mit den Tschuschen Kontakt aufnehmen. Und Weinzirl, Sie suchen mir diesen Froschfresser. Diesen Ritter a.D. Alibis will ich von den Herren sehen. Außerdem müssen Atelier und Wohnung ständig observiert werden. Der Mörder wird zurückkommen. Mission erst beendet, wenn der die Bilder hat! Aber zuerst gehen wir essen.«

Evi schaute Baier verständnislos an.

»Es ist Sonntag«, fügte Baier hinzu. Das erklärte Evi auch nichts. Gerhard übersetzte.

»Immer sonntags kocht Baiers Frau und …«

Evi unterbrach ihn. »Ja, da werden wir ja wohl kaum das Sonntagsessen stören.«

»Evi, Bella, weil Baiers Frau kocht, tritt er die Flucht nach vorne an. Sonntags kommen einige Freundinnen von der Grünkern-Fraktion und kochen.«

»Herrschaft Zeiten, ja! Vegetarisch und kalorienfrei«, ergänzte Baier. »Und deshalb fahren wir in die Moosmühle.«

Wo es für Baier einen Hirsch gab, für Gerhard Schweinsbraten und für Evi Salat. Ohne Pute.

»Da hättens ja gleich bei meiner Frau essen können«, sagte Baier, aber er lächelte Evi dabei wohlwollend an. So wie er die slowakische Bedienung anstrahlte. »Nettes Madel.«

Den Nachmittag verbrachten Gerhard und Evi im Büro und mussten feststellen, dass die Kommunikation mit Tschechien weit leichter war als die mit Frankreich. Dort weigerte man sich geflissentlich, Englisch zu sprechen, wohingegen Evis neuer Mailfreund ganz hervorragend Englisch sprach, sogar zurückrief und sich sofort auf den Weg machen wollte, um den Lanzenmacher Havelka aufzusuchen. Ihm Fingerabdrücke abzunehmen. Ihn zu befragen. Und das alles am Sonntag!

»Und was machen wir im Fall Verbier?«, fragte Gerhard. »Diese Hanswursten da drüben mit ihrer dämlichen Sprache.« Er hatte mal zwei Jahre in der Schule Französisch gehabt. Es war das Desaster seines jungen Lebens gewesen. »Ein Land, das Frösche und Schnecken isst und das den Subjonctif erfunden hat, kann man als Weltmacht nicht ernst nehmen«, pflegte er stets zu dozieren.

»Bevor du jetzt noch Reden auf den Erbfeind anstimmst, wir haben jemanden im Büro mit hervorragenden Französischkenntnissen«, sagte Evi.

»Wer?« Gerhard klang, als wäre allein die Kenntnis dieser Sprache eine Erbsünde.

»Melanie Kienberger.«

»Was, das Brauereiross?« Das war ihm so rausgerutscht, weil Melanies Hinterteil wirklich beachtlich war. Vor allem im Verhältnis zu ihrem eigentlich schmalen hübschen Gesicht.

»Arschloch! Du hast auch 'ne ganz nette Wampe entwickelt. Wer im Glashaus sitzt, Weinzirl!«

Gerhard sah an sich herunter. Evi hatte Recht, bedingt zumindest. Wampe war es keine, aber ein Bäuchlein. Vom Waschbrett seiner Jugend war er weit entfernt. Immer diese Scheiß-Weibersolidarität. Evi war erst einige Tage hier und wusste, dass Melanie Französisch konnte. Er hatte das in einem halben Jahr nicht in Erfahrung gebracht. Er sollte sich für seine Mitarbeiter mehr interessieren und nicht bloß mit Baier rumgranteln. Still gelobte er Besserung.

»Melanie kann also Französisch. Prima. Dann rufen wir sie an.« Wo eigentlich?, überlegte er. »Wo ist denn die Telefonliste?«

In Evis Augen lag pure Verachtung. Sie zückte ihr Handy. Sie hatte die Nummer längst eingespeichert. Sie plauderte ein bisschen mit Melanie, kicherte und legte dann auf.

»Sie ist in fünfundvierzig Minuten da. Sie muss nur noch ihr Pferd versorgen und sich umziehen.«

Pferd! Sicher auch ein Brauereiross, ein Kaltblüter! Das zu sagen verkniff er sich wohlweislich und ging nochmals streng mit sich ins Gericht. Er hatte auch nicht gewusst, dass sie ein Pferd hatte.

Als Melanie schließlich auftauchte, frisch geduscht mit noch feuchten Haaren, gab er sich Mühe.

»Was für ein Pferd haben Sie denn?«, fragte er jovial.

Sie schaute ihn überrascht an. »Einen Quarter.«

Aha, kein Brauereigaul. »Westernreiterin, soso. Meine Vermieter haben einen Norweger und ein Shetty. Eine, äh, Freundin von mir hat auch Isländer.«

Er dankte im Geiste dafür, von pferdenärrischen Frauen umgeben zu sein, und dachte an Jo. Sein Pferdemädel, seine Pippi Langstrumpf. Seine? Nein, seine war sie schon lange nicht mehr. Und diese Erkenntnis drängte gerade jetzt heran – in einer solchen Heftigkeit, dass er tief durchatmen musste.

Melanie freute sich richtig, dass er was von Pferden verstand, und mehr noch freute sie sich über den Auftrag. Vor allem als sie hörte, um wen es ging. Juckie Verbier. Gerhard und Melanie kamen überein, dass sie sich den französischen Patienten krallen,

Gerhard und Baier gleich in der Frühe nach Garmisch fahren würden und sie sich alle dann gegen Mittag im Büro zusammensetzen wollten. Bevor er nun von noch einer Frau eine Lobeshymne auf Ritterpferde hören würde, flüchtete er. Zum Joggen! Hatte er echt eine Wampe?

Gerhard holte Baier am Montag um acht Uhr ab, um nach Garmisch aufzubrechen. Die Sonne schien und schickte sich an, zum ersten Mal seit Wochen einen Tag sommerlich zu erwärmen.

Immer noch hatten Fahrten zu Befragungen für Gerhard etwas von Ausflugsfahrten. Von Lerne-deine-Heimat-kennen-Ausflügen. Er hatte noch viel zu wenig gesehen, überlegte er, als sie Murnau umrundeten. Nur einmal hatte er in Deutschlands schönster Fußgängerzone gesessen, hatte ein Weißbier im Central getrunken und beim Conrad einen Fleecepullover gekauft. Er hatte sich gefühlt wie beim Shopping-Ausflug, fast unerlaubt war ihm der Tag vorgekommen. Er und Shopping. Oder Lädala, wie man im Allgäu sagte. Er hatte Zeit gehabt, sein Weißbier in Ruhe zu süffeln. Kein Handy hatte geläutet.

Sie fuhren am Murnauer Moos entlang, ein weiches Morgenlicht lag auf den vielfarbig bunten Gräsern, rostrot, aubergine, gelb wie öliger Whisky, eine Farbpalette, die nur die Natur so erfinden konnte. Baier schien ebenfalls in einer Art lyrischer Stimmung zu sein und spielte den Fremdenführer.

»Eschenlohe, kennen die meisten nur aus dem Verkehrsfunk, Stau am Wochenende. Depperte Münchner. Schauen Sie sich das Dorf mal an, Weinzirl, und dann ins Eschenlaine-Tal. Sind doch Mountainbiker. Tolle Strecke mit einigen gachen Anstiegen. Das schönste Tal weit und breit. Ungewöhnliche West-Ost-Richtung durch das Estergebirge bis zum Walchensee. Meine Frau hat da mal 'nen Malkurs belegt, haben jetzt lauter Walchenseebilder im Haus. Na ja, Lovis Corinth ist sie nicht gerade. Sie kennen seine berühmten Walchensee-Bilder aus den Zwanzigern, Weinzirl?«

Nein, die kannte er nicht, und wie so oft war er verblüfft, was Baier alles wusste. Seine Allgemeinbildung war sagenhaft. Seine Sensibilität hinter der Grantlerschale überraschend.

Hinter Oberau fuchtelte Baier wie wild. »Abbiegen, abbiegen.«

Anstatt den Tunnel zu benutzen, landeten sie in Farchant respektive im Kirchmayr.

»Haben keinen Kaffee mehr zu Hause. Bloß Matetee. Menschliches Leben ohne Kaffee ist doch nicht möglich.«

Nach der kurzen Kaffeepause wurde Gerhard in Garmisch noch informiert, dass das ehemalige Kaufhaus jetzt einen »Supwai« hätte und früher eben alles viel besser gewesen war.

Dieses bessere Früher beschworen Baier und der Senior im Buchladen durch das Nennen eines solchen Wusts von Namen alter Berghaudegen herauf, dass Gerhard sich lachend ab- und lieber Antonia Gröbl zuwandte.

Sie war eine dunkle Schönheit, so was von rabenschwarz und im Kontrast dazu dunkelblond gefärbt. Dazu sprach sie ein gepflegtes Bayerisch, was ihre ganze Erscheinung noch ungewöhnlicher und auffälliger machte. Von der Größe von gut eins fünfundachtzig mal ganz abgesehen.

Sie selbst hatte sich nicht als Freundin von Lepaysan gesehen. Aber Lepaysan hätte immer im Restaurant gezahlt. »Woast du, wos a Buachhändlerin verdient?« Außerdem sei er ganz amüsant gewesen. »So a Protzgockl, eigentlich lauter Komplexe.«

Ja, die fröhliche Antonia Gröbl war von bemerkenswerter Offenheit. »Im Bett a lare Hosn«, wie sie Gerhard zudem erklärte. Gerhard schluckte.

Sie bestätigte auch die Aussagen des Biobauern, der ihr richtig Leid getan hatte. »A ganz armer Hund.« Sie hatte ihn dann auch im Auto sitzen sehen.

Was nun kam, war interessant: Die beiden Mädchen hatten schon überlegt, wieder auszusteigen, um den jungen Bauern zu trösten, ihn vielleicht auf einen Drink einzuladen, als sie einen anderen Mann sahen, der sich bei den Säulen rumdrückte. »Irgendwie hoibscharig« war der der Antonia vorgekommen.

Und es kam noch besser. Sie hatte sein Gesicht ganz kurz gesehen und konnte sich vorstellen, ihn auf einem Bild zu erkennen. Sie mussten ihr also nur noch Bilder vom Bürgermeister, Schmoll, Verbier und Havelka vorlegen und hatten ihn. Bingo.

Sie war auch sofort bereit, aufs Kommissariat zu kommen. Zum lustigen Bilderraten. In Absprache mit dem Chef sollte sie um zwei Uhr Feierabend machen und dann unverzüglich nach Weilheim fahren. Sie fand das »geil, a echter Kriminalfall!«. Von Trauer über Lepaysan keine Spur. »So, ja schon schlimm« war ihr einziger Kommentar. Das zumindest sagte sie nachdenklich und senkte die Augen kurz zu Boden.

Als Gerhard und Baier schließlich um halb zwölf wieder in Weilheim waren, sahen Evi und Melanie so aus, als hätten sie einen Langstreckenlauf hinter sich. Beide hatten rote Backen und glühende Augen.

»Das glaubt ihr nicht …«, sprudelte es aus Evi heraus.

»Sekunde, Frau Straßgütl, geben Sie mir eine Chance, meine müden Knochen irgendwo abzuladen«, sagte Baier und rückte sich einen Stuhl zurecht. Gerhard lehnte sich an das Fensterbrett.

Was die Mädels zu erzählen hatten, war wirklich beachtlich, und sie hatten eine ganz eigene Dramaturgie ersonnen. Evi hatte sich in einen Stuhl geflätzt und sah Gerhard herausfordernd an.

»Du hast dein Handy mal wieder nicht angehabt. Und wie ich dich kenne, auch deine Mailbox nicht abgehört, oder?«

»Ja, und? Ich war in einer Befragung.«

»Die ganze Zeit? Weinzirl, dein Handy ist die pure Verschwendung. Was trägst du es eigentlich spazieren? Schenk es Bedürftigen!«

»Evi, das interessiert hier doch keinen, ob ich …«

»Doch, doch. Mich, brennend!« Baier grinste Evi aufmunternd an.

»Jedenfalls, wenn du deine Mailbox abhören würdest, was du wahrscheinlich nie tust, hättest du eine Nachricht von einer gemeinsamen Freundin von uns gehört.«

»Jo?«

»Just jene!«

»Evi, bitte! Es reicht jetzt.«

»Dem jungen Ritter, der verletzt wurde, geht's gut. Er ist außer Lebensgefahr. Hat wohl extrem viel Blut verloren, aber die inneren Verletzungen sind minder schwer. Er wird wieder ein ganz normales Leben führen können und später auch wieder als Stuntman arbeiten.«

»Dann suchen wir keinen Doppelmörder. Auch schon was«, sagte Baier trocken und schickte hinterher: »Wenn es überhaupt der Gleiche ist! Wie wäre das, Kollegen: Einer mag keine Ritter, und ein anderer mochte Lepaysan nicht. Weinzirl hat uns den Floh ins Ohr gesetzt, das wäre ein und derselbe Fall.«

»Bitte nicht!«, rief Evi. »Und außerdem, meine Lieben, können wir vielleicht zur Erhellung oder auch zur zusätzlichen Verwirrung beitragen.«

Evi lachte und gab Melanie ein Zeichen. Die berichtete von Verbier, der tatsächlich am Montag in Kaltenberg gewesen war. Aber dann war der Mann an den Münchner Flughafen gefahren, hatte dort im Airport-Kempinski übernachtet und war am Dienstag mit der ersten Maschine nach Paris geflogen. Wo er bis Donnerstag gewesen war, genauer war er im Disneyland, um dort eine Show vorzubereiten. Und da gab es eine ganze Latte von Zeugen, die das bestätigten. Schade, der war raus!, dachte Gerhard. Dabei hätte ihm ein Froschfresser als Mörder so gut gefallen.

Er bedachte Melanie mit großem Lob, und Baier grunzte: »Sauber, Madel!«

Melanie strahlte, das war ein Ritterschlag, Baier hatte sie geadelt. Ein Lob von Brummbär-Baier.

Evi war an der Reihe, und deren Geschichte war hörenswert. Miroslav Havelka war nach Auslieferung der Lanzen sofort wieder nach Tschechien gefahren, was er mit Tankquittungen und einer Rechnung für ein »Pickerl« bei den Ösi-Ausbeutern zu belegen suchte. Aber nun kam's: Auf der präparierten Lanze befanden sich seine Fingerabdrücke, was logisch war und erst mal nicht verwerflich. Aber auch auf dem Stativ waren seine Fingerabdrücke. Bevor aber ein aufgeregtes Gespräch entbrennen konnte, hob Evi die Hand. Wie ein Dirigent. *Silentio! Doucement!* Da waren noch andere Fingerabdrücke auf dem Stativ gewesen. Sie machte eine Kunstpause. Zwinkerte Melanie zu. Die Abdrücke stammten von Schmoll, Sebastian Schmoll. Erpresst von Lepaysan und gebeutelt von der dramatischen Gattin.

»Was sagt ihr nun?« In Evis Blick lag Triumph, so als hätte sie eine Olympiamedaille gewonnen.

»Sauber, Madel!«, sagte Baier erst mal, und dann ging das wilde Spekulieren los. »Tankquittungen, Pickerl, geschenkt. Kann der sonst wo herhaben!«, meinte Baier.

»Dass der Mann auf den Lanzen Abdrücke hinterlassen hat, ist ja klar. Ganze Massen müssen das sein. Aber wie bitte schön kommen die auf das Stativ?«, fragte Gerhard.

»Soll der uns erklären, der Tschusch!« Baier wippte auf seinem Stuhl und wirkte auf einmal so energiegeladen.

»Ein bisschen befremdlich finde ich bloß, dass es nun schon wieder zwei Verdächtige gibt. Havelka und Schmoll. Was machen dem seine Abdrücke bitte schön auf dem Stativ?« Evis rote Backen standen ihr wirklich sehr gut.

»Der Teufel ist ein Eichhörnchen. Wir erinnern uns. Schmoll geht, der Biobauer und die Mädels gehen etwa gleichzeitig. Einer lauert hinter Säulen. Schmoll! Ist eben doch wieder zurückgekommen«, sagte Baier.

»Oder ganz anders: Schmoll geht, der Biobauer und die Mädels gehen, und der Säulenheilige ist der Tschusch. Weil er seine Belege fingiert hat«, rief Evi.

»Der ist die ganze Zeit da gewesen und hat auch den Kollegen Weinzirl geschubst.« Baier grinste.

»Auch schön! Es gäbe noch eine Theorie: Schmoll geht, Bio und die Mädels auch. Schmoll retour und ermordet Lepaysan. Dieser Lepaysan hat zufällig auch in Kaltenberg fotografiert. Wo ein gewisser Havelka, der Tschusch, den Ritter auf dem Gewissen hat. Doch zwei Fälle, Kollegen.« Gerhard setzte ein triumphierendes Gesicht auf.

»Weinzirl! Sie haben uns das mit Kaltenberg eingebrockt!« Baier drohte ihm mit dem Finger.

»Ich weiß. Ich wollte euch lediglich demonstrieren, dass wir uns nicht in die Irre führen lassen dürfen. Zu früh eingleisig fahren. Aber ich glaube nicht an solche Zufälle. Sie, Baier?«

»Man hat schon Pferde vor Hubers Bahnhofsapotheke in Peißenberg kotzen sehen.«

»Schade, dass es keine Abdrücke von Schmoll auf einer Lanze gibt. Dann hätten wir den Zusammenhang und könnten jetzt Feierabend machen.« Gerhard grinste. »Aber«, auch er machte eine dramatische Pause. »Wir haben noch ein Ass im Ärmel, oder Baier?«

»Ja, ein Ass namens Antonia.«

»Wer?«, fragte Evi.

»Antonia Gröbl, Buchhändlerin, Model, Gelegenheitsfreundin von Lepaysan.« Gerhard berichtete vom Besuch in Garmisch. »Und sie meint, sie könne den Mann auf dem Bild erkennen. Halten wir ihr also Bilder von Schmoll und Havelka unter die Nase, sie sagt, das ist er – und schwuppdiwupp machen wir wirklich Feierabend.«

»Träum weiter!« Evi zog die Nase kraus. »Du weißt doch, wie das ist mit Bildern und Gegenüberstellungen. Hätte, könnte, vielleicht. Eine Welt der Konjunktive und vagen Möglichkeiten.«

»Warten wir's ab.« Man musste ja auch mal positiv denken.

»Wann kommt die Dame?«, wollte Evi wissen.

»Ich denke, so gegen drei.«

»Drum lasst uns vorher Schmoll besuchen.« Baier kam ächzend von seinem Stuhl hoch.

Obwohl es sonnig war, strahlte der Herzog-Albrecht-Platz Eiseskälte aus. Kühlschrankkälte, graue Ödnis, Schatten. Vorne beim Griechen aßen die Leute in der Sonne, da war Leben, Spaß, Lachen und Farbe. Die kleinen Gassen rund um den Marienplatz, die gute Stube der kleinen Stadt, waren wie Lebensadern, in denen es pulsierte. Aber keine reichte bis zum Platz. Der war einfach abgeschnitten von der Blutzufuhr.

Sie stiegen die Treppen zu Schmolls Büro hinauf. Schmoll wirkte blass und blutleer, und er wurde noch etwas blasser, als Baier ihn anraunzte: »Ich verhafte Sie wegen Mordes an Lutz Lepaysan.« Das hatte gesessen.

»Sie können mich doch nicht … Wieso Mord? Ich habe doch zugeben, dass ich nochmals in der Halle gewesen bin. Das hab ich zugegeben. Da hat mich doch auch einer gesehen.« Schmoll wurde noch blasser.

»Sicher, Schmoll. Und dann haben Sie gewartet, bis alle weg waren, und sind nochmals rein! Raffiniert, Schmoll.« Baiers Lautstärke hatte weiter zugenommen.

»Nein, das stimmt nicht!« Das war ein regelrechter Schrei.

»Ihre Fingerabdrücke waren auf dem Stativ. Auf der Mordwaffe.« Baier sah ihn provozierend an.

Schmoll starrte Baier an, inzwischen war er völlig kalkweiß.

»Ja, Herr Kommissar, das leugne ich gar nicht. Am Sonntag, da hat mich Lutz ein paar Mal gebeten, ihm das Stativ anders hinzustellen. Ihm sozusagen zu assistieren. Das müssen Sie mir glauben.«

»Müssen tun mir nix. Außer sterben. Schmoll, Sie kommen jetzt mal mit. Da soll mal eine junge Dame ein Auge auf Sie werfen. Gnade Ihnen Gott, dass die Sie entlastet.«

»Ich will einen Anwalt. Ich mache nur Aussagen zur Person, nicht zur Sache. Ich berufe mich auf Artikel drei der Europäischen Menschenrechtskonvention. Ich …« Die ungesunde Blässe begann sich in Richtung Rottöne zu wandeln. Aha, da hatte einer wohl ein paar beeindruckende Floskeln gelernt. Gerhard grinste in sich hinein.

»Handschellen oder kommens so mit?«, kam es vom gänzlich unbeeindruckten Baier.

Gerhard war fast versucht einzugreifen, das Vorgehen war natürlich nicht korrekt und konnte Baier eine saftige Beschwerde einbringen, aber Baier war eben Baier. Kein wandelndes Lexikon der Polizeivorschriften.

Und wundersamerweise sagte Schmoll: »Ich komme mit.«

Im Eingangsbereich der Polizeiinspektion rannten sie fast in Antonia Gröbl hinein. Oder diese schwungvoll in sie. Sie erkannte Baier, Gerhard, und bei Schmoll stutzte sie.

»Dann können mir uns den ganzen Schmu mit Gegenüberstellung sparen«, knurrte Baier. »Frau Gröbl, kennen Sie den Mann?«

»Klar! Der war in da Bar. So a Schlawiner, fei a ganz scheener Schlawiner, der …«

»Frau Gröbl, ersparen Sie uns Details. Die entscheidende Frage ist: Ist er der Mann hinter den Säulen?«

»Na, nia. De Mo war vui greßer, schlanker. Ned so gwampert. Und er war a oider«, sagte Antonia.

»Da sind Sie sicher?«, fragte Gerhard eindringlich.

»So sicher wia i jederzeit mit Eana ausgeh dad.« Sie strahlte Gerhard an. Baier gab ein Glucksen von sich.

»Ich fühle mich geschmeichelt. Ich fürchte aber, ich bin ein schlechter Kandidat für ein Date. Sie sind also ganz sicher?«, fragte Gerhard nochmals nach.

»Logisch, und wenn Sie doch mal Vakanzen haben, rufen Sie mich an.« Ihr Augenaufschlag war filmreif, und sie konnte auf einmal astreines Hochdeutsch.

Diese Antonia hatte ja echt Nerven! Aber Gerhard bezahlte sehr selten Restaurantrechnungen von Damen, ein Cabrio hatte er auch nicht. Antonias Frohnatur haute doch den stärksten Kerl um, dachte Gerhard und beschloss, in Zukunft weiblichen prämenstrualen Depri-Phasen, in denen sie an sich, an ihm, dem Weltenlauf, dem Universum, dem Sein als solchem zweifelten, toleranter gegenüberzustehen.

Baier zwinkerte Antonia zu. »Notfalls springe ich ein. Frau Gröbl, würden Sie mir bitte folgen, während Herr Weinzirl Herrn Schmolls Protokoll aufnimmt.«

Gerhard war froh, aus der Schusslinie zu sein. Auch froh darüber, dass sie einen Kandidaten ausschließen konnten. Froh auch, dass Schmoll es nicht war. Der war genug gestraft mit Maria aus Mechico. Mit der Frau hatte sich der Versicherungsmakler eindeutig übernommen. Schließlich musste es ja auch so was wie Männer-Solidarität geben.

Als Schmoll gegangen war und Gerhard wieder bei Baier und Evi im Zimmer stand, hatte er auch Antonia Gröbls Abgang verpasst. Evi sah ganz geschafft aus.

»Hilfe, die Frau ist wie Meister Propper. Die fegt durch Räume und Gedanken wie so ein Wirbelwind.«

»Hat sie Havelka erkannt?«, fragte Gerhard.

»Was hab ich dir gesagt, Weinzirl? Sie weiß es nicht. Von der Statur her, dem Alter, der Größe, ja. Aber irgendwas stimme nicht. Aber sie sei sich nicht sicher. Sei ja auch dunkel gewesen. Die alte Leier.«

»Aber sie war sich ganz sicher, dass es Schmoll nicht war. Ich glaube, sie hat eine gute Beobachtungsgabe«, meinte Gerhard. Herrgott noch mal, dieser Havelka musste es einfach sein. Wer denn sonst?

»Kann sie nicht haben. Die hat was auf den Augen«, brummte Baier, »sie wollte eine Verabredung mit Ihnen, Weinzirl.«

Evi lachte laut heraus. »Nö, dann ist es mit der Beobachtungsgabe wirklich nicht weit her! He, das möchte ich sehen. Da möchte ich dabei sein.«

»Hat abgelehnt, der Weinzirl. Feiger Hund, unser Kollege.«

Die beiden lachten noch eine Weile auf seine Kosten, bis sie sich alle wieder dem weniger Witzigen zuwenden konnten.

»Zurück zu Havelka. Nehmen wir mal an, er war es. Er beweist seine Rückfahrt nach Tschechien mit falschen Belegen, folgt aber in Wirklichkeit Lepaysan nach Peißenberg. Haut ihm das Stativ um die Ohren. Lepaysan kommt zu Tode, gewollt oder verunfallt. Havelka sucht die Bilder und findet sie nicht und fährt dann wirklich nach Tschechien. Das müssen wir jetzt nur noch beweisen, oder?«

»Ja, er muss einfach irgendwo gesehen worden sein, und sei es bei seiner eigentlichen Rückfahrt nach Tschechien«, meinte Evi.

»Und was stört mich jetzt an der ganzen Geschichte? Fühl mich nicht wohl damit.« Baier schüttelte den Kopf.

Gerhard lächelte. »Erstens: Warum sollte der das Risiko eingehen, in Kaltenberg in einem für fast jeden zugänglichen Container Lanzen zu präparieren? Er hätte doch schon bei der Anlieferung eine manipulierte Lanze dabeihaben können?«

Evi fiel ein: »Einspruch! Überzeugt mich nicht! Was, wenn dieser Marco Cœur de Dings, oder wie der heißt, jede einzelne kontrolliert hat? Vielleicht musste er jede einzeln abnehmen, dann wäre das zu früh aufgefallen.«

»Gut, Frau Straßgütl. Was stört mich trotzdem?«, fragte Baier.

Nun war Gerhard wieder dran. »Da sind wir wieder auf der philosophischen Ebene und bei der großen Menschheitsfrage: Werden wir von Zufällen regiert? Wäre es dann Zufall, dass vorher ein Pferd gestohlen wurde und Ritter verprügelt wurden und ich blöd in den Container gefallen bin? Und wäre die böse Magen-Darm-Verstimmung der Recken auch so ein Zufall? Denn wenn wir das negieren, dann müsste Havelka ja schon Tage vorher da gewesen sein und das alles angezettelt haben.«

»Bist du auf Drogen? Hat dem jemand was in den Kaffee getan? Weinzirl wird Philosoph. Seit wann gehören Worte wie negieren zu deinem aktiven Sprachschatz? Respekt!«, lachte Evi.

»Ungeahntes steckt in den Menschen, was, Weinzirl?« Baier nickte ihm zu. »Hat aber Recht, der Kollege. Wenn das eine Anschlagserie war und kein Zufall, dann hätt doch jemand den Havelka vorher schon mal gesehen. Außerdem braucht er bloß Alibis für die anderen Tage zu haben.«

»Was nicht ausschließt, dass er's trotzdem war. Es gibt solche Zufälle.«

Evi war davon nicht abzubringen, und sie beschlossen, zweigleisig vorzugehen. Sie wollten in Kaltenberg dezidiert nach dem Lanzenmacher fragen, denn das hatte Gerhard im Zusammenhang mit den vorhergegangenen Anschlägen ja nie getan. Außerdem wurde Evi beauftragt, mit ihrem neuen Kripo-Freund in Tschechien Alibis zu recherchieren: Hatte Havelka welche für die Tage der Anschläge? Konnte er beweisen, dass er wirklich nach Hause gefahren war? Wenn ja, mussten sein Auto und er von jemand gesehen worden sein. Evi schickte schon mal eine Mail ab. Gerhard und Baier holten sich Kaffee aus der Küche, und als sie retour kamen, saß Evi ganz verlegen vor dem PC.

»Was ist los?« Baier hatte den untrüglichen Blick.

»Äh, Tschechien lässt anfragen, ob jemand von uns dazukommen will.«

»Sie meinen, Tschechien lässt anfragen, ob Sie dazukommen wollen, Frau Straßgütl?«

»Nein, äh, nicht explizit, eben einer von uns … also …«

»Frau Straßgütl, Tschechien hat sich sicher auch schon Gedanken darüber gemacht, wie Sie dahin kommen.« Baier grinste.

»Ähm ja, es ginge morgen früh ein Flug von Innsbruck nach Wien. Man würde mich, also uns, also wer eben käme, in Wien dann abholen.«

»Würde man, soso! Frau Straßgütl. Ich kann kein Englisch, außerdem fliege ich äußerst ungern. Weinzirl ist unser Kaltenberg-Spezialist, der muss bei diesem Ritterquark wieder ran. Also können nur Sie fliegen. Das machen Sie auch. Völkerverständigung. EU-Verständigung. Ich fahr Sie nach Innsbruck. Wollt da schon lange mal wieder hin. Frühstück in Innsbruck. Nette Stadt. Schau mir dann immer das Riesenrundgemälde von Zeno Diemer an. Die Schlacht am Berg Isel, köstliches Werk. Entdecke dann immer was Neues. Kennen Sie das, Weinzirl?«

»Nein.« Aber er kannte ja auch keine Bilder vom Walchensee. Er war so was von einem Kulturbanausen.

Baier sah ihn tadelnd an. »Schadet nicht, ein bisschen über den Tellerrand zu sehen, Weinzirl!«

Und damit wurde Evi zum Kofferpacken entsendet und Gerhard nach Hause. Dort versuchte er, Kassandra zu erreichen, die mal wieder nicht da war. Sowohl am Festnetz als auch am Handy schallte nur ihre fröhliche Stimme von der Mailbox.

Nachdem er eine Tiefkühlpizza verzehrt hatte, die geschmacklich etwas von einem Pappkarton hatte, griff er erneut zum Telefon. Er wollte Jo anrufen und ihr sagen, dass er morgen nochmals käme, um im Fall Havelka zu recherchieren.

»Morgen ist natürlich kaum jemand da«, gab Jo zu bedenken. »Wenn du mehr Leute treffen willst, wäre morgen Abend ein Extra-Konzert von Corvus. Da werden sicher auch einige Mitwirkende kommen.«

»Ja, gute Idee.«

»Ja, gut, bis dann.«

Sie klang müde, und er spürte, dass sie eigentlich gar nicht auflegen wollte. Hatten sie sich so wenig zu sagen, dass sie hier so geschäftsmäßig Termine verabredeten?

»Du klingst nicht besonders gut«, sagte er schnell.

»Ach Gerhard. Ich will dir jetzt nicht die Ohren voll heulen.«

»Kannst du ruhig. Was ist los?«

»Ich bin am Abend so kaputt, dass ich heulen könnte. Aber selbst dafür fehlt mir die Energie. Und ich fühle mich so einsam.«

»Warum macht dir das gerade jetzt so zu schaffen?«, sagte Gerhard. Na, das war ja auch nicht besonders einfühlsam.

»Weil ich hier nicht hergehöre. Weil es das falsche Haus ist, die falsche Gegend. Eigentlich müsste ich mein cooles Leben doch lieben: Ich, die ich gegen das Establishment wettere und gegen das verlogene Familienidyll und gegen Reihenhäuser. Ja stimmt, aber ich hätte trotzdem gerne jemanden, mit dem ich eine Vision teilen könnte. Eine vom Leben. Gerhard, jeder braucht ein Zuhause.«

»Ja, aber du hast deine Tiere.« Gerhard wusste, dass das auch nicht überzeugend klang.

»Ja, Gott sei Dank, aber auch wenn du das glaubst: Ich bin nicht so verschroben, als dass ich auf Menschen verzichten wollte. Auf einen Mann.«

»Auf einen? Nur einen?«

»Einer würde reichen – durchaus.«

»Aber Mr. Right gibt es nicht. Mrs. Right übrigens auch nicht.« Gerhard lächelte ein verunglücktes Lachen. »Und anstatt auf Mr. und Mrs. Right zu warten, ist es besser, nicht allein zu sein. Sich jemanden ins Bett zu holen.«

»Besser? Ich weiß es nicht. Es ist eine Linderung. Oder auch nur eine Brücke, ein Übergang von der einen zur anderen Zustandsform.«

»Und so einem Ritter geht das genauso?« Die Frage war unsensibel. Jo hatte sich ihm so weit geöffnet, und er kam mit einem Ritter. Ausgerechnet. Was ging ihn Jos Sexualleben an? Aber er wollte Jo provozieren, er wollte, dass sie aufbegehrte. So in sich gekehrt, so sachlich machte sie ihm Angst.

»Ja, ich glaube. Nein, ich weiß es. Es ist wie bei Schauspielern oder Popstars. Bejubelt von Zehntausenden. Angestrahlt von Hunderten von Scheinwerfern. Noch ein bisschen Geplänkel backstage, Interviewtermine. Autogramme. Immer gleiche Fragen, immer Anbetung, Bewunderung. Und dann wieder irgendein Hotel, dessen Namen du dir nicht mehr merkst, in einer namenlosen Straße, in einer namenlosen Stadt. Blumen auf dem Glastisch, Champagner im Kühler, Pornokanäle im Hotel-TV. Ich glaube, selbst ein Robbie Williams nimmt wahrscheinlich nicht das hübscheste Mädchen mit auf sein Zimmer, sondern das, das da ist. Einfach da ist.«

»Nun, deine Ritter sollten zumindest den Namen der Stadt wissen und ihres Hotels. Sie verbringen drei Wochen hier.« Gerhard rotzte ihr das hin, und siehe, da kam ja doch wieder Leben in Jo.

»Ja, das tun sie auch, du Idiot. Bloß weil du die Ritter nicht magst, musst du nicht so polemisch werden. Du raffst es nicht, oder? Kaltenberg ist so unmittelbar, die begeisterten Massen jubeln dir zu. Wie im Mittelalter, wo es sonst wenig Zerstreuung gab. Dann all die Interviews im Thronsaal. Avancen im Restaurant, Autogrammwünsche und Blicke, die mehr wollen als nur eine Unterschrift. Viel mehr.«

»Ja und? Welcher Mann würde bei so viel Angebot auch nein sagen.«

»Na, du sicher nicht. Anfangs zumindest nicht. Aber dann wird es schal, und selbst du würdest vom Überangebot an Push-ups vor deiner Nase flüchten. Obwohl, wenn ich es mir recht überlege, du wahrscheinlich nicht.«

Na also, da war sie doch wieder, die aufmüpfige Jo.

»Jo, du irrst dich. Ich würde die Avancen nicht mal bemerken.« Er lachte. Von der anderen Seite kam auch ein Lachen.

»Wahrscheinlich. Es ist einfach gut, jemanden zu spüren. Sich der eigenen Anwesenheit zu versichern.«

»Durch jemand anderen?«, fragte Gerhard.

»Ja.«

»Ist es nicht komisch, wenn es einer ist, von dem du nicht weißt, wer er ist? Was ist Maske, was ist der Mensch? Wie viel Ritter steckt noch in dem Menschen, wenn er seine Rüstung abgelegt hat? Das ist doch nicht egal. Einen Ritter will man doch nur, weil er ein Ritter ist. Der gleiche Typ wäre doch sonst ein Mister Nobody.«

»Weinzirl, du Arsch. Mit dir kann man nicht vernünftig reden.«
»Gott sei Dank«, sagte Gerhard und atmete tief durch.

»Was, Gott sei Dank?«

»Du hast Arsch gesagt. Gott sei Dank. Ich hatte schon befürchtet, du hättest dich verloren. Jo, weißt du, was ich immer so an dir bewundert habe? Deine Ideale, deine klaren Gefühle. Dass du immer noch schwertschwingend voranpreschst, um der Gerechtigkeit auf die Sprünge zu helfen. Dass du nie eingewilligt hast. Dass du dein ungestümes Revoluzzertum auch weit über die Dreißiger hinaus gerettet hast. Dass du nie die Folgen bedenkst oder erst viel zu spät.«

Schweigen am anderen Ende. Dann kam ein zögerliches: »So siehst du mich?«

»Ja, und ich mach mir Sorgen, wenn du so depressiv bist. Einfach Sorgen, wegen dieser Ritter-Affäre. Jo, du hattest mal deinen olympischen Lover, du bist durch die Hölle der Erniedrigung gegangen. Warum schon wieder so einer? Ein Star? Was bringt das? Neue Erniedrigungen, am nächsten Morgen kennt er dich nicht mehr.«

»Ich bin älter geworden. Und sicherer. Zumindest was das betrifft.«

»Und was, wenn er andere Mädels mitnimmt? Vielleicht warst du nur in der Vorbereitung seine Nummer eins. Am ersten Wochenende. Aber dann? Was dann?«

»Frag mich am Ende der drei Wochen Turnier«, sagte Jo.

»Ich glaube, das werde ich nicht tun.«

»Hasst du mich?«, fragte Jo ganz unvermittelt.

»Nein, wieso?

»Verachtest du mich?« Sie ließ nicht locker.

»Nein, wieso?«

»Hast du mich jemals geliebt?«

Gerhard zögerte. Diese Gesprächswendung gefiel ihm nun wirklich nicht. »Ganz ehrlich, ich weiß es nicht. Wenn ich es einmal wirklich und ganz sicher gewusst hätte, dann wäre vieles vielleicht anders gekommen.«

Auf der anderen Seite war Schweigen, also fuhr Gerhard fort: »Jo, liebe Jo, wenn wir aufeinander treffen, ist das, wie wenn jemand, wie wenn, verdammt, mir fehlt ein Vergleich ...« Er brach ab.

»Wie wenn jemand das Ofentürchen öffnet und das Feuer zerstörerisch gewaltig aufflammt? Wie wenn jemand Benzin in Flammen gießt?«, fragte Jo.

»Ja, du kannst dich einfach viel besser ausdrücken als ich. Ich will doch nur, dass du auf dein Herz aufpasst. Für dich! Auch wenn ich ein Arsch und ein Idiot bin.«

Am anderen Ende der Leitung war ein Lachen zu hören.

»Such dir einen Mann, der dich liebt. Dich auf Händen trägt. Deinen Humor versteht, dein Temperament. Deine Klugheit kontern kann.«

»Kennst du so einen? Stell ihn mir vor!«

»Werd ich. Aber warum immer diese Affären, die dir mehr wehtun, als sie dir geben?«

»So lebensklug, Herr Kommissar? Und selbst? Was ist mit deinen Affären? Wie viel gibst du, und wie viel kriegst du wieder? Was ist mit dieser Anastasia?«

»Anastasia?«

»Oder Kassandra. Die Schamanin mit den Kreuzen. Ich hab euch gesehen. Ihr kennt euch näher.«

»Ja. Ich weiß nicht genau, wie nah. Ich meine …« Gerhard war das so was von unangenehm.

»Gerhard, mach endlich mal was richtig! Sie ist interessant. Sie passt zu dir, weil sie so gar nicht zu dir passt. Vielleicht hilft Schamanismus gegen deinen Allgäuer Dickschädel und deine Bindungsangst.«

Er schluckte. Dass Frauen immer mit dem Todschlagargument der Bindungsangst kommen mussten. Was sollte er dazu sagen? Ausgerechnet zu Jo.

»Ha, da schweigt er, der Weinzirl.« Sie lachte hell.

»Ja, er schweigt dazu, aber er fragt, ob's dir besser geht?«

»Ja, und danke fürs Zuhören. Ich seh dich morgen.« Und damit hatte sie ihm netterweise den Schlusssatz abgenommen.

Er schlief lange. Als er am Dienstag um zehn Uhr im Büro ankam, war Evi wohl schon längst in Wien. Melanie klopfte an und berichtete, dass Baier gegen siebzehn Uhr wieder da sein wollte und den Wunsch geäußert hatte, Gerhard nach Kaltenberg zu begleiten. Bis dahin hatte Gerhard Zeit für Büroarbeiten. Die Ereignisse hatten sich ja derart überschlagen, dass er dringend Protokolle ordnen und Aussagen sortieren musste. Den Fall nochmals Revue passieren lassen.

Einen seltsamen Fall, bei dem das Opfer mit hoher Wahrscheinlichkeit wegen eines dummen Unfalls gestorben war. Und ein zweiter junger Mann gottlob nur so verletzt worden war, dass er sich erholen würde. Gerhard ließ die Menschen, die er in den letzten Tagen kennen gelernt hatte, vor seinem inneren Auge Schau laufen. Annemirl Tafertshofer mit dem Glasauge und dem stinkenden Ziegenbock, Antonia Gröbl, die Inkarnation von Frohsinn, Schmoll, der Pantoffelheld – was für ein Panoptikum menschlichen Lebens.

Wie sagte Baier immer: Der liebe Himmelpapa hat einen großen Tiergarten. Wie wahr, ein Zoo voller seltener Spezies. Gerhard war müde, obwohl oder vielleicht weil er so lange geschlafen hatte. Er hoffte wirklich, dass Evi aus Tschechien etwas Brauchbares mitbringen würde. Dann könnte er sich vielleicht ein paar Tage freinehmen und seine Hörnle-Wanderung fortsetzen und die auf die Notkarspitze und zu den Brunnenkopfhäusern – und was er sich sonst noch an Bergen vorgenommen hatte.

Baier war Punkt fünf da und wirkte recht gelöst.

»Ich hab uns bei Matthias angekündigt. Essen was in der Sonne in Epfach. Hat frei, der Weixler.«

Sie fuhren sofort los und schwiegen bis Epfach am Lech. Matthias hatte nicht zu viel versprochen. Ein super Schweinsbraten wirklich zu einem Preis von anno Dunnemals. Sie berichteten vom Fall und ließen ihn wissen, dass sie auf den Weg nach Kaltenberg waren.

»Wenn ihr da einen Zusammenhang seht, ist das euer Fall. Behaltet ihn. Ich bin zugesch...üttet mit Arbeit, ich reiße mich wahrlich nicht um aufgespießte Ritter«, sagte Matthias.

Sie verabschiedeten sich, und man versprach, sich öfter mal zu treffen. Lippenbekenntnisse. Alle drei wussten, dass sie kaum Zeit hatten, ihre allernächsten Sozialkontakte aufrechtzuerhalten. Geschweige denn Zeit, alte Kollegen zu sehen.

In Kaltenberg wartete Jo auf die beiden Kommissare. Baier war wieder ganz der Charmeur und machte ihr Komplimente für das Kleid, das heute türkisfarben war und hervorragend zu ihren grünblauen Augen passte.

»Wo hast du den all diese edlen Roben her?«, fragte Gerhard betont lässig, um irgendwas zu sagen und um den Nachhall des gestrigen Telefongesprächs zu vertreiben.

»Bei euch in der Nähe, in Haid, gibt's 'nen Kostümverleih. Im Keller. Die nähen die Kleider teils selbst. Der Verleih ist legendär. Ich hatte Glück, dass ich meine Kleider schon weit vor Kaltenberg geholt habe, an Ritterturnier-Wochenenden sind die komplett ausgeräubert.«

Baier hatte sein Seuchengesicht aufgesetzt. Das war das Letzte, was Baier getan hätte: sich verkleiden. Baiers Seuchenblick hielt auch an, als sie diversen Leuten das Foto von Havelka unter die Nase hielten. Moritz, der Narr, war einer von ihnen. Moritz vollführte seine Verbeugung, und weil Baier so arg zwider schaute, begann er ihn mit interessiertem Gesicht zu umrunden, ihn dann so anzusehen wie ein höchst besorgter Arzt.

»Hat sie der noch alle?«, fragte Baier in Jos Richtung.

Moritz schüttelte lächelnd den Kopf, machte noch eine Verbeugung und erklärte nun doch verbal, wer er sei.

Und wundersamerweise lächelte Baier ihn an. »Gut so, Mann. Es wird sowieso zu viel geblubbert.«

»Sie sagen es«, meinte Moritz. Er verneinte, Havelka gesehen zu haben, und hüllte sich dann wieder in sein beredtes Schweigen.

Auch Hubert Holzer hatte Havelka nicht gesehen. Zumindest nicht an den Tagen, als das Pferd verschwunden war oder die Ritter gekotzt hatten. Er hatte ihn nur an jenem Dienstag gesehen und gesprochen, als er mit den Lanzen angekommen war. Holzer hatte fast mechanisch geantwortet. Plötzlich riss er die Augen auf.

»Sie verdächtigen doch nicht etwa den Tschech? Der Mann ist herzensgut.«

»Und der herzensgute Handwerker hat sein Geld nicht gekriegt und hat eine kleine Privatfehde mit Marco. Das haben Sie mir selbst erzählt«, fügte Gerhard hinzu.

»Ja, aber der präpariert doch nicht seine eigenen Lanzen! Auf ihn fällt der Verdacht doch zuerst. Der Mann ist wirklich ein herzensguter Handwerker. Das müssen Sie gar nicht so ironisch betonen«, sagte Holzer.

Holzer mit seiner Handwerker-Solidarität. Was ihm in letzter Zeit doch alles für Solidaritätsbezeugungen untergekommen waren. Gerhard verzichtete mal darauf, dem Mann zu erklären, dass es unter Umständen ein besonders schlauer Schachzug wäre, eben genau darauf zu bauen, dass jeder so dächte wie Holzer. Fakt war jedoch, dass ihn keiner gesehen hatte. Hatte er womöglich einen Kumpan vor Ort? Das war alles so undurchsichtig.

»Ich hab noch ein paar Journalisten da, um die ich mich kümmern müsste. Das Konzert beginnt jetzt um neun, in der Arena gibt's um zehn eine kleine Showeinlage. Marco reitet Hohe Schule zu Corvus-Musik. Braucht ihr mich noch?«, fragte Jo dazwischen.

»Wir verzichten natürlich nur ungern auf Ihre charmante Gesellschaft«, sagte Baier.

Jo machte einen Knicks und gab Gerhard die Hand.

»Bis dann. Wollt ihr mal zur Rabenbühne gehen? Da sind vielleicht auch noch Leute, die Havelka kennen.«

Schon wieder diese Rabenbühne. Baier schaute ebenfalls so, als ob sie chinesisch gesprochen hätte.

»Die Rabenbühne ist die von Corvus Corax.«

»Ach so«, knurrte Baier, »singende Rabenvögel!«

Corvus Corax. Gerhard hatte kein Latein gehabt, aber er wusste, dass das irgend so eine Mittelalterband war. Er war ja nicht weltfremd, natürlich kannte er solche Musik mit dem treibenden Rhythmus der Trommeln und den heulenden Dudelsäcken. Musik, dass es einem die Plomben aus den Zähnen zog.

Und genau solche Musik setzte gerade ein. Es dudelte immer lauter. Was Gerhard und Baier dann sahen, das war ein Panoptikum in Nachtschwarz. Diese Musik konnte, ja durfte man augenscheinlich nur hören, wenn man aussah wie direkt aus der Gruft.

In Zehnerreihen drängten sich Draculas legitime Erben vor der Rabenbühne. Gut, es war bisher ein trister Sommer gewesen, aber so blass konnte man nur sein, wenn man die Tage in Särgen irgendwo in Transsilvanien verbrachte. Frauen so kalkweiß wie der Tod, Augen so schwarz ummalt wie Trauerränder auf Kondolenzkarten.

Haare schwarz – nicht etwa glänzend, sondern stumpf wie verkokeltes Stroh. Das wusste sogar ein Mode-Muffel wie Gerhard, dass zu viel Färben irgendwann jedes Leben im Haupthaar tötete. Man musste schwarz sein, blonde Frauen kamen hier nicht vor. Dafür waren diese Damen anscheinend aber die besten Kundinnen in Piercing und Tattoo-Studios.

Es gab Flatterröcke oder Wurstpellen in Mini, schwarze Schnürkorsagen, die pressten und quetschten und Speckrolle für Speckrolle betonten. Schwarze Netzhemden und Spitzen-BHs und Leder, Leder, Leder. Es waren fast nur Frauen da – oder besser in den ersten drei Reihen standen nur Frauen. Schwarze Groupies, die ihre Reize denen entgegenreckten, die da oben auf ihren Säcken dudelten und trommelten. Aber was für Typen?

»Burschen, wascht euch mal!«, raunzte Baier.

Gerhard grinste und starrte weiter auf die Bühne. Vor allem drei der Herren schienen Lieblinge der Frauen zu sein. Ein kleiner blonder Maniac mit Igellook, ein Oben-ohne-Trommler und so ein Düsterer, dürr wie ein Spinnweb. Gerhard hatte sich ja schon oft gefragt, weswegen Frauen nun genau auf den oder jenen standen – und nicht auf ihn!? – aber diese Hysterie der schwarzen Weiblichkeit verstörte ihn zutiefst. Nicht dass er eine der Ladys ohne Dauerdusche und Desinfektion in sein Bett gelassen hätte.

Baier hatte wohl ähnliche Gedanken, aber er war nun mal Formulierungs-Minimalist.

»Das ist Rudis-Reste-Rampe«, knurrte er.

Unter all dem Schwarz leuchtete plötzlich etwas Helles, Klares auf. Eine junge Frau im langen Rock, mit Mieder und Bluse und langen blonden Zöpfen. Sie sah zu ihm hin, sie stutzte. Er auch.

Das war doch Sarah, die Tochter seiner Vermieter. Ganz vorne stand sie inmitten der Gruftfarbenen. Sie begann sich zu ihm durchzukämpfen und stand schließlich vor ihm. Ein bisschen erhitzt und sehr, sehr hübsch.

»Gerhard! Was machst du denn hier?«, fragte sie. »Hallo, grüß Sie, Herr Baier.«

»Sarah, Sie sehen ja ganz entzückend aus.« Baier kannte die Tochter von Gerhards Vermietern wahrscheinlich, seit sie ein Baby gewesen war.

»Danke. Und was macht ihr jetzt hier?«

»Uns umsehen«, sagte Gerhard.

»Einfach so?«

»Und was machst du selbst?« Gegenfragen waren schon immer die beste Ablenkung.

»Na, ich bin doch als Gänsemagd hier. Das hab ich dir doch mal erzählt, deswegen hab ich doch die Gänse trainiert. Warst du schon mal beim Turnier?«

»Ja, am Freitag.«

»Hast du mich da nicht gesehen, beim Einzug in die Arena?«

Klar, die Gänse! Natürlich! Die blöden Schnatterviecher, die auf seine Terrasse kackten und schrien, als müssten sie die Bewohner des Kapitols warnen. Am nettesten war es gewesen, als das Federvieh Arrest wegen der Vogelgrippe gehabt hatte. Still war es gewesen, himmlisch und unverkackt. Er war zwar im Großen und Ganzen der Meinung gewesen, dass dieser ganze Stallpflicht-Aktionismus völlig fehl am Platz gewesen war – die hatten ja sogar die Türen der Kuckucksuhren zugetackert –, aber in seinem speziellen Fall war das eine schöne Zeit gewesen. Natürlich hatte Sarah ihm erzählt, dass sie in Kaltenberg mitmachen würde. Aber er merkte sich Erzählungen oft nur sehr selektiv.

»Und wie findest du Corvus?«, fragte sie.

»Na ja ...«

»Also ich mochte Corvus Corax immer schon lieber als die Backstreet Boys. Lange Röcke und Mieder sind kleidsamer als Hüfthosen und Miniröcke.«

Nun, da war er geneigt, ihr zuzustimmen. In beiden Fällen. Auch Baier nickte.

»Sollten Sie sich als Fan nicht schwarz färben, Sarah?«

Sie lachte. »Als einzige Blonde ist man eine Exotin, das hat durchaus Vorteile.« Sie winkte dem Stachelfrisur-Frontman zu, der gerade hersah.

»Der kann dir aber nicht allen Ernstes gefallen?«, fragte Gerhard entsetzt.

Sie zuckte die Schultern. »Och, die erste Wahl ist immer der Schwarze Ritter, dann ein Ritter, aber ein Spielmann ist auch nicht schlecht. So war das immer. So manche Dorfschönheit erlag so einem Spielmann.«

Na, das nannte er Offenheit! Die jungen Frauen heute waren alle so bedrückend ehrlich. Gerhard sah zur Bühne und hoffte inständig, dass sie keinem erlegen war, aber dieser Wunsch kam sehr wahrscheinlich zu spät. Er hatte das noch im Ohr: Die erste Wahl ist der Schwarze Ritter. Er dachte an Jo. Die war immer schon eine Frau für die erste Wahl gewesen. Nie für Sonderangebote!

Sarah nahm einen Schluck aus ihrem Trinkhorn, reichte es Baier, der ablehnte. Gerhard nippte kurz. Bier, kein Met, gottlob.

»Im Prinzip sind die Spielleute voll nett. Ein bisschen versaut halt, aber du musst dir mal vorstellen, dass die Weiber denen in ihrer Pension in Weil auflauern und vor den Zimmern am Boden campieren, bis die Jungs kommen. So krass war das im Mittelalter wohl nicht. Aber die Bürger fürchteten die Spielmänner. Sie verboten den Tanz. Es gab sogar eine Krankheit: Tanzwut, eine Art Massenhysterie.« Sie klang aufgedreht, vielleicht waren alle in Trance?

Baier sah sie entgeistert an. »Was ist es? Sarah? Ich frage Sie wirklich und allen Ernstes. Was ist es? Was fasziniert euch Mädels daran, in eine Zeit einzutauchen, die irgendwann nach Karl dem Großen begann? Es war eine fürchterliche Zeit!«

»Herr Baier! Gerhard! Natürlich war es eine Scheißzeit, aber hier sind das nur drei Wochenenden. Für immer möchte ich das auch nicht. Ich liebe meine Badewanne und eine Heizung, die man bloß aufdrehen muss.« Sie lachte hell. »Es sind übrigens nicht nur die Frauen, die ihr Herz oder ihre Unschuld an die Ritter verlieren. Erwachsene Männer wollen der Schwarze Ritter sein, statt Rasen zu mähen und vor dem Chef zu katzbuckeln. Ich liebe das hier: Fanfaren und Kettengerassel, der Marktschreier, der so heiser ist, der Schmied voller Ruß, Menschen auf Stelzen, die Teestube aus dem Morgenland, Trommeln, Glöckchen, Schellenkränze, ja überall Schellenkränze.«

Gerhard sah sie an. Ja, alle hier schienen in einer Massenhypnose gefangen zu sein. »Von mir aus. Aber ihr benehmt euch alle, als begänne eine neue Zeitrechnung.«

»Klar. Es gibt die Zeit, und dann gibt es drei Wochenenden außerhalb von Zeit und Raum im Juli. Kaltenberg! Ich wollte dabei sein, nicht nur als Zuschauerin! In die Arena einziehen. Das ist einfach gewaltig! In Kaltenberg ist alles aus dem Zusammenhang gerissen. Alles ist im Fluss. Versteht ihr? Das muss man fühlen. Das ist der Kick.«

»Der Kick?« Baiers Blick ruhte durchaus wohlwollend auf Sarah. »Liebe Sarah, ich befürchte, dafür bin ich zu alt. Grüßen Sie mir Ihre Eltern.«

»Mach ich, Herr Baier. Mach ich! Gehen Sie auch noch ins Badhaus?«

»Wohin?«

»Da trifft man sich. Also salvete, bis bald mal.« Sie winkte, schürzte ihre Röcke und eilte in langen energischen Schritten davon.

»Himmel!« Das kam aus Baiers tiefstem Seelengrund.

Gerhard und Baier folgten den Konzertbesucherinnen Richtung Ausgang zum Badhaus, einer Kneipe, deren Außensitzplätze komplett belegt waren. Gerhard organisierte ein Bier, und sie beobachteten. Die Fraktion der dämonischen Frauen war voll vertreten. Es dauerte eine Weile, bis die ersten Spielleute kamen. Sie hielten Hof, sie taxierten die Weiblichkeit. Eine Frau sendete hektisch eine SMS, und die kam augenscheinlich bei dem Oben-ohne-Trommler an.

»Sakrament, das Mädchen sitzt in Rufentfernung! Ja, geh halt hin, du Lapp!« Baier war nun wirklich fassungslos. Was bei ihm selten vorkam.

Der Trommler schrieb eine ganze Weile weiter SMS, bis er plötzlich aufstand und mit einer ganz anderen Frau wegging. Die SMS-Tante brach unmittelbar darauf in Tränen aus, eine wahre Flutwelle, die aus ihrer Schminke schwarze Flüsse machte.

»Himmel!« Baiers Seuchenblick hatte sich noch verstärkt. »Bloß weg hier. Schauen wir lieber in der Arena zu. Dann lieber ein Gaul.«

Der Gaul war einer der Schimmel, und er schien mit hohen Schritten zu tanzen. Ein Lichtspot folgte ihm durch die Arena. Pure Ästhetik, und selbst Gerhard, der mit Pferden nichts am Hut hatte, konnte sehen, dass Marco und das Pferd zu einer Einheit verschmolzen waren. Wie ein Zentaur. Marco bewegte sich auf das Arenator zu, das von Lichtreflexen umzuckt wurde, die sich im Nebel brachen. Diese verdammte Nebelmaschine, unangenehm drängte die Erinnerung heran. Gerhard ließ den Blick über das Tor schweifen, und plötzlich nahm er eine Bewegung oben in der Königsloge wahr. Eine Gestalt, die durch das Licht- und Schattenspiel mal aufflackerte und dann wieder verschwunden war. Gerhard kniff die Augen zusammen. Unruhe überfiel ihn. Was war das, da oben? Nun bewegte sich nichts mehr, nur die zuckenden Lichter. Gerade als er sich wieder Marcos Reitkunst zuwenden wollte, sah er es. Über die Balustrade der Königsloge schob sich etwas. Es züngelte gleichsam hervor aus dem Nebel. In dem Moment rannte Gerhard los, die Stufen hinunter, hinein in den Arenasand. Buhrufe kamen von den Rängen. Idiot, raus aus der Arena!

Gerhard sprintete weiter, auf das Pferd zu, das unter dem Tor piaffierte.

»Marco, vorwärts, raus unter dem Tor. Vorwärts!«

Marco sah ihn, zögerte eine Sekunde, dann schoss der Hengst

in einem gewaltigen Sprung nach vorne. Flog durch die Luft. Hinter ihm donnerte etwas zu Boden. Der Hengst scheute, sprang zur Seite, seine Nüstern waren geweitet. Die Leute auf den Rängen waren aufgesprungen, Stimmengewirr, Gekreische.

Plötzlich erlosch der Lichtspot, auch die bunten Lichter im Tor waren ausgegangen. Die Arena lag im Dunklen.

Von irgendwoher kam eine Mikrofonstimme: »Bitte bewahren Sie die Ruhe. Es ist nichts passiert. Es hat sich nur ein Balken gelöst.«

Die Stimme gehörte zu Baier. Gerhard drehte sich um. Sein Auge hatte sich an das diffuse Licht gewöhnt. Da war Marco neben dem Pferd, ging um das Tier herum, tastete seine Fesseln ab.

»Nichts passiert«, sagte er. Dann kam er auf Gerhard zu und gab ihm die Hand.

»Danke, Gerhard.«

Sie schauten beide zu Boden, dorthin wo ein gewaltiger Balken lag.

»Danke«, sagte Marco nochmals leise, und dann sprang er plötzlich in den Sattel. Galoppierte in die Mitte der Arena. Rief laut:

»Licht an.«

Der Spot suchte ihn, fand ihn, und Marco ließ das Pferd steigen. Dann schrie er hinaus: »Trauen Sie nie Ihren Augen, nie dem Sichtbaren, das Leben ist Show.« Es dauerte ein bisschen, bis Gerhard begriff. Marco tat so, als sei das alles geplant gewesen, Teil einer Showeinlage. Das Volk raste und tobte, applaudierte und trampelte. Gerhard drückte sich am Zaun entlang zur vorderen Treppe. Als er die hinaufstieg, klatschten einige in die Hände. »Super gemacht, ich dachte, das sei ein echter Unfall.«

Oben stand Baier und schaute Gerhard besorgt an.

»Alles klar?«

»Danke, dass Sie sofort reagiert haben.«

»Sah Sie rennen, Weinzirl. Dann hab ich den Balken bemerkt. Wusste gar nicht, dass Sie so gut zu Fuß sind.«

Von irgendwoher kam Jo gerannt, mit vor Schreck geweiteten Augen.

»Geht's dir gut? Gerhard, du hast Marco das Leben gerettet! Das war doch schon wieder ein Anschlag, oder?«

»Ja, verdammt! Und Marco, dieser wilde Hund, hat die Nerven, so zu reagieren. Wahnsinn!«

»Ja, bewunder du ihn auch noch, du Idiot.« Jo begann zu weinen und trommelte mit ihren Fäusten auf Gerhards Brust.

Er packte ihre Hände. »Ganz ruhig. Es ist nichts passiert.«

Baier schaltete sich ein.

»Frau Doktor Kennerknecht, in dem Fall muss ich Marco Cœur de Fer auch bewundern für seine Geistesgegenwart. Sie gibt uns Zeit, endlich rauszufinden, was hier los ist. Halten Sie sich an die Lesart, das wäre alles Show gewesen.«

Jo schluckte noch ein paar Tränen runter. Gerhard drückte sie an sich.

»Mädel, geh du zu den Journalisten, lass sie in dem Glauben, dass Marco der Meister der Inszenierung ist. Du machst das schon. Und wir werden bald wissen, wer hier Rittern nach dem Leben trachtet.« Er schob sie von sich weg. »Geh, des werd scho.«

Als Jo gegangen war, sagte Baier: »So, Weinzirl, ich muss jetzt mal austreten, und Sie besorgen sich ein Bier. Müssen erst mal runterkommen. Sie Held, Sie!«

Sie marschierten Richtung Badhaus, Baier klopfte ihm auf die Schulter und verschwand. Gerhard stand ein bisschen verloren vor dem Badhaus, als ihn jemand von hinten antippte. Anastasia-Kassandra!

»Gott zum Gruße, schöner Fremder, welch Anliegen führt Euch ins ferne Kaltenberg?«

»Mensch, Kassandra, ich versuche dich dauernd anzurufen! Wo steckst du denn?« Gerhard war überhaupt nicht bereit, auf ihren Mittelalter-Jargon einzugehen.

»In den Tagen des großen Festes, da mag kein Herold mich stören.«

»Kassandra. Jetzt lass den Scheiß. Warum gehst du nicht ans Telefon?«

»Ein Telefon? Holder Fremder, von welch fremden Welten magst du sprechen? Willst du ein armes Mägdelein in die Irre führen?«

»Kassandra. Red wie ein normaler Mensch! Telefon! Handy. Du gehst nie dran. Warum?« Gerhard wurde allmählich wirklich sauer, auch weil ihm die Ereignisse der letzten Stunde noch in den

Knochen saßen. Sie schien überhaupt nichts davon mitbekommen zu haben, was in der Arena passiert war. Auch gut!

Sie seufzte. »Weil es im Mittelalter kein solches gab, du Banause. Weil ich es genieße, mal drei Wochen ungestört zu sein. Weil ich eine kleine Auszeit genommen habe. Weil keiner zu mir durchdringt.« Sie sagte das so, als wäre das völlig normal.

»Ich bin aber nicht einfach keiner oder irgendeiner.« Das war ihm so rausgerutscht.

»Das stimmt«, sagte sie sehr leise und nahm ihn bei der Hand. Zog ihn vom Badhaus fort, weg vom Licht und von den Stimmen, bis in das Wäldchen, wo der Stand ihrer Freundin Sybille lag. Sie schob ihn hinter einen Vorhang und küsste ihn. Ihre kühlen Finger schoben sich unter sein T-Shirt, hinauf zu seinen Brustwarzen. Bevor er Kassandra kennen gelernt hatte, hatte er nicht gewusst, dass seine Brustwarzen so empfindlich waren. Es lag an Kassandras Sonderbehandlung, ihren sanften Händen. Das herauszufinden hatte er immerhin fast vierzig Jahre werden müssen. Sie nestelte an seinem Gürtel, seinem Knopf.

»Wir können doch nicht hier …«

»Psst.« Sie legte ihm einen Finger auf die Lippen und leckte ganz sachte sein Ohr.

Tausend Ameisen liefen über seinen Körper, sie drückte ihn auf einen kleinen Schemel und setzte sich langsam auf seinen Schoß. Quälend langsam, während ihr Mund noch immer an seinem Ohr spielte und aus den tausend Ameisen Millionen wurden.

»Beweg dich nicht«, flüsterte er. Woran sie sich natürlich nicht hielt.

Er stöhnte auf, immer lauter, bis sie ihm den Mund zuhielt. Sie ihm! Irgendwie war das eine verkehrte Welt, alles vertauscht – und das gefiel ihm.

»Nein, du bist nicht irgendeiner, sonst hat keiner Einlass in die Kemenate der tausend Kreuze«, flüsterte sie schließlich, als sie sich wieder von ihm gelöst hatte.

»Keine Minnesänger, Spielleute oder Ritter? Holdes Fräulein, man hört, man müsse einen solchen ergattern.« So ganz gelang ihm das nicht mit der höfischen Sprechweise.

Kassandra küsste nochmals seine Brustwarzen.

»Teuerster Freund, was ist ein Ritter gegen die Macht dessen, der uns schützt vor dem Bösen?« Dann lachte sie und fragte ganz neuzeitlich: »He, bist du eifersüchtig?«

Und noch viel neuzeitlicher und ziemlich profan warf sie ihm ein Päckchen Tempos zu. Gerhard begann, sich wieder anzuziehen, und sie schlüpften beide aus dem Stand heraus. Vor dem Eingang zu ihrer »Kemenate« umarmte er sie nochmals.

»Gehst du mal wieder an dein Telefon?«

Sie nickte lächelnd. »Bald.«

Als sie beide wieder vor dem Badhaus auftauchten, schaute Baier ihn scharf an, dann Kassandra.

»Hätt ich mir ja denken können, dass Sie auch hier rumgeistern.« Aber er sagte das mit viel Wohlwollen in der Stimme.

»Des Lebens Wege sind oft verschlungen, führen oft an Orte ohne Wiederkehr.«

»Herrschaft Zeiten, Frau Kassandra. Kehren Sie bloß wieder. Der Kollege ist ja jetzt schon völlig aus dem Tritt.« Er zwinkerte ihr zu. »Und gehen Sie trotz Mittelalter mal ans Handy.«

Gerhard hatte das Gefühl, er würde rot. Baier hatte natürlich gemerkt, dass er immer mal wieder verstohlen und hektisch sein Handy gezückt hatte. Himmel, war das peinlich. Und unwirklich. Er schmeckte noch ihren Schweiß auf den Lippen und stand hier neben Baier. Es waren gerade mal zehn Minuten vergangen. Ein Mittelalter-Quickie? Er wurde wahrscheinlich wirklich rot.

Als sie später im Auto saßen und Gerhard kerzengerade nach vorne starrte und den konzentrierten Fahrer gab, sagte Baier auf einmal: »Ist keine Schande. Mag das Weib. Anders als andere Weiber. Passt zu Ihnen, weil sie gar nicht zu Ihnen passt.« Das hatte er doch schon mal gehört! Ohne Überleitung fuhr Baier fort: »Hab mit Cœur de Fer geredet, er war ziemlich betroffen. Hat kapiert, dass es ernst ist. Sagt alle Trainings ab. Aber bis zum Wochenende müssen wir den Havelka gefasst haben.«

Gerhard setzte Baier in der Lienhardtstraße ab und fuhr langsam nach Hause. Baier war sich also sicher, dass es Havelka sein musste. Er schlief himmlisch gut, Heldentum machte eben müde, Kassandra auch.

Am nächsten Morgen betrat er gerade das Büro, als Evi anrief und von Havelka berichtete. Sie hatten ganze Arbeit geleistet da in Südmähren. Leute befragt, Fahrten gecheckt, Havelka verhört – und eine Reihe von unabhängigen Zeugen aufgetan, die seine Aussagen bestätigt hatten. Er war selbst an der Tankstelle und beim Pickerlkauf gewesen. Seine Fingerabdrücke auf dem Stativ hatte er auch erklärt. Als er die Lanzen angeliefert hatte, hatte Lepaysan mit seinem ganzen Equipment mitten im Weg gestanden. Da hatte er das Stativ zur Seite gestellt. So einfach und so frustrierend! Evi wollte mittags zurückfliegen und redete es Baier mit Engelszungen aus, sie wieder abzuholen. Sie würde den Zug nehmen.

»Verdammt!« Das kam bei Baier aus vollem Herzen. »Verdammt und zugenäht. Fangen wieder von vorne an.«

»Wir müssen etwas übersehen haben!«, rief Gerhard.

»Aber was?«

»Bitte jetzt nicht noch eine Festplatte. Der Gag ist jetzt wirklich ausgereizt«, stöhnte Gerhard.

»Nein, aber wir müssen diese ganzen Bilder nochmals ansehen. Oder fällt Ihnen was Besseres ein, Weinzirl?«

Gerhard schüttelte den Kopf. Ein Fall, in dem es an Verdächtigen nur so gewimmelt hatte. Und alle hatten Alibis. Aber Gerhard war wild entschlossen, diesen Fall zu lösen. Vor allem, weil er selbst betroffen war. Er fühlte eine Unruhe, eine vage Ahnung, dass er einen ganz massiven Denkfehler begangen hatte. Dass die Lösung ganz woanders lag. Nun mussten sie nur auf Evi warten. Die mit den Computerzauberhänden. Der andere Computerzauberer Felix Steigenberger war nämlich auf Fortbildung. Zum Thema Spurensicherung und Computeranalyse. Na toll!

Evi kam um vier und hatte für Baier und Gerhard einen hochprozentigen Schnaps mit einem dubiosen Etikett dabei. »Brennt der Kollege selbst. Schmeckt ausgezeichnet. Bisschen stark vielleicht.«

Evi, Evi! Erst Ouzo bei Toni und jetzt tschechische Blindmacher, dachte Gerhard und grinste.

»Na, war er hübsch, der tschechische Kollege?«

»Natürlich. Diese Ostmänner mit den slawisch hohen Wangenknochen und den schönen Augen.« Sie kniff ihn in die Backe. »Da kann so ein Backi wie du mit kleinen Schweinsäuglein nicht mithalten. Okay, und was ist jetzt zu tun?«

»Eine erneute Vorführung von Bildern, Frau Straßgütl?«

Dass Baier auch noch lachte, war echt gemein, fand Gerhard.

»Sicher, wenn ihr glaubt, das bringt was.«

Also starrten sie auf den Bildschirm. Aber da war nichts. Nichts, was sie nicht schon Hunderte von Malen gesehen hätten. Evi zoomte die Bilder aus, sie vergrößerte und zog immer neue Ausschnitte. Sie starrten auf den Bildschirm. Da kam die Sequenz mit Simon Söll. Evi zoomte sein Gesicht heran, das von Marco. Ein Container im Hintergrund kam dadurch näher.

»Stopp!«, schrie Gerhard und malträtierte mit einem spitzen Bleistift den Computermonitor. »Da! Was ist das?«

Evi zauberte. Aus dem Punkt wurde eine Gestalt. Ein Mann, ein recht großer schlanker Mann. Er schien mit etwas zu hantieren. Um was es sich handelte, war allerdings nicht zu sehen, weil seine Hände im Schatten lagen. Auf den ersten Blick schien das der Tscheche Havelka zu sein. Bitte nicht schon wieder.

»Weiter! Das nächste Bild!« Gerhard stieß mit der Nase fast an den Schirm.

Das Bild war ähnlich. Eine Gestalt. Nicht zu erkennen. Numero vier, dasselbe. Und dann, das fünfte Bild. Der Mann sah direkt in die Kamera.

»Deutlicher! Evi, das muss deutlicher gehen!« Gerhard war aufgesprungen.

Evi tat ihr Bestes. Es wurde deutlicher. Gerhard starrte auf den Bildschirm, sank wieder auf den Stuhl. Das gab's doch nicht!

»Gerhard?«

»Ich weiß, wer das ist.«

»Ich auch«, sagte Baier.

»Ja wer denn, wenn die Herren so freundlich wären …«

»Das ist Hubert Holzer. Er steht eindeutig im Lanzencontainer!«, rief Gerhard.

»Und wer ist Hubert Holzer? Hallo, ich bin auch noch da!«, rief Evi.

»Hubert Holzer ist der Spengler. Er kümmert sich um die Verlegung aller Wasserleitungen, er ist eine Art Faktotum. Ein netter älterer Herr.«

Evi hatte die Augen zusammengekniffen. »Ja gut, aber man sieht definitiv nicht, ob er was manipuliert!«

»Wie hat der kluge Kollege Baier gesagt? Was, wenn er nur annehmen musste, er sei dabei aufgenommen worden? So war das doch, Herr Baier?« Gerhard lief hektisch im Raum auf und ab.

»Setz dich, du machst mich ja ganz kirre! Beruhige dich! Warum sollte dieser nette ältere Herr den Rittern und dir ans Leben wollen?«, fragte Evi.

»Keine Ahnung! Aber weißt du was? Er sieht dem Havelka recht ähnlich. Antonia Gröbl hat beteuert, Havelka hätte es sein können. Die beiden sind etwa gleich alt, schlank, groß …« Gerhard hatte schon zum Telefonhörer gegriffen und in Garmisch angerufen. Antonia Gröbl war leider nicht da, sie hatte Mittwochnachmittag frei. »Mikta isch Baurasonndäg«, besagte ein schönes Allgäuer Wort. Und Bauernsonntag war in Bayern auch. Er erhielt die Handynummer von Antonia Gröbl. Auch da Funkstille. Keine Mailbox. Aber es war nur eine Frage der Zeit, die gute Antonia aufzutreiben.

Evi hatte Gerhard aufmerksam beobachtet. »Du hast diesen Blick auf. Diesen Killerblick.«

Zum ersten Mal spürte er, dass sich etwas bewegen würde. Er konnte das nicht begründen.

»Was wissen wir über Hubert Holzer?« Und er beantwortete sich die Frage selbst. »Dass er der Geländespengler ist. Ein netter Mann. Er war stets hilfsbereit und hat uns Spuren geliefert. Er hat mir erzählt, dass Juckie Verbier gesehen worden ist. Er hat den Lanzenmacher ins Blickfeld gerückt. Er.«

»Aber bitte, was sollte er für ein Motiv haben?«, fragte Evi.

»Lassen wir das mal außen vor. Klären wir erst, ob er an den fraglichen Tagen, als die diversen kleinen Anschläge stattfanden, da war«, sagte Baier.

»Zumindest was mich betrifft, war er da. Und gestern war er auch da«, sagte Gerhard.

»Allerdings. Die anderen Tage klären Sie auch, Weinzirl. Rufen Sie Frau Kennerknecht an. Und wir, Frau Straßgütl und ich, holen mal ein paar Infos in Rottenbuch ein.«

Evi stutzte. »Ist das nicht sehr merkwürdig, dass einer in Rottenbuch wohnt und in Kaltenberg den Geländespengler gibt? Da werden doch wohl Spengler in der Nähe existieren, oder?«

»Der Mann ist meines Wissens Rentner. Jo hat mir erzählt, er hätte vor vielen Jahren den Job schon mal innegehabt, dann lange pausiert und sich jetzt wieder beworben. Um seine Rente aufzubessern.«

»Vielleicht weil es sich fadisiert hat in der Rente.«

Baier schaute grimmig. Wahrscheinlich dachte er an seine eigene bevorstehende Pensionierung. Baier wäre es ohne seinen Job wahrscheinlich auch unerträglich langweilig.

Die drei Ermittler verteilten sich auf die Schreibtische. Baier und Gerhard hockten vor ihren Telefonen, Evi am Computer. Eine Stunde später trugen sie Ergebnisse zusammen. Jo hatte in Kaltenberg für Gerhard nachgehakt. Hubert Holzer war bis 1985 Spengler in Kaltenberg gewesen, ein Nebenjob, den er seit dem ersten Turnier 1980 innegehabt hatte. Damals hatte Holzer in Weil ganz in der Nähe von Kaltenberg gelebt. Er hatte dort eine Spenglerei gehabt.

»Jo sagt, man erzähle sich, dass das so eine Art soziales Projekt vonseiten der Kaltenberger gewesen sei. Holzers Frau muss kurz vorher an Krebs gestorben sein. Er sollte abgelenkt werden, eine Aufgabe bekommen. Er muss dann später weggezogen sein, sagt Jo.«

»Ja, das wissen wir inzwischen«, sagte Baier. »Hubert Holzer ist 1989 nach Rottenbuch umgezogen. Hat dort wieder eine kleine Spenglerei eröffnet. Er und seine Enkelin Stephanie gelten als besonders nette Mitbürger. Er ist sehr engagiert in diversen Gremien, im Tourismusverband, hat bis zu seiner Pensionierung auch immer Kindergartenkindern und Schulklassen erklärt, was ein Spengler so treibt. Seine Enkelin Steffi war in Garmisch auf dem Gymnasium St. Irmengard und hat im Mai Abitur mit 1,2 gemacht und deshalb auch von der Schule und vom Bürgermeister einen Preis bekommen. Da gibt's auch Artikel aus den Schongauer Nachrichten und dem Kreisboten. Sah gar nicht aus wie 'ne Streberin«, fügte er noch hinzu.

»Ist sie auch nicht. Ich kenne Steffi Holzer, sie ist Jos Assistentin in Kaltenberg. Sehr apartes und sympathisches Mädchen«, sagte Gerhard.

Baier schnaufte tief. »Gut, und was wissen wir über die sonstigen Vorfälle in Kaltenberg? Hat Frau Kennerknecht da was rausgefunden?«

»Ja.«

»Herrschaft Zeiten. Haben Sie die Ich-lass-es-mir-aus-der-Nase-ziehen-Krankheit? War Holzer an dem Tag da, wo die Ritter gekotzt haben?«

»Ja, Jo hat Hugo gefragt. Der ist sich ganz sicher. Holzer hat ihnen zusammen mit dem Chef des Bräustüberl das Tablett gebracht.«

»Herrschaft Zeiten!«

»Kann Zufall sein!«, sagte Evi.

»Und als der Gaul, dieser Stunt-Zosse, verschwunden ist?«

»War er auf jeden Fall auf dem Gelände oder eben nicht. Er war über Piepser eine Weile nicht erreichbar, weil er Material in einem Baumarkt holen musste.«

»Herrschaft Zeiten. Zufall, Frau Straßgütl?«

»Beweist auch nichts, aber ich hätte auch noch was beizutragen. Ich weiß, wer den Ritter verprügelt hat. Das war vor dem Hotel in Weil. Die Wirtin war sich ganz sicher, weil ihr Mann dazwischengegangen ist. Jedenfalls waren das ein Max Veit und ein Benno Dietrich. Und wisst ihr was? Der eine war mal Lehrling bei Hubert Holzer, der andere hat sein Geschäft übernommen, als er 1989 weggezogen ist.«

»Interessant, Herrschaft Zeiten! Warum prügeln Holzers ehemalige Mitarbeiter einen Ritter grün und blau?«

»Es war irgendwas mit Eifersucht«, sagte Gerhard. »Der Ritter hat wohl einer Freundin von Veit oder Dietrich schöne Augen gemacht. Bleibt die Frage: Was hat das alles mit Holzer zu tun? Warum sollte er die Lanzen präpariert haben? Er war bei all den kleinen Unfällen vor Ort. Gut, aber das ist ja auch völlig normal, dass der Geländespengler in der heißen Vorbereitungsphase vor Ort ist, oder?«

»Ja. Und wenn wir mal ganz ehrlich sind, selbst wenn wir ein Motiv hätten, haben wir doch nichts in der Hand. Holzer war da, ist aber keinem der Unfälle wirklich zuzuordnen. Er war im Lanzencontainer, aber auf dem Bild ist nichts zu sehen. Was für ein vages Konstrukt! Alles basiert nur auf Annahmen.«

»Wir haben eine Chance: Antonia Gröbl muss Holzer auf dem Bild erkennen. Und sagen, dass das der Mann vor der Bräuwastlhalle war.«

»Selbst dann! Damit kommen wir nie durch. Mitten in der Nacht, nach einem langen Arbeitstag will eine junge Frau in völliger Dunkelheit einen Mann erkennen. Jeder gute Anwalt zerreißt so was in der Luft«, schimpfte Evi, die mal wieder die Rolle der Schwarzseherin übernommen hatte.

»Kollegen, was reden wir über ungelegte Eier! Herrschaft Zeiten, langsame Schritte bringen einen zum Gipfel. Erstens: Ich will ein Motiv. Zweitens: Es zählt nicht, was wir wissen und beweisen können. Es zählt, was Holzer glaubt, was wir wissen und beweisen können. So«, er erhob sich schwerfällig. »Ich geh jetzt. Es ist jetzt zweiundzwanzig Uhr. Wir sind alle platt. Rufen Sie die Gröbl weiter an, Frau Straßgütl. Wenn Sie irgendwas haben, melden Sie sich sofort. Tag und Nacht. Ansonsten sehen wir uns morgen um acht.«

Es war halb acht, als sie sich alle trafen. Evi wirkte erhitzt. »Ich habe es bis zwei Uhr nachts probiert, dann bin ich eingeschlafen. Entschuldigung, ich …«

»Der Schlaf der Gerechten steht uns zu«, unterbrach Baier sie. »Aber ich hab sie auch heute früh erreicht«, sagte Evi. »Sie ließ es sich nicht nehmen, gleich zu kommen.« Sie sah auf die Uhr. »Sie müsste gleich da sein.«

»Na, da wird sich der Kollege Weinzirl aber freuen.« Baiers dummer Spruch kam gerade richtig in der gedrückten Stimmung.

Antonia Gröbl kam tatsächlich zehn Minuten später. Ihre Sieben-Achtel-Jeans war so was von eng und der weiße grobmaschige Baumwollpulli so was von weiß auf ihrer schwarzen Haut und so was von durchsichtig, dass die beiden Herren zu erblinden drohten. Baier zwinkerte irritiert. Gerhard versuchte, seinen Blick auf etwas Neutrales zu richten. Stuhl, Schrank, Computer.

»Griaß Gott, beianand.« Sie war frohgemut und stimmgewaltig wie immer. Es war Evi, die ihr das stark vergrößerte Foto von Holzer vorlegte.

»Könnte das der Mann sein, den Sie vor der Bräuwastlhalle gesehen haben?«

Sie schaute Evi überrascht an. »Ja. Tatsächlich. Des könnt er sein«

»Könnte?«

»Ja, könnte. Nicht hundertprozentig, es war ja dunkel, und das ist ein ganz schön schlechtes Bild. Aber er könnte es sein. Doch!« Und wieder konnte Antonia Gröbl Hochdeutsch, so was von akzentfreiem Hochdeutsch.

Baier versuchte, seine vorübergehende Sehschwäche zu überwinden und ihr starr ins Gesicht statt auf die nicht unerhebliche, unzureichend bedeckte Oberweite zu sehen. Was schwierig war, denn auf höheren Absätzen war sie eben genau so viel größer, dass Baier bei lockerem Geradeausblick unwillkürlich dort landete, wo die Maschen wenig verbargen. Er bedankte sich für die Kooperation, und als sie ging, schaffte sie es, seitlich so an Gerhard vorbeizuschlüpfen, dass ihr Strickmuster samt Inhalt seinen Arm berührten.

»Pfüa Gott, Herr Kommissar.« Sie winkte Evi zu und stöckelte hinaus.

»So ein Luder!« Evi lachte lauthals.

»Pfft.« Gerhard atmete tief durch.

»Pass auf, die frisst dich mit Haut und Haar.«

»Ich hoffe, es kommt nicht dazu. Also, sie meint, es war Holzer.«

»Meint sie. Wie Frau Straßgütl ja schon mal gesagt hat: Diese Zeugenaussagen sind nichts wert. Wir haben nichts. Nur Spekulationen. Wissen wir denn, ob Holzer Lepaysan überhaupt kannte?«

»Das könnte Jo wissen.«

»Na, dann mal wieder auf zu den Irren des falschen Mittelalters.« Baier klang alles andere als erfreut.

»Da ist heute Abend Gauklernacht«, warf Evi ein. »Hab ich im Internet gelesen.

»Was für ein Ding?«

»Gauklernacht. Kein Turnier, dafür eben Gaukler aller Art. Feuerschlucker und so.«

»Herr, steh mir bei! Es gibt nur einen Grund, weswegen ich mir das nochmals antu. Das Bier ist eines der besten in Bayern.« Baier war aufgestanden. »Holzer wird ja wohl auch da sein, oder?«

»Nehm ich an.«

»Gut, Abfahrt um vier.«

Baier fuhr und gab diesmal Evi eine kleine Einführung in die Gegend. Angefangen damit, wo Gerhard im Wald hinter den einsamen Säulen hauste, weiter mit dem Zellsee und Wessobrunn mit seinem Kloster.

»753 gegründet, Frau Straßgütl. Der Bayernherzog Tassilo war müde und durstig von der Jagd, pennte unter einer Linde ein, träumte von 'nem Engel, der vom Himmel herabstieg und Wasser schöpfte. Der Herzog wachte auf, hörte Wasser rauschen, ließ seinen Begleiter Wezzo suchen. Und patsch, da war die Quelle – Wezzofontanum. Gründete ein Kloster, die Linde gibt's heute noch, die Quelle auch. Müssen Sie sich mal ansehen, Frau Straßgütl, sehr schöne Anlage, das Ganze. Dem Weinzirl empfehl ich so was schon gar nicht mehr.«

»Mach ich gerne.«

Evi streckte Gerhard die Zunge raus, der lieber aus dem Fenster sah, anstatt sein Kulturbanausentum zu verteidigen. Sie fuhren wieder durch Rott, und mehr noch als bei den letzten Malen hatte er das Gefühl, dass hier endgültig der schmucke Alpenrand zu Ende war. Dieses riesige Freiluftmuseum. Aber seine Bewohner mordeten auch, waren korrupt, verschlagen, betrogen und logen. Obwohl sich das in dieser opulenten Landschaft mit einer Märchenburg wie Neuschwanstein oder dem Stein gewordenen Kitsch eines Schlosses Linderhof gar nicht vertrug. Man musste wahrscheinlich wirklich Wagner spielen vor dieser Bühnenkulisse. Was im Radio kam, war mal wieder Falco. Irgendein Musikredakteur auf Antenne Bayern hatte anscheinend gerade seine Falco-Phase. »Muss ich denn sterben, um zu leben.«

Kaltenberg

In Kaltenberg steppte bereits der Bär. Die Parkplatzwiesen quollen jetzt schon über. Die Kommissare mussten ein gutes Stück gehen. Vorbei an Autos und Zelten, das Parkareal war ein riesiger inoffizieller Zeltplatz, auf dem die Jünger und Jüngerinnen des Mittelalters campierten. Nicht auf Fellen, sondern in Salewa-Schlafsäcken. Von überall her dröhnte Musik, jaulten die Dudelsäcke.

»Schon wieder die verlausten Raben«, polterte Baier.

»Also, das Stück ist von ›Des Teufels Lockvögel‹«, sagte Evi ganz cool, und weil Gerhard arg dümmlich dreinsah, fügte sie hinzu: »Ich nehme teil an der Welt, ich bin ja nicht so verdruckt wie du sturer Allgäuer. Was der Bauer nicht kennt, hört er nicht, gelle! Kennst du den Spruch? Schichte fünfunddreißig Allgäuer übereinander. Der unterste ist genauso verdruckt wie der oberste.«

Das Geplänkel fand ein jähes Ende, weil ihnen Jo im Tor entgegenkam. Sie umarmte Evi, die beiden ließen sich gar nicht mehr los. Gerhard verspürte das eigentümliche Gefühl, das er jedes Mal hatte, wenn er sie zusammen sah. Es war doch aber auch merkwürdig, dass zwei Frauen, mit denen er mal was gehabt hatte, sich jetzt hier abknutschten.

Nachdem Jo Baier die Hand gegeben und Gerhard einen züchtigen Kuss auf die Wange gedrückt hatte, gingen sie im Strom der Menschen weiter.

»Jo, das ist jetzt sehr wichtig. Kennt Hubert Holzer den Fotografen Lepaysan? Hat er ihn hier mal getroffen?«

Jo überlegte. »Ich bin mal am Zaun der Arena gestanden. Mit Lepaysan. Er hat sich wichtig gemacht. Ich hab ihn ziemlich auflaufen lassen. Holzer hat das mitbekommen und ihn als Granatenarschloch bezeichnet. Wir haben dann ein bisschen über ihn gelästert, als er weg war. So auf die launige Art und Weise. Was das denn für ein unangenehmer Typ sei. Ich kann mich gut erinnern, dass Holzer dieses Fotoshooting auch ganz grauenhaft fand.«

»Was habt ihr noch geredet? Hat er nach Lepaysan genauer gefragt? Jo, das ist wirklich wichtig! Sehr wichtig! Erinnere dich, was hast du ihm gesagt?«

Jo dachte nach. »Ich glaube, er hat mich nach seinem Namen gefragt, und ich habe ihm gesagt, der Typ hieße Lutz Lepaysan.«

»Sonst noch was? Was hast du noch erzählt?«

»Dass er aus Seeshaupt sei.«

»Warum hast du ihm das denn gesagt?«, fragte Gerhard.

»Weil Holzer wieder sehr launig meinte, dass der für einen Franzosen ziemlich boarisch reden würde. Und ich habe dann gesagt, er komme aus Seeshaupt und dass er wohl gar kein Franzose sei. Nur sehr gut Französisch spreche. Ich hatte ja seine Anfrage mit Kontaktdaten zu bearbeiten. Wir haben dann noch gemutmaßt, dass er einen Künstlernamen hat.«

»Ja, den hatte er. Er hieß mal Ludwig Bauer«, sagte Gerhard düster.

»Gerhard, was soll das alles? Warum interessiert dich Holzer? Er hat doch nichts mit dem Mord zu tun.« Sie brach ab und starrte ihn an. »Gerhard! Was sollte Holzer für einen Grund haben?«

»Gute Frage. Die ich dir hier und jetzt nicht beantworten kann. Und ich muss dich auch warnen, Jo. Wenn etwas von unserem Gespräch zu Steffi oder Holzer dringt, bin ich fertig mit dir.«

Das klang so hart, dass Jo zusammenzuckte.

»Aber Holzer, er hat doch keinen Grund. Er liebt Kaltenberg.« Sie schrie fast.

»Jo, es ist unser Job, das zu klären. Wir müssen mit Steffi Holzer reden. Ist sie da?«

»Ja. Aber bitte geht behutsam vor. Bitte! Sie ist so ein liebes Mädchen. Ich kann das einfach nicht glauben, dass Holzer etwas mit den Vorgängen zu tun haben soll. Warum, Gerhard, Evi, Herr Baier! Warum?«

»Liebe Frau Dr. Kennerknecht. Bitte lassen Sie uns unsere Arbeit machen. Ich verspreche Ihnen, Sie sofort zu informieren, wenn wir das können und dürfen.« Baier konnte manchmal ganz sanft sein. Fast hypnotisch. »Sagen Sie, ist Herr Holzer auch da?«

Jo schüttelte den Kopf. »Nein, im Prinzip sind ja alle Installationen abgeschlossen. Er hätte als Zuschauer natürlich kommen können, aber Steffi hat mir erzählt, dass er zu Hause in Rottenbuch irgendwas Ehrenamtliches in einem Tourismusgremium macht. Steffi hab ich vorher gesehen. Es gab Probleme mit einem

Mitarbeiter. Der scheint etwas ausgerastet zu sein. Steffi hat irgendwie einen Draht zu ihm. Sie beruhigt ihn gerade. Steffi ist ein wunderbares Mädchen. Gerhard, es kann einfach nicht sein, dass Holzer etwas mit den Anschlägen zu tun hat.«

Es war wieder Baier, der antwortete. »Wir gehen nicht leichtfertig vor, Frau Dr. Kennerknecht. Wo ist nun Steffi?«

»An einer der Treppen zur Arena.«

Steffi stand neben einem jungen Mann. Er war Ordner und trug ein Baseball-Käppi, und er heulte. Was Gerhard doch sehr befremdete.

»Es ist so schlimm, das mit dem Ritter. Steffi-i-i. Ich will freihaben.«

Steffi beruhigte ihn. »Ja, ist ja gut. Geh nach Hause. Alles okay.«

Mit zuckenden Schultern ging er ab.

»Was war das denn?«, fragte Gerhard die hübsche Steffi, die recht südländisch wirkte. Zart und apart.

»Ach, der tickt nicht richtig! Schwer depressiv, der Typ.« Sie zuckte mit den Schultern.

»Und Sie sind sicher, dass so einer hier am richtigen Platz ist?«

»Ach wissen Sie, als Ordner tut's der schon, und wenn das Turnier erst am Laufen ist, dann interessiert es uns nicht mehr so sehr, ob jemand ohne Karte reinkommt. Bis dahin hält er depressionsfrei durch.«

»Sie sind bemerkenswert abgeklärt für eine junge Dame Ihres Alters, Fräulein …?« Baier gab ihr die Hand und stellte sich und Evi vor.

»Fräulein ist Klasse, Sie reden ja wie mein Opa. Aber ich darf mich Ihnen auch vorstellen. Steffi Holzer, Assistentin der Pressesprecherin. Eigentlich Assistentin von allen. Der Herr Weinzirl kennt mich ja schon. Kommen Sie heute mit großem Aufgebot?«

Baier machte eine wegwerfende Handbewegung, und Evi fiel etwas Rettendes ein.

»Gauklernacht, das haben wir zum Anlass genommen, auch mal zu kommen. Das soll ja ganz toll sein.«

»Ja, eine wunderbare Atmosphäre.«

Gerhard lächelte Steffi an. »Jo spricht in den höchsten Tönen von Ihnen. Von Ihrem Opa auch, ich habe ihn kurz kennen gelernt.«

»Ja? Er ist die Seele von Kaltenberg. Er ist genial.«

»Das hört man von Ihnen auch. Wie gesagt: Jo hält große Stücke auf Sie.«

»Ach was! Ich versuche nur mein Bestes. Jo ist toll. Von ihr kann ich viel lernen. Ich arbeite hier, das gilt auch ganz offiziell als Praktikum in der PR. Letztes Jahr hatte ich mich schon beworben, da hab ich Karten abgerissen. Aber heuer hat's geklappt. Ich will BWL mit Schwerpunkt Marketing und Tourismus in Kempten studieren.«

»Oh, in Kempten. Ich bin auch aus Kempten.«

»Hört man.«

»Ja, mir schwätzet allat ... Und ich dachte, ich hätte mich sprachlich zivilisiert«, sagte Gerhard.

»Hat er nicht!«, brummte Baier.

»Oh, keine Sorge, ich finde, das klingt ganz charmant.«

»Also Steffi, entschuldigen Sie die Störung. Aber wir ermitteln immer noch wegen des Anschlags gegen den Ritter.«

Sie nickte.

»Was Sie nicht wissen: Der Anschlag steht wahrscheinlich in Zusammenhang mit einem Mord an einem Fotografen, den Sie hier auch mal gesehen haben dürften. Lutz Lepaysan.«

»Mord?« Sie riss ihre schönen dunklen Augen auf.

»Ja, Steffi. Haben Sie Lepaysan gekannt?«, fragte Gerhard.

»Der mit den Models? Mit den Schundkalendern?«

In zwei Dingen war sich die holde Weiblichkeit in Kaltenberg immer einig: in der Verachtung für Lepaysan und der Bewunderung für die Ritter. Offiziell für die Pferde.

»Ja, der. Er wurde ermordet. In Peißenberg.«

»Echt in Peißenberg? Da kaufen wir meistens ein. Ist ja nicht so weit über Böbing.« Sie schaute Gerhard immer noch mit großen Augen an. Dann fiel ihr noch was ein. »Ach so, wir wohnen in Rottenbuch. Deshalb kenne ich Peißenberg.«

»Ach was, Rottenbuch, hübsche Gegend«, sagte Gerhard und kam sich so was von hinterhältig vor. Als ob er das mit Rottenbuch nicht gewusst hätte.

»Na ja, bisschen langweilig«, meinte sie. »Aber Sie sind ja wegen des Anschlags da. Und was hat der jetzt mit dem komischen Fotografen zu tun? Und mit mir?«

Gerhard versuchte, seiner Stimme einen verschwörerischen Klang zu geben. »Sie kriegen doch viel mit. Sie waren letztes Jahr auch schon da im Unterschied zu Jo. Sie kennen die Teilnehmer länger. Ihnen könnte etwas aufgefallen sein?«

Sie musterte ihn ganz genau. Ihm war klar, dass sie den billigen Trick durchschaute. Sie war wohl keine, die auf Schmeicheleien ansprach. Aber sie war höflich. Also antwortete sie freundlich und ausführlich.

»Nein, mir ist nichts aufgefallen. Und was heißt schon kennen? Wir rotieren derart im PR-Büro, dass ich gar nicht so viel auf dem Gelände bin. Ich hab genug hinter den Kulissen zu tun. Aber ich habe natürlich wie alle hier nachgedacht, wie so etwas Schreckliches passieren konnte. Wir haben das nie geglaubt, dass das ein Unfall war. Der arme Jacques. Gott sei Dank hat es Cedric nicht erwischt.« Sie fügte ganz schnell hinzu: »Oder Hugo oder Marco.«

Zu schnell, wie Gerhard fand. »Wieso gerade Cedric?«

»Na, weil er doch der Gute ist. Und die anderen die Hauptrollen haben. Wer sollte denn den Schwarzen Ritter spielen, wenn nicht Hugo? Also damit will ich jetzt nicht sagen, dass ich Jacques das wünsche. Oder ihn nicht mag.«

»Aber Cedric mögen Sie lieber?«

»Ja, nein, ich finde alle Ritter toll. Und …«

Gerhard wusste, was jetzt kommen würde: Eine Lobeshymne auf die Pferde.

»… die Pferde sind so schön. Einfach faszinierend! Haben Sie das Turnier denn nicht gesehen?«

»Jeder, nein, jede fragt mich das! Ja, ich habe es gesehen. Toll, wirklich!«

»Sie sind nicht so echt überzeugt?«, fragte sie lächelnd.

»Ich bin ein zynischer Polizist. Klar ist das Turnier faszinierend, aber ich habe ein bisschen den Eindruck, dass entweder Frauen hier Ritter anschmachten oder männliche Psychopathen umgehen. In Strumpfhosen, als große Schweiger, in Bärenfellen, auf Stelzen dozierend. Alles Leute, die im normalen Leben wohl eher im Keller versteckt werden?«

»Ich verstehe Sie schon. Ein Großteil meiner Freunde sagt, ich spinne. Es gibt nur Kaltenberg-Addicts oder solche, die das alles hier kalt lässt. Die kommen einmal, finden das Turnier sicher gut, und das war's. Sie haben's einmal gesehen und sind damit ganz zufrieden.«

»Und Sie und viele andere haben sich ein Kaltenberg-Virus eingefangen? So virulent wie die Vogelgrippe?«

»Ja!« Sie strahlte.

»Und ein Ritter-Virus!«, schickte Gerhard hinterher und war sich fast sicher, dass es Steffi gewesen war, die sich in der Räuberhöhle knutschend in einem dunklen Eck herumgedrückt hatte. Der Typ war blond gewesen. Klein, muskulös, tätowiert. Sicher Cedric, der Gute.

Sie lächelte wieder freundlich und sagte ganz unverbindlich: »Ohne Ritter kein Turnier.«

»Wie kamen Sie überhaupt drauf? Ich meine, hier zu arbeiten?«, fragte Baier.

»Na, über Opa. Ich habe unseren Speicher umgeräumt und dabei alte Fotos gefunden. Von, von …« Ihr offener Blick wurde kurz überschattet. »Na jedenfalls waren da auch Bilder von Kaltenberg dabei.«

»Aus jener Zeit, als er zum ersten Mal in Kaltenberg gearbeitet hat?«, fragte Gerhard.

»Warum fragen Sie, wenn Sie das sowieso wissen?« Nun klang sie ein wenig unwirsch.

Gerhard schwieg.

»Ja, er war von Anfang an dabei. Damals war es eine andere Stuntgruppe.« Wieder huschte ein dunkler Schatten über ihr Gesicht.

»Wie lange war ihr Großvater denn dabei?«, fragte Gerhard. Steffi schien zu ahnen, dass die Frage rhetorisch war.

»Fünf Jahre, und dann hat er's wieder gelassen. Aber wir sind dann ja auch von Weil nach Rottenbuch gezogen. Ich habe an Weil wenig Erinnerung. Ich nehme an, es wäre einfach zu weit gewesen nach Kaltenberg.«

»Aber nun leben Sie ja immer noch beide in Rottenbuch. Nun ist es doch auch immer noch genauso weit«, sagte Evi.

»Opa ist jetzt Rentner. Er hat kein Geschäft mehr und unübersichtliche Termine auf dem Bau. Außerdem haben wir ein Wohnmobil. Sagen Sie mir vielleicht mal, wieso Sie das alles wissen wollen?« Steffi Holzer hatte Mühe, weiter so höflich zu sein. Das war zu spüren.

Gerhard ignorierte die Frage und fuhr fort: »Und weil Ihnen die Bilder so gefallen haben, fassten Sie den Entschluss, sich in Kaltenberg zu bewerben. Dort zu jobben?«

»Ja, und weil ich monumentale Ritterfilme liebe. King Arthur, Braveheart, Königreich der Himmel, all solche Sachen.«

»Aha. Und Ihr Opa liebt die auch. Wann hat er denn beschlossen, wieder in Kaltenberg zu arbeiten?«

»Wieso fragen Sie mich das alles?« Gerhard spürte, dass sie am Limit war, was ihre kühle Beherrschung betraf. Sie tat ihm Leid. Weil er sie quälen musste und ihre Antworten ahnte.

»Bitte, Steffi, antworten Sie mir.«

»Das war, nachdem ich hier einen Job bekam. Ich habe ihn noch aufgezogen, ob er mich denn gar nicht aus den Augen lassen könne. Der alte Klammeraffe.«

Der alte Klammeraffe?

»Das war also letztes Jahr?«

»Ja, und letztes Jahr hab ich Karten abgerissen, und dieses Jahr bin ich Assistentin der PR-Abteilung.« Das rotzte sie ihm jetzt richtig hin.

»Hatten Sie letztes Jahr denn auch Kontakt zu den Rittern und Mitwirkenden? So wie dieses Jahr?«, fragte Gerhard und erntete wieder einen bösen Blick.

»Nein, dieses Jahr ist es viel cooler, weil ich überall hinkann. Soll ich Ihnen eine Zeichnung machen oder es auf CD brennen? Das wissen Sie doch alles!« Sie war nun wirklich wütend, und es stand Angst in ihren Augen. »Verdächtigen Sie etwa mich?« Das kam ungläubig.

Gerhard schüttelte heftig den Kopf. »Nein.« Er überlegte kurz, und dann ging er in die Offensive. »Aber jemanden, den Sie sehr gut kennen.«

Sie sah ihn völlig konsterniert an. Sie hatte wirklich keine Idee. »Den ich gut kenne? Cedric?«

»Nein.«

»Jo?« Sie starrte ihn an. »Sonst kenn ich niemanden näher.«

»Also Cedric kennen Sie näher?« Das kam von einem Baier, der sich ganz sanft gab. Wie der gute Opa eben.

»Nicht wie Sie denken!«

»Wie denk ich denn?«

»Na, dass ich mit ihm schlafe.« Ihre Augen sprühten Feuer. Sie wollte Baier provozieren.

»Und das tun Sie nicht?«, kam es immer noch ganz freundlich von Baier.

»Nein. Warum wollen Sie das wissen? Sie verdächtigen ihn doch.« Sie stampfte mit dem Fuß auf.

»Steffi. Ich habe Sie mal gesehen, da haben Sie Cedric geküsst«, fiel Gerhard ein.

»Ach Quatsch. Ein bisschen geknutscht. Ich hatte was getrunken. Was ich sonst nicht tue. Aber ich würde nie mit ihm schlafen. Mit keinem Ritter. Was geht Sie das eigentlich an?«

»Nichts, im Prinzip. Aber Ritter sind doch die Traumtypen.«

»Na, das ist Ansichtssache. Die haben doch jeden Tag 'ne andere. Oder zwei. So wie Corvus auch. Nein, danke. Da müsste einer schon ...« Sie winkte ab, ihr Blick hatte sich wieder überschattet, sie sah auf einmal sehr traurig aus. Gar nicht mehr aggressiv.

»Eine gute Einstellung, Fräulein Holzer«, sagte nun wieder Baier. »Da muss ihr Opa ja mächtig stolz sein, dass seine Enkelin klüger ist als andere Gören in dem Alter.«

»Der Opa? Mei, der hat immer Angst um mich. Der meint immer, dass junge Leute verantwortungslos sind. Er will mich immer schützen. Sogar vor dem Internet.« Sie hatte sich gefangen. Sie schien sich wieder auf sichererem Boden zu befinden. »Einmal hat er sogar alle Homepages aufgerufen, die ich am Tag zuvor geladen hatte. Bloß blöd, dass das alles für ein Referat in Geschichte war.«

»Ihr Opa kann mit Computern umgehen. Das ist ja ungewöhnlich, dass ein älterer Herr ein Computerfreak ist. Ist ja toll!«, sagte Evi mit Inbrunst.

»Ja, nicht wahr? Er hat bei der Handwerkskammer ein paar Kurse belegt und auf der Volkshochschule, und seit er Rentner ist, hat er sich richtig reingebissen. Es kommen eine ganze Menge Leute im Dorf zu ihm, wenn sie Grußkarten oder Poster oder so was brauchen. Der Opa scannt Bilder, macht Layouts, der hilft sogar dem Tourismusverband bei Aussendungen. Er fordert kein direktes Honorar, sie geben ihm natürlich was, kann er auch gut brauchen, bei der miesen Rente. Drum versuch ich ja auch, hier Geld zu verdienen. Fürs Studium hab ich gottlob ein Stipendium.« Steffi machte eine kurze Pause. »Sagen Sie mir jetzt mal endlich, warum Sie das alles wissen wollen?«

Und während sie auf eine Antwort wartete, veränderte sich ihr Gesichtsausdruck. Sie war alles andere als dumm. Nun hatte sie es begriffen, und das warf sie völlig aus der Bahn. Sie schien wie gelähmt zu sein.

Gerhard sah Baier an, dann Evi. Holzer konnte also auch mit Computern umgehen. Machte Layouts, er konnte am Computer von Lepaysan gewesen sein. Wahrscheinlich wusste er sogar von der externen Festplatte, hatte sie aber nicht gefunden. Wie auch? Und natürlich könnte jetzt jemand wieder den beliebten Satz einwerfen: Das hat alles nichts zu bedeuten. Er wusste es besser. Immer wenn der Satz fiel, hatte jedes Detail etwas zu bedeuten.

»Fräulein Steffi, ist Ihr Opa Dienstag vor einer Woche nachts weggefahren, spät nach Hause gekommen?«, fragte Baier.

»Sie verdächtigen ihn! Meinen Opa. Sie spinnen ja. Sie sind verrückt.« Nun war es vorbei mit ihrer erwachsenen Ruhe und der Kooperationsbereitschaft. Aus Steffi würden sie nichts mehr rausbekommen.

»War er weg?«, fragte Baier nochmals.

»Das sag ich Ihnen bestimmt nicht. Sie spinnen doch.«

»Steffi, seien Sie ein klein wenig vorsichtiger. Das ist Beamtenbeleidigung. Ich will wissen, ob er Dienstagnacht unterwegs war. War er in Seeshaupt? Da wurde das Atelier von Lutz Lepaysan durchsucht. Ihr Opa hat versucht, Beweise zu vernichten. War er dort? Oder in der Wohnung von Lepaysan in St. Heinrich?« Nun war es vorbei mit Baiers nettem Opa-Ton.

Gerhard war nahe dran, Baier ins Wort zu fallen. Warum erzählte er das alles Steffi! Evi schien sich auch wie auf heißen Kohlen zu fühlen. Was machte Baier da? Und dann verstand er. Baier, der alte Fuchs!

»Ich weiß nichts. Ich habe geschlafen.« Steffi stampfte mit dem Fuß auf.

»Im Wohnmobil?«

»Ja, wo denn sonst?«

»Hat Ihr Opa noch ein anderes Auto in Kaltenberg?«, fragte Gerhard. Sie hätte so gerne »Nein« gesagt, das spürte Gerhard, aber das traute sie sich dann doch nicht.

»Ja, unseren Polo. Mit dem ist er jetzt auch zu Hause. Wir müssen dann nicht immer das Wohnmobil bewegen. Das ist doch logisch!« Das kam trotzig.

»Ja, nun gut, Fräulein Holzer. Das war es erst mal. Und wo, sagen Sie, erreichen wir Ihren Großvater?«

»Zu Hause. Kann ich jetzt gehen?«

»Bitte. Dann fahren wir mal nach Rottenbuch«, sagte Baier ganz laut und deutlich.

Sie eilte davon.

Baier vollführte eine schnelle Bewegung. »Schnell, Weinzirl!« Gerhard lief ihr hinterher, sodass sie ihn nicht sah. Sie rannte fast, bei der Räuberhöhle, wo es momentan ruhiger war, hielt sie inne. Gerhard drückte sich in eine Ecke. Sie telefonierte. Er konnte den Wortlaut nicht hören, aber ihre Gestik und Mimik war eindeutig. Sie steckte das Handy ein und eilte wieder dorthin, wo das bunte opulente Mittelalter-Leben tobte. Gerhard zückte sein Handy und rief Baier an.

»Wie erwartet. Sie hat telefoniert. Soll ich oder Sie?«

»Ich mach das. So schnell wie möglich zum Auto, Weinzirl.«

Sie kamen alle drei schnaufend beim Wagen an. Sprangen hinein wie die Miami-Vice-Typen in ihren besten Zeiten und schepperten über die Wiese. Baier hatte alles veranlasst. Melanie und Felix und eine Verstärkung waren auf dem Weg nach St. Heinrich.

Evi hatte auch verstanden: Das war eine Falle, eine ganz miese. Baier ging davon aus, dass Holzer von Steffi gewarnt worden war und belastendes Material entfernen würde. Trotzdem war sie beunruhigt. »Was, wenn Holzer nicht kommt? Wenn Ihr Plan nicht aufgeht?«

»Dann haben wir auch nichts verloren.«

Gerhard mischte sich ein. »Steffi hat ihn mit Sicherheit angerufen, wen auch sonst? Er weiß, dass er sich beeilen muss. Er hat die

Information, dass wir auf dem Weg nach Rottenbuch sind. Also fährt er nach St. Heinrich. Ich bin mir sicher, dass er nicht gewusst hat, dass Lepaysan auch noch eine zusätzliche Wohnung hatte. Das Bett, die Küche im Atelier – jeder würde denken, das wäre auch seine Wohnung gewesen.«

»Darauf basiert aber der ganze Deal«, sagte Evi fast staunend.

»Entscheidendes hängt oft nur an einem seidenen Faden, liebe Kollegin.«

Weilheim

Baier schnitt die Kurven. Holzer hatte einen Vorsprung. Aber auch er musste erst mal rausfinden, wo genau der Fotograf gelebt hatte, er musste von Rottenbuch zum Starnberger See fahren. Baier hatte das Blaulicht eingesetzt, das hatte er, seit Gerhard ihn kannte, noch nie getan. Als sie wieder durch Wessobrunn jagten, rief Melanie an.

»Er ist vorgefahren. Was sollen wir tun?«

»Nichts. Lasst ihn gewähren. Wir müssen ihn in der Wohnung erwischen. Falls er vor unserem Eintreffen rauskommt, Zugriff. Aber wir sind gleich da.«

Baier schoss durch die Kurven, als wäre er früher Bergrennen gefahren. Fünfzehn Minuten später tauchten das Ortsschild St. Heinrich und der Schweindlbau auf. Ein Polo stand an der Straße, etwas weiter weg Melanie. Sie war ausgestiegen, sie huschte herüber.

»Er ist noch drin.«

»Ihr haltet hier die Stellung, wir gehen jetzt rein.«

Baier hatte eine Waffe gezogen, auch das hatte Gerhard noch nie gesehen. Er hatte seine mal wieder nicht dabei. Er hasste Waffen.

Sie schlichen die Treppe hoch, die Eingangstür stand einen Spalt offen. Vorsichtig drückte Gerhard sie auf. Holzer stand mit dem Rücken zu ihnen und nestelte im Kleiderschrank.

»Was Sie suchen, ist nicht im Schrank, Herr Holzer«, sagte Gerhard.

Holzer fuhr herum. Ungläubiges Staunen lag in seinem Blick.

Baier ließ die Waffe sinken.

»Herr Holzer, ich verhafte Sie wegen des Mordes an Lutz Lepaysan, wegen Mordversuchs an Marco Cœur de Fer, gefährlicher Körperverletzung an Jacques Deneriaz, wegen Körperverletzung an einem Polizisten und wegen Einbruchs.«

Holzer stand einfach nur da. Und dann ging so etwas wie Entspannung durch sein Gesicht. Fast als wäre er froh. Er fasste sich in die Herzgegend, schwankte ein wenig. Evi war sofort an seiner Seite.

»Mein Spray, in der Westentasche«, ächzte er. Evi fand es, Holzer hielt es sich in den Mund. Evi hatte ihn zu Lepaysans Bett geführt, wo er sich auf die Kante setzte. Sein Atem ging wieder normal.

»Angina Pectoris«, sagte er leise.

»Geht es, Herr Holzer? Sollen wir einen Notarzt anfordern?«, fragte Evi.

»Nein, es geht schon wieder.«

»Herr Holzer, was haben Sie hier gesucht?« Gerhard war vor ihn getreten und sah zu ihm hinunter. Zu einem alten kranken Mann, der auf einer Bettkante kauerte.

Holzer rang wieder nach Luft und kippte urplötzlich mit einem ungläubigen Gesichtsausdruck nach hinten.«

»Scheiße, wir brauchen den Notarzt. Der nippelt uns hier ab!«, rief Gerhard. Evi hatte schon ihr Handy am Ohr. Dann versuchte sie sich redlich mit einer Herzdruckmassage, bis der Notarzt kam. Der Arzt und sein Sanitäter agierten präzise und schnell. Spritze, Infusion, eins, zwei, drei, auf die Trage. Sie schafften Holzer die Treppe runter und verluden ihn.

»Wo bringen Sie ihn hin?«, fragte Baier.

»Starnberg«, sagte der Arzt.

»Rufen Sie mich bitte an, wenn er ansprechbar ist.«

»Sieht nicht so aus, der alte Knabe. Aber das Krankenhaus meldet sich.«

Die drei Kommissare starrten dem Wagen hinterher.

»Scheiße, jetzt sind wir so schlau wie vorher!«, rief Gerhard. Er war wütend. Sauzwider, genau genommen.

»Er hat auf unsere Falle reagiert. Das ist ja wohl nicht von der Hand zu weisen«, meinte Evi.

»Und verreckt uns, bevor wir ihn befragen können.«

»Na, na, na, Weinzirl, warten wir's ab und fahren erst mal nach Weilheim. Denken nach.« Dass es mitten in der Nacht war, schien den schlaflosen Baier nicht zu interessieren.

Diesmal fuhr Baier die Strecke über Magnetsried und Deutenhausen im Rentnertempo, sie schwiegen alle drei und hingen ihren Gedanken nach. Im Büro angekommen, holte Baier erst mal Kaffee für sich und Gerhard und stellte Evi eine Tasse Tee hin. Sie ließ zwei Süßstoff hineinfallen und rührte klirrend um.

»Das ist doch zum Kotzen. Wir haben kein Motiv. Ich denke auch, dass Holzer es war. Aber warum?«

»Das Gespräch mit Steffi Holzer. Was ist uns aufgefallen?«, fragte Baier.

»Sie war relativ cool, bis die Rede auf die Fotos kam. Die Fotos von Kaltenberg«, sagte Evi eifrig. »Was war da drauf?«

»Nicht schon wieder Fotos«, stöhnte Gerhard.

»Wird als der Fotofall in unsere Annalen eingehen. Aber Frau Straßgütl hat Recht. Das mit den Kaltenberg-Fotos schien Steffi Holzer wehzutun.«

Es war still im Büro, bis auf das Geräusch des Löffels in der Teetasse. Abrupt hörte es auf. Evi fuchtelte plötzlich mit dem Löffel in der Luft rum. »Haben wir uns jemals Gedanken über den Verbleib von Steffis Eltern gemacht? Es gibt 'nen Opa und 'ne Enkelin. Da fehlt doch 'ne Generation. Wo sind Steffis Eltern? Was, wenn die auf den Bildern zu sehen sind?«

»Und wenn, kommt öfter mal vor, dass sich Mütter und Väter aus dem Staub machen und Kinder von Großeltern aufgezogen werden. Das bringt doch nichts, Evi.« Gerhard schüttelte den Kopf.

»Kann ja nicht schaden. Je mehr wir über Holzers erfahren, desto besser. Ihr Computer weiß so was doch sicher, Frau Straßgütl.« Baier nickte ihr zu.

»Ich tu mein Bestes«, sagte Evi und haute in die Tasten. Nach einer Weile sagte sie: »So, ich hab mal ein bisschen gegoogelt und bin auf eine Isabella Holzer gestoßen. Sie ist die Tochter von Hubert und Gerda Holzer. Sie müsste die Mutter von Steffi sein. Das Mädchen hat 1984, da war sie neunzehn, einen Journalisten-Nachwuchspreis gewonnen. Sie war Volontärin bei der Augsburger Zeitung.«

»Ja, und?«

»Nichts und, das ist immerhin ein Anhaltspunkt.«

»Beeindruckend.« Gerhard war das alles so leid. Das ging ihm viel zu zäh vonstatten. Außerdem: Was war mit Schmoll und dem Bürgermeister und all den anderen? Vielleicht hatten sie ja da was übersehen. Er verfluchte sich, dass er diese ganze Kaltenberg-Sache losgetreten hatte. Er sah auf die Uhr. Es war zwei.

Baier verstand den Wink mit dem Zaunpfahl. »Lassen wir das. Sie jungen Leute brauchen etwas Schlaf. Bis morgen.«

Bis morgen war gut, eher bis nachher.

Das Nachher war gegen acht. Die Kaffeetassen standen noch da. Gerhard nahm sie mit, ließ ein bisschen kaltes Wasser drüberlaufen und füllte neuen Kaffee ein. Evis Teebeutel hängte er in warmes Wasser, so wie es aus der Leitung kam. Evi beschwerte sich nicht, auch eine Evi war mal müde. Baier nahm irgendeine Tablette ein, und da gab sich Gerhard einen Ruck.

»Baier, sind Sie krank? Wenn Sie reden wollen …«

Baier starrte ihn an. Dann lachte er, hieb sich auf die Schenkel und konnte sich gar nicht mehr beruhigen. Schließlich japste er.

»Weinzirl, das wär ja was. Kurz vor dem Ruhestand und dann schwer krank. Tragik, Weinzirl, Tragik. Keine Sorge, ich nehm bloß Selen und Zink, der Doktor meinte, das sei gut in meinem Alter. Abwehr und so. Ich vergess die Dinger bloß laufend. Weinzirl, haben Sie sich echt Sorgen gemacht?«

Gerhard sah weg.

»Unkraut vergeht nicht, Weinzirl. Nett von Ihnen, trotzdem. Mach mir übrigens auch Sorgen, wenn Sie ihre Schienbeine aufschlagen und durch 'ne Arena rennen. So – und nun zu Holzer.«

Die drei ließen den Fall Revue passieren, und vor allem Gerhard ging diese ganze Holzer-Kiste gegen den Strich.

»Ich glaube, wir verrennen uns da.«

»Und warum war er in Lepaysans Wohnung?«, fragte Evi.

»Ach Scheiße, es gibt kein Motiv.«

Baier mischte sich ein. »Frau Straßgütl, rufen Sie doch mal bei der Augsburger Zeitung an. Vielleicht erinnert sich jemand an das Mädchen, das die Mutter von Steffi ist.«

Evi verließ den Raum, und als sie zehn Minuten später wiederkam, dimpfelten die beiden Herren über ihrem Kaffee. Evi hatte wieder mal rote Backen und war ganz aufgeregt.

»Das glaubt ihr nicht! Also Isabella Holzer war wohl auf dem Wege dorthin, was man eine Edelfeder nennt. Ich habe mit einem Redakteur dort gesprochen, der sie damals unter seine Fittiche genommen hatte. Sie muss hoch talentiert gewesen sein, deshalb haben die ihr auch ein Volontariat ohne vorhergehendes Studium angeboten. Tja, und deshalb sei das alles ja auch so tragisch, sagt der Redakteur.«

»Ihr Geschick für Dramaturgie in Ehren, Frau Kollegin. Weiter!«

»Nun, das Mädchen wurde schwanger, sie hat es aber bis zur Geburt des Kindes 1986 noch hingekriegt, das Volontariat zu beenden.«

»Das ist doch nicht tragisch, oder? Eher schlechtes Timing. Aber dann wäre sie in Mutterschutz gegangen und hätte wieder angefangen. Wenn sie so gut war, hätten die Augsburger sie doch wieder genommen, zumal in den Achtzigern der Druck nicht so hoch gewesen ist. Da haben Zeitungen Volontäre doch noch übernommen, anstatt sie auf die Straße zu jagen oder gleich nur noch unbezahlte Praktika zu vergeben«, warf Gerhard ein, der durch seine langjährige Freundschaft zu Jo, damals, als sie selbst noch bei der Allgäuer Zeitung gewesen war, genug Einblicke erhalten hatte.

»Völlig korrekt, das hat der Redakteur auch gesagt, aber sie hat sich 1989 umgebracht.«

»Was!« Das kam zweistimmig – von Baier und Gerhard.

»Ja, und der Redakteur war heute noch sehr betroffen. Er hat wohl versucht, den Kontakt nicht abreißen zu lassen. Er war so eine Art Vertrauter für sie. Er hat sie auch gedrängt, nach Augsburg zu ziehen, weg vom Dorf, weil man sie da wohl ziemlich scheel angesehen hat.«

»Komm, das waren die Achtziger. Da war eine junge Mutter mit einem unehelichen Kind doch keine Sensation mehr«, meinte Gerhard.

»Unterschätzen Sie mir nicht die schwäbische Wohlanständigkeit hinter den Eternitplatten. Da ist eine ganz eigene Welt da westlich des Lechs zwischen Landsberg, Augsburg und München.« Baier schaute grimmig.

»Trotzdem, die kleine Stephanie war gerade mal drei Jahre alt. Ihre Mutter hat sich für das Kind entschieden, obwohl sie dafür einen tollen Job aufgeben musste. Sie hätte abtreiben können, was sie nicht getan hat. Sie zieht das durch und bringt sich drei Jahre später um? Das leuchtet mir nicht ein.« Gerhard trommelte mit einem Kugelschreiber auf dem Tisch herum. Wohin sollte das nun wieder führen?

»Depressionen? Vielleicht ist ihr das alles über den Kopf gewachsen? Sie hat das unterschätzt mit der Verantwortung für das Kind. Das gibt es häufig«, meinte Evi.

»Was du über sie gehört hast, klingt, als wäre sie sehr entschlossen gewesen. Ungewöhnlich klug. Das glaube ich einfach nicht. Das passt nicht.«

»Depressionen machen auch vor starken und klugen Menschen nicht Halt«, sagte Baier.

Evi wiegte den Kopf. »Ja, das mag schon sein, aber Gerhard hat irgendwie Recht. Da stimmt was nicht.«

»Jedenfalls ist Holzer nach dem Tod seiner Tochter mit der kleinen Enkelin nach Rottenbuch gezogen. Das leuchtet mir ein, dass ihn zu viel an das Unglück erinnert hat. Er wollte neu anfangen«, sagte Gerhard.

»Wieso eigentlich Rottenbuch?«, fragte Evi.

»Keine Ahnung, aber das erscheint mir jetzt sekundär. Eine ganz andere Frage: Was ist eigentlich mit dem Vater von Steffi Holzer? Was sagt der Redakteur dazu?«, wollte Gerhard nun wissen.

»Das war nicht Thema. Wahrscheinlich ein Ausrutscher, nach dem sich der Kindsvater verzupft hat. Das passiert ja leider sehr oft«, ranzte Evi ihn an.

»Rufen Sie nochmals bei der Augsburger an. Wenn der Mäzen so viel wusste, weiß er vielleicht auch was über den Vater. Auch ein verschwundener Vater ist ein Vater.« Das klang fast wie eine Retourkutsche. Evi verließ eilig den Raum. Und kam sehr schnell wieder. »Er hat das Büro verlassen. Ich hab seine Privatnummer und Handy. Er geht momentan nirgends ran. Ich hab ihn um Rückruf gebeten.«

In dem Moment läutete das Telefon. Baier schaute auf das Display.

»Aha, Starnberg, hoffentlich ist Holzer wieder bei Bewusstsein.« Er nahm ab.

»Wie, weg?« Er hörte zu und lief rot an. »Das wird Folgen haben, hören Sie!« Er warf den Hörer in die Schale. »Holzer ist aus dem Krankenhaus verschwunden. Hat sich alle Schläuche abgerissen und ist weg. In Luft aufgelöst.«

»Nein!«

»Doch!«

»Aber der kann doch nicht weit kommen. Der Mann ist todkrank.«

»Nicht todkrank. Der Arzt sagt, das wäre ein massiver Kreislaufkollaps gewesen. Verdammt!«

Sie veranlassten eine Großfahndung nach Holzer.

»Wo will er hin? Überlegen wir mal logisch.«

»Ich nehme an, er wird Kontakt mit Steffi aufnehmen. Der Mann hat kein Auto, er wird nicht gerade in ein Taxi oder den Bus steigen. Er weiß doch sicher, dass wir nach ihm fahnden.«

»Also müssen wir Steffi überwachen. Wo kann sie sein?«

Baier war aufgestanden. »Habe eine beschissene Ahnung. Wahrscheinlich ist sie längst bei ihm. Los, auf nach St. Heinrich!«

Allmählich wurde Weilheim-Seeshaupt ihre Standardstrecke und Baiers Kurventechnik immer besser.

»Ich hab's geahnt«, fluchte Baier, als sie Lepaysans Haus erreicht hatten. Da stand nun ein Wohnmobil. Der Polo war weg.

Gerhard gab die Fahndung nach dem blauen Kleinwagen raus. »Das ist doch Wahnsinn, die beiden kommen doch nicht weit. Holzer macht alles doch nur noch schlimmer. Und zieht Steffi mit rein. Das ist doch völlig unlogisch.«

»Gegen die Angst ist die Logik machtlos«, sagte Baier.

»Und was tun wir jetzt?«, fragte Evi.

»Warten und so lange nach dem Motiv suchen. Café Hirn, ich brauch was zu trinken«, knurrte Baier.

Sie setzten sich wieder an der Tisch am Fenster. Alex war nicht da. Gerade als die Getränke kamen, klingelte Evis Handy.

»Danke, dass Sie zurückrufen. Moment, ich geh mal raus, damit ich Sie besser verstehe.« Sie glitt von ihrem Hocker und ging nach draußen. Gerhard und Baier konnten sie durch die Scheibe sehen, sie rannte regelrecht auf und ab, immer das Handy am Ohr. Schließlich war sie wieder da.

»Das war der Redakteur.«

»Ja, Evi, das dachte ich mir. Und weiter!«

»Ich hab ihn nach dem Kindsvater gefragt, und er hat in der Erinnerung gekramt. Isabella Holzer muss das Thema wohl äußerst ungern angesprochen haben. Aber sie hat immer betont, dass der Kindsvater ihre ganz große Liebe gewesen sei. Und sie seine. Ihm war das damals alles ziemlich pathetisch vorgekommen, sie war ja noch so jung. Und dann gab es eben auch Gerüchte.«

Evi machte mal wieder eine ihrer Kunstpausen. Gerhard sah sie drohend an.

»Der Vater des Kindes soll ein Kaltenberger Ritter gewesen sein. Ein Franzose. Sie hätte aber nie Näheres rausgelassen. Und wie gesagt, das seien alles nur Gerüchte gewesen.«

Es war still, eine geraume Zeit. Gerhard war der Erste, der etwas sagte.

»Eine junge Frau wird schwanger, von einem dahergelaufenen Franzosen. Sie ist die einzige Tochter, das Einzige, was ihm von seiner verstorbenen Frau geblieben ist. Und nun diese Schande: ein Franzose, ein Stuntman, nicht ein netter Junge aus dem Dorf, vielleicht der Sohn des Bürgermeisters. Sosehr der Vater seine Tochter liebt, er kann nicht raus aus seiner Haut. Was meint ihr, würde Holzer so empfinden?«

Baier nickte, Evi sagte: »Wahrscheinlich.«

»Das Enkelkind wird geboren, es ist natürlich trotzdem ein Enkelkind und wahrscheinlich süß und liebenswert, wie das alle Enkelkinder sind. Die Situation wendet sich zum Guten. Seht ihr das auch so?«, fragte Gerhard weiter.

Wieder Nicken.

»Aber dann bringt sich die Tochter um. Lässt den Opa mit einer Dreijährigen zurück. Für den Mann muss alles zusammengebrochen sein. Warum hat sie das getan?«, fragte Evi. »Alles schien doch gut zu werden, und dann bringt sie sich um. Das ist doch furchtbar.«

»Das ist nicht furchtbar, sondern feige. Selbstmord ist feige, eine Attacke auf die Hinterbliebenen!«, rief Gerhard.

»Du weißt doch nicht, was passiert ist. Vielleicht konnte sie nicht anders«, sagte Evi.

»Man kann immer anders. Es gibt immer etwas Besseres als Suizid.«

»Das ist zynisch, Gerhard. Menschen fühlen unterschiedlich. Manche sehen eben keinen Ausweg.«

»Das ist Psychokram, das ist ...«

Baier fiel ihnen ins Wort: »Kollegen, jetzt keine Debatte über Suizid. Da haben sich Philosophen und Psychologen die Zähne ausgebissen. Für uns die entscheidende Frage: Wieso verübt Holzer so viele Jahre später Anschläge auf die Ritter, die ja neue Ritter sind und aus einer ganz anderen Stunttruppe stammen?«

»Weil er allen Hass und alle Verantwortung für die Tragödien seines Lebens auf französische Stuntmen projiziert?« Evi sprach sehr leise.

»Warum jetzt?« Gerhard schüttelte unwillig den Kopf.

»Weil er Angst um seine Enkelin hat.« Baier sah von Gerhard zu Evi. »Sie haben keine Kinder. Es ist ein Beschützerinstinkt.

»Aber warum sollte er Angst um seine Enkelin haben?« Evi schaute Baier überrascht an.

»Weil sie auch dort arbeitet.«

»Aber das ist doch unlogisch. Warum sollte seine Enkelin den gleichen Fehler machen wie ihre Mutter? Und selbst wenn sie mit einem Ritter etwas anfangen sollte, sie muss ja nicht gleich schwanger werden.« Evi war aufgestanden, zum Fenster gegangen und sah starr hinaus. »Das ist doch nicht logisch«, wiederholte sie und sprach zur Fensterscheibe.

»Gegen die Angst ist die Logik machtlos, Frau Straßgütl. Völlig machtlos.« Das hatte Baier erst vorhin gesagt, und es war jetzt so richtig wie zuvor.

»Wir müssen Holzer und Steffi finden.«

»Ja, das tun wir jetzt auch. Auf nach Rottenbuch.«

»Er wird ja wohl kaum zu Hause mit Kaffee und Kuchen auf uns warten«, schimpfte Gerhard.

»Wo soll er denn hin? Er ist krank. Er hat Steffi angerufen, sie kam mit dem Wohnmobil und hat das gegen den Polo ausgetauscht. Wahrscheinlich weil der besser zu handhaben ist. Und unauffälliger. Steffi wird ihren Opa angefleht haben, in ein Krankenhaus zu gehen. Das wird er abgelehnt haben. Und mit einem Kranken in ein Hotel? Steffi wird ihn überzeugt haben. Ich bin mir sicher: Die sind in Rottenbuch. Außerdem ist die Idee, einfach nach Hause zu fahren, gar nicht schlecht. Da rechnet man am wenigsten mit ihm. Sie fahren Weinzirl.«

Gerhard fuhr schweigend. Es war stark bewölkt, ein trister Tag. Die Wolken klebten an den Bergen. Die Welt lag unter einem grauen Tuch. Als er hinter Böbing die Kurven zur Ammer hinunterchauffierte, stiegen Nebel auf. Er musste den Scheibenwischer betätigen. Aber der wischte seinen Ärger und seine ganze Anspannung nicht weg. Erst als er auf der anderen Seite wieder an Höhe gewann, auftauchte aus der geheimnisvollen Düsternis der Ammerschlucht, lichtete sich der Nebel.

Es war elf Uhr, als sie ankamen. Holzer wohnte in einem Haus unweit des Terrassencampings. Der Polo war nirgends zu sehen. Sie gingen um das Haus herum, spähten durch die Fenster, rüttelten an den Türen. Evi klingelte wie wild.

Gerhard rief: »Holzer, wir wissen, dass Sie drin sind.« Stimmte zwar nicht, konnte aber nicht schaden.

Baier winkte ihn zu sich. Auf der Gartenseite des Hauses führte eine Treppe in den Keller. Da gab es eine einfache Holztür. Baier hatte seine Pistole gezückt. Gerhard sah ihn überrascht an.

»Soll ich etwa?«

»Ja meinen Sie, ich vielleicht? Mit meinem Knie!«

Er brüllte aus dem Schacht. »Frau Straßgütl, sichern Sie die Eingangstür, wir gehen rein.«

Gehen war gut. Gerhard sah Baier nochmals zweifelnd an. Der nickte.

Also sprang Gerhard, riss das Bein hoch und trat gegen die Tür. Die flog augenblicklich auf.

»Na also!«

Sie gingen durch den Keller, dann eine Treppe hinauf, die sie in den Gang brachte. Es gab eine Küche, ein Gästeklo und eine Stube mit Eckbank und Herrgottswinkel. So wie sich das gehörte. Baier öffnete die Eingangstür, winkte Evi herein und rief: »Holzer, wenn Sie oben sind, melden Sie sich.«

Nichts.

Langsam und im Gänsemarsch gingen sie die Treppe hinauf. Ein Bad, ein Zimmer, das wohl Steffi gehörte. Noch eine Tür. Baier stieß sie auf, die Pistole im Anschlag.

Holzer lag auf einem altertümlichen Kastenbett oder besser saß, zwei dicke weiße Kissen stützten seinen Rücken.

»Das Ding können Sie wegstecken«, sagte er ganz ruhig und machte eine resignierte Handbewegung in Richtung der Stühle.

»Wo ist Steffi?«, fragte Gerhard.

»Zur Apotheke.« Er sagte das so, als kämen ein paar alte Freunde zum Krankenbesuch und man plaudere ein bisschen.

Baier steckte die Waffe weg und setzte sich. »Holzer, warum sind Sie abgehauen?«

»Ich wollte mit Steffi reden. Ihr erklären, warum das alles passiert ist. Ich wollte unbedingt mit ihr reden. Sie soll doch nicht denken, dass ihr Opa ein Verbrecher ist.«

»Das wird aber schwer werden, Holzer! Sie sind zum Beispiel ein Einbrecher. Warum waren Sie bei Lepaysan«, fragte Baier.

»Wieso fragen Sie, wenn Sie es wissen?« Der Satz hätte von Steffi stammen können.

Baier sah ihn nur an. Lange und fest.

»Ich habe eine externe Festplatte gesucht, auf der ich die Bilder vermute, die mich im Lanzencontainer zeigen. Sind Sie nun zufrieden?«

Gerhard war sich nicht sicher, ob er Holzer sagen sollte, dass keinerlei kriminelles Tun auf den Bildern zu erkennen gewesen war. Er tat es nicht.

»Sie haben also eine echte Spitze auf der Lanze befestigt und in Kauf genommen, dass ein Mensch tödlich verletzt wird!«

»Nein, so war das nicht. Die Ritter hatten bei jedem Training zum Tjosten Schutzwesten und teils auch Rückenprotektoren an. Nur nicht an diesem verdammten Mittwoch. Ich wollte das nicht, ich wollte sie nur erschrecken.«

»Sie haben Glück, dass der junge Mann sich erholen wird, Holzer. Verdammtes Glück. Warum das Ganze? Und die anderen Anschläge? Das waren Sie doch auch? Sie haben mich in den Container gestoßen.« Gerhard sah ihn wütend an.

»Ja.«

»Herr Holzer, und was war mit Marco Cœur de Fer? Den hätten Sie fast umgebracht.«

»Nein, das wollte ich auch nicht. Ich kannte die Sequenz. Er hätte in dem Moment nach vorne reiten sollen, ich kannte das von den Proben. Der Balken hätte ihn nicht getroffen, nur das Pferd erschreckt.«

Gerhard zog die Augenbrauen hoch. »Ach ja, das Pferd! Wie haben Sie das zum Beispiel mit Suente gemacht? Das Pferd, das noch vor dem Turnier verschwunden ist.«

»Es einfach eingeladen, der Hänger stand da.«

»Und wenn Sie jemand gesehen hätte?«, fragte Gerhard.

»Unwahrscheinlich, und warum sollte jemand dem Hänger vom Gestüt Schmalkornmeister Beachtung schenken? Die gehörten ja zum Programm«, sagte Holzer.

»Herr Holzer, wo sind eigentlich der Hänger und das Auto? Das wäre dann auch noch Diebstahl.«

»Die wollte ich zurückbringen. Das hat sich nur noch nicht ergeben. Aber das Gespann steht völlig unversehrt in einem Stadl beim Kreuzberg. Der Schlüssel liegt auf dem linken Vorderreifen. Ich kann Ihnen genau beschreiben, wo das ist.«

»Toll, Herr Holzer! Das dürfte allerdings das kleinste ihrer Probleme sein. Darum kümmern sich später die Kollegen. Und wie haben sie es bewerkstelligt, dass den Rittern so übel wurde?«

»Es gibt Brechwurz-Tropfen. Ganz einfach.« Holzer sah weg.

»Dann hätten wir noch die Herren Veit und Dietrich. Haben Sie die aufgehetzt?«

»Die musste ich nicht groß aufhetzen. Die Jungs mögen keine Franzosen, die ihre Mädchen ausspannen. Das mochten sie noch nie.«

Es war ganz still in Holzers Wohnung, unerträglich still, quälend still, bis Gerhard provozierend sagte: »Sie meinen, das mochten die Jungs schon nicht, als Ihre Tochter von einem Franzosen schwanger wurde? War es denn ein Franzose?«

Holzers Atem ging wieder rasselnd. Er griff zu seinem Spray, das auf dem Nachttisch stand.

»Ja, ein verdammter Froschfresser, und er hat sie so unglücklich gemacht, dass sie sich umgebracht hat. Meine Isabella, meine Isabella.«

Tränen standen in seinen Augen. Der Schmerz umgab ihn. Wie eine undurchdringliche Wand. Gerhard fühlte den Schmerz.

»Herr Holzer, das war sicher sehr schwer für Sie, die Tochter verloren, allein mit dem kleinen Kind, aber warum rächen Sie sich so viel später?«, fragte Baier.

»Ich räche mich nicht. Ich will nur das Schlimmste verhindern.«

»Dass Steffi sich in einen Franzosen verliebt? Ist es das?« Baier sah Holzer durchdringend an. Der hatte den Kopf gehoben.

»Die Geschichte wiederholt sich. Immer.«

»Woher wollen Sie das wissen?«

»Weil die Menschen nichts dazulernen. Einstein hat es gewusst. Zwei Dinge sind unendlich, eins davon ist die menschliche Dummheit.«

»Wollen Sie Ihre Enkelin der Dummheit bezichtigen?« Baiers und Holzers Blicke waren fest aufeinander geheftet.

»Ja, wenn sie sich so einem Stunt-Hanswurst an den Hals wirft.«

»Tut sie das denn?« Gerhard und Evi waren völlig raus. Es war, als gäbe es nur noch Baier und Holzer.

»Ich habe sie gesehen. Mit dem Blonden. Sie haben dauernd getuschelt, er hat ihr Briefe in die Hand gedrückt.«

»Und das ist einen Mord wert?«

»Der Junge lebt!«, rief Holzer.

»Zu Ihrem Glück! Zu Ihrem Glück, Holzer«, herrschte Baier ihn an. Holzer sah Baier an. Lange, sehr lange. Zwei ältere Herren sahen sich nun unverwandt an. Holzer war der erste, der wegsah.

Es wurde wieder still, und wieder durchbrach Gerhard die schwarze Stille.

»Jacques Deneriaz mag leben, aber was ist mit Lutz Lepaysan?

Herr Holzer, wir haben eine Zeugin, die Sie gesehen hat.« Gerhard pokerte.

»Ich habe ihn nicht getötet. Ich bin zu dieser Halle gefahren. Es hat ewig gedauert, bis endlich mal alle Leute weg waren. Ich wollte von ihm die Bilder haben. Ich hab gesehen, dass er mich fotografiert hat. Ich hab gesagt, ich käme im Auftrag von Frau Kennerknecht. Sie wolle die Backstage-Bilder exklusiv. Er war nicht mal abgeneigt, der Preis war allerdings astronomisch. Ich habe ihm mehrfach gesagt, das Geschäft käme nur zustande, wenn sie nie mehr sonst – auch nicht in Auszügen – veröffentlicht würden. Bei digitalen Bildern ist das ja alles nicht so einfach. Da hat er begonnen, mich zu provozieren. He, Opa, was hat so ein Alterchen wie du denn für 'ne Ahnung vom Copyright. Opi goes Internet. Solche Sachen hat er gesagt. Es fand sich sehr witzig. Da habe ich das Stativ genommen und zugeschlagen. Er hat verdutzt geschaut, und dann kam er ins Stolpern, fiel über eine Kameratasche und stürzte in die Tiefe. Ich wollte das nicht.«

»Warum haben Sie keinen Notarzt geholt?«, fragte Evi.

»Er war tot.«

»Woher wussten Sie das? Sind Sie Mediziner?« Evi versuchte, ihn zu provozieren.

Holzer aber sprach leise und kühl weiter: »Ich habe seine Halsschlagader gefühlt. Er war tot. Ein böser Mensch, für den der Herrgott wohl den Tod bereitgehalten hat.«

»Holzer, kommen Sie mir nicht mit göttlicher Rache. Ob das ein Unfall war, werden die Gerichte klären. Es steht keinem von uns zu, über den Wert eines Menschen zu urteilen«, donnerte Baier.

»Er war böse, hinterhältig und verletzend.«

»Ist das nicht sehr hart, Herr Holzer? Ein sehr hartes Urteil über jemanden, den sie kaum gekannt haben?«, fragte Evi.

»Besser hart. Ich habe gelernt, dass nur ein Herz aus Eisen überlebt. Es überlebt die Kälte und die Hitze. Die Gefechte und die Schmeicheleien. Es bleibt kühl.«

»Ja, und unmenschlich!«, rief Evi. »Aber so sind Sie doch gar nicht! Sie arbeiten ehrenamtlich, engagieren sich. Sie gelten als Menschenfreund.«

»Bin ich aber nicht. Wen geht es etwas an, wie ich mich tief drinnen fühle, solange ich mich korrekt verhalte?«

Wie viele Menschen liefen wohl auf dieser beschissenen Erdkugel rum, die sich korrekt verhielten, obwohl in ihrem Herzen und in ihrer Seele einer mit einem Messer wütete und nicht müde wurde, immer wieder zuzustechen?, dachte Gerhard.

»Wieso haben Sie das Pferd eigentlich nicht getötet? Vergiftet oder ihm die Sehnen durchgeschnitten, wie das im Mittelalter üblich war? Wieso? Das hätte sich doch angeboten? Dann hätte die Truppe wirklich aufhören müssen. Einige der spektakulären Szenen wären gar nicht möglich gewesen. Das hätte Marco Cœur de Fer gestoppt. Wieso also nicht?«, fragte Gerhard eindringlich.

»Sie haben Recht. Das wäre das Einzige, was ihm heilig ist. Seine Pferde. Aber das hätte ich nicht gekonnt. Je mehr ich die Menschen kenne, desto lieber sind mir Tiere.«

Diesen Satz hätte Gerhard auch von Jo hören können oder von Marco, wahrscheinlich auch von Sarah. Irgendwie beneidete er sie sogar ein bisschen. Sie hatten etwas, was sie mit Haut und Haaren verteidigten. Kinder und Tiere, die, die des Schutzes bedurften. Holzer hatte seine Enkelin schützen wollen. Na gut, aber trotzdem leuchtete Gerhard das alles nicht wirklich ein.

»Erzählen Sie mir also nichts von Menschlichkeit«, sagte Holzer nochmals und sah Evi richtig böse an. »Sie sind jung. Jünger, als meine Tochter heute wäre. Junge Menschen sind dumm. Meine Tochter hat sich umgebracht. Sie hat mich verlassen. Aus Dummheit!«

»Selbstmord ist nicht dumm. Selbstmord ist Verzweiflung!«, rief Evi erbost.

»Das hat Steffi auch gesagt, als sie mir den Brief gegeben hat. Um ihre Mutter zu rehabilitieren, hat sie gesagt. Ich glaube das nicht, was in dem Brief steht. Niemals glaube ich das. Isabella hat mich verlassen, mich und das Kind. Das tut man nicht. Man verlässt nicht Vater und Kind.«

Holzer starrte an die Decke, seine Fäuste hatten seine Bettdecke umkrallt.

»Was für ein Brief? Was glauben Sie nicht?«, fragte Gerhard.

Holzer starrte weiter nach oben. Gerhards Blick ging durch

den Raum. Dann sah er einen zusammengefalteten Zettel am Boden liegen. Er hob ihn auf, entfaltete ihn, schickte einen Blick zu Holzer hinüber. Der reagierte nicht. Gerhard begann zu lesen:

Meine liebe Stephanie!
Alles verlor an Wert an einem heißen Sommertag im Juli. Es war kurz vor deinem dritten Geburtstag. Es war heiß, Hitze, die aufwühlt, die zermürbt. Rinnsale aus Salz. Es war ein Tag, der unentwegt fordert, schon in aller Frühe mit einer Wand aus heißer Luft vor der Tür steht und hineindringt. Ungefragt und ungebeten. Ungefragt kamen auch die Jungs. Die Elite des Dorfs. Deren Namen nicht zählen. Deren Stimmen nie mehr verhallen. Deren Lachen jede Nacht durch mein Zimmer dröhnt. Franzosenhure, Franzosenhure, Franzosenhure … Deren Gestank niemals mehr die Ritzen meines Zimmers verlassen wird. Schweiß und Bier. Die Male an meinen Armen, die blauen Flecken, die nie mehr vergehen werden. Aber ihre Tritte und Stöße konnten dir nichts anhaben. Du lebst. Nur darum geht es. Gestürzt sei ich, habe ich Papa erzählt. Bei einer Ärztin weit weg war ich. Anzeigen soll ich sie, hat sie gesagt. Mir die Adresse einer Selbsthilfegruppe gegeben. Aber hilft es, wenn man weiß, dass man nicht allein ist mit dem Irrsinn? Mir hat es nicht geholfen, im Gegenteil: All die grauenvollen Geschichten, viel grauenvoller als meine. Viel grauenvoller, weil ich zumindest geliebt habe.
Mein liebes Kind, du kennst deinen Vater nicht. Er kennt dich nicht, weil er sterben musste bei einem sinnlosen Autounfall. Das Leben ist nicht fair. Es vernichtet die Guten. Aber ich habe ihn geliebt und er mich. Wir haben Pläne gemacht für ein Leben in der Picardie, woher er stammte. Meerglatte Weiten, goldfarbene Sanddünen, Ebbe und Flut, so viel Weite. Ganz anders als hier.
Schaustellerhure hat Papa mal zu mir gesagt, Rittermätresse, du bist doch bloß eine von vielen. Heute die, morgen die. Eingesperrt hat er mich. Mir gedroht. Mich sogar einmal geohrfeigt. Er hat sich geirrt. Wir wollten nach der Show zu seinen Eltern gehen. Ihnen erzählen von unserem Glück. Dazu ist es

nicht mehr gekommen. Und ich habe mich allein auch nicht getraut. Aber du könntest eines schönen Tages hinfahren. Sie heißen Malloise aus Quend Plage.
Denn du sollst wissen, wer du bist! Jeder hat ein Recht zu wissen, wer er ist. Wo er herkommt, um zu lernen, wohin er will. Man kann eine Reiseroute nur bestimmen, wenn man den Ausgangspunkt kennt. Man muss einen Ausgangspunkt haben, einen, den man auf der großen Weltkarte mit einem Fähnchen markieren kann. Fahr einmal hin in die Picardie. Du wirst sie spüren, diese grenzenlose Freiheit und Offenheit, mein liebes Kind. Du trägst sie in dir.
Aber wo hätte ich mein Fähnchen hinstecken sollen? Hierhin, wo ich sie immer noch spüre? Wo Papa sich um Höflichkeit bemüht und doch jede Herzlichkeit vermeidet? Keine Umarmung. Wir umschleichen uns, unser Untergrund ist so fragil. Nicht fest genug für eine Flagge, nicht mal für das kleinste Fähnchen. Ich habe es versucht, mein liebes Kind. Aber da ist ein schwarzes Loch. Ein Kreisel, der immer schneller rotiert und mich hinabzieht. Es ist reizvoll, kopfüber in den Trichter zu springen. Durchwirbelt, immer schneller auf der Spirale des Vergessens.
Verzeih mir. Papa wird alles für dich tun. Du bist sein Ein und Alles, auch wenn er das nicht zeigen kann. Dir hat er vergeben, nur mir nicht. Dabei hätten dein Vater und er gute Freunde werden können. Weil sie beide mutig waren und eingetreten sind für die Gerechtigkeit. Ich habe ihn geliebt, weil wir wortlos im Himmel waren. Weil wir unberührt waren von Gedanken. Weil er grenzenlos zärtlich war. Weil wir die Zukunft zusammen geträumt haben. Papa hätte das am Ende verstanden. Ich gehe jetzt, mein kleiner Liebling, es war nicht meine Zeit. Ich war zur falschen Zeit am falschen Ort. Der da oben hat mich wohl übersehen. Der doch die Liebe predigt und die Liebenden so bestraft. Ich muss jetzt gehen, und du, du versprich mir, deinen Weg zu gehen. Nur deinen. Es gibt nur einen, der dir befehlen darf. Du selbst. Lass dich nicht klein machen von denen, die dir drohen. Größe kommt nur vom Herzen. Deine Mama!

Gerhard schluckte. Er spürte einen Kloß im Hals. Isabella Holzer, die angehende Journalistin, die einen Preis gewonnen hatte. Eine begabte junge Frau, sie schrieb nicht schlecht. Zu pathetisch für seinen Geschmack. Er war wahrhaft keiner, der sich gut ausdrücken konnte, keiner, der Bücher las oder in wortreiche Problemfilme lief. Er konnte mit so was einfach nicht umgehen. Und er war immer noch der Meinung, dass Selbstmord feige war. Aber seine Gedanken gingen wild durcheinander. Dietrich und Veit, die waren in Isabellas Alter. Was, wenn Holzer ausgerechnet die beauftragt hatte, die seine Tochter vergewaltigt hatten? Und Holzer, der so wütend beteuerte, dass der Brief eine Lüge sei. Musste der nicht so reagieren, musste er nicht verdrängen, um weiterzuleben? In seinem Kopf, von irgendwoher, hörte Gerhard Falco. »Muss ich denn sterben, um zu leben?« Warum war Steffis Mutter tot? Ende der achtziger Jahre? Das war doch die Zeit der Hedonisten-Generation gewesen. Auch seine Welt war das gewesen, eine Jugend, die so bunt und vielversprechend all ihre Möglichkeiten ausgebreitet hatte. Alle waren so locker gewesen. Oder doch nicht? Weil in den Dörfern hinter den Fassaden noch die gleichen ungesunden, spießigen, grausamen Gedanken wohnten wie vor hundert Jahren. Weil die gesunde Dorfseele bis heute ihr subtiles Terrorregime führte. Das war im Allgäu so, hier in seiner neuen Heimat und am Lech. Anders sein machte Angst, und es rief Neid hervor. O ja, das konnte er sich gut vorstellen.

Da war eine ausgebrochen aus der Enge. Isabella hatte wahrscheinlich nicht eingewilligt in das jahrhundertealte gut funktionierende System, einen Dorfburschen zu heiraten. Oder maximal einen aus den Nachbargemeinden. Sie hatte nicht eingewilligt in Trachtenverein, Musikkapelle und Frauenbund. Nicht eingewilligt in die Einheimischenmodelle hinter den Wällen. Sie war nach Paris gereist. Ganz allein, einem Franzosen hinterher. Neidisch waren sie im Dorf gewesen. Klar! Und mutlos, angepasst, unzufrieden, stillgestanden! Und hatten beschlossen, Isabellas Verfehlungen zu rächen. Zwei von denen hatten eine Idee … Verdammt, wenn das wirklich Veit und Dietrich gewesen waren! Trotzdem verstand er das nicht. Warum war Isabella nicht zur Polizei gegangen? Sie hatte ein dreijähriges Kind gehabt, das war doch eine Verantwortung!

Gerhard reichte Evi den Brief und beobachtete sie beim Lesen. Ihr traten Tränen in die Augen. Gerhard wusste, dass sie noch lange reden würden über Isabella Holzer. Sich nie einig würden in ihrer Einschätzung über Suizid. Baier hatte inzwischen längst einen Krankenwagen und eine Streife angefordert. Auch er las und stand dann ganz unwirsch auf.

»Herr Holzer, Sie sind verhaftet. Ich lass Sie erst mal ins Krankenhaus bringen.«

Holzer schwieg weiter.

Sie alle schwiegen, bis Arzt und Kollegen eingetroffen waren. Baier sah auf die Uhr.

»Holzer, Steffi ist gar nicht zur Apotheke, oder? Wo ist sie?«

Holzer sagte kein Wort.

»Holzer, wenn ihr was passiert, dann gnade Ihnen Gott. Dann haben Sie Ihre Enkelin auch noch verloren. Wo kann sie sein?«

»In Gschwend ist eine kleine Kapelle, da geht sie gerne hin.«

Holzer sprach zur Decke.

Die Kollegen führten Holzer ab. Gerhard, Baier und Evi standen mitten im Schlafzimmer. Es war kalt.

»Wie kann er nur so sein? Wie kann er einfach verdrängen, dass seine Tochter vergewaltigt wurde? Wie kann er immer noch dran festhalten, dass der Franzose schuld ist?« Evi war sichtlich aus der Bahn geworfen.

»Er kann, er muss«, sagte Baier.

»Und was wird aus ihm?«

»Wird auf den Richter und die Anwälte ankommen. Die Ergebnisse der Spurensicherung belegen seine Aussagen ja, wahrscheinlich war es ein Unfall bei Lepaysan. Frau Straßgütl, lassen Sie das nicht so an sich ran.« Baier versuchte, sie aufzumuntern.

»Und Steffi? Wird sie das verkraften können?« Evi wollte sich nicht aufmuntern lassen.

»Sie wird«, sagte Gerhard, obwohl er keine Ahnung hatte, warum er das sagte. Nur, um Evi zu beruhigen. Oder sich selbst. »Wir müssen sie finden. Baier, wo ist Gschwend?«

»Nicht weit, wenn es das Gschwend ist, das ich meine. Los, kommen Sie!«

Baier raste südwärts, über die Echelsbacher Brücke. Kurz überfiel Gerhard ein Gedanke: Was, wenn sie gesprungen war von dieser unseligen Brücke? Aber der Polo war nirgends zu sehen. Beim Brückenwirt bog Baier ab, seine Reifen quietschten. Das Auto holperte über einen unasphaltierten Weg zwischen drei Bauernhöfen. Es schepperte nach links. Dann war die kleine Holzkapelle zu sehen. Der Polo parkte davor, Steffi saß regungslos auf dem Fahrersitz, die Tür war offen.

Was, wenn sie ...? Die drei stürzten aus dem Auto. Steffi sah sie an. »Was ist mit meinem Opa? Sie haben ihn verhaftet.«

Baier nickte. Er war vor ihrer geöffneten Tür in die Knie gegangen.

»Steffi, er wollte Sie schützen! Er hat das alles nur getan, damit Sie sich nicht mit einem Franzosen einlassen, verstehen Sie? Er hat anfangs versucht, die Ritter zu vertreiben. Indem er ein Pferd gestohlen, ihnen Kotztropfen eingeflößt, zwei seiner ehemaligen Mitarbeiter angestiftet hat, einen Ritter zu verprügeln. Aber Marco und seine Truppe wollten nicht weichen. Also hat er zu härteren Bandagen gegriffen und die Lanze präpariert.«

»Ja, das hat er mir erzählt, dass er nie jemand hatte verletzen wollen!«

»Das bin ich sogar bereit zu glauben. Er sagt, er wäre der Meinung gewesen, die Ritter trügen im Training Schutzkleidung. Es sollten nur Warnschüsse sein.« Baier stemmte sich wieder hoch.

»Aber warum? Warum denn? Was heißt denn, er wollte mich schützen? Wovor denn nur?« Steffi weinte.

»Davor, den gleichen Fehler zu machen wie Ihre Mutter.«

»Aber ich bin ich! Ich!«

»Aber Sie können sich vorstellen, dass er Frankreich hassen musste. Die Franzosen. Französische Ritter. Wegen Ihrer Mutter. Musste er nicht denken, dass ein Franzose ihm die einzige Tochter geraubt hat?«

Steffi war inzwischen ausgestiegen. »Aber es war kein Franzose. Er waren zwei Schweine ...« Sie brach ab.

»Steffi, wir haben den Brief gelesen. Wir mussten ihn lesen. Es ging nicht anders. Bitte verzeihen Sie dieses Eindringen in Ihre Privatsphäre.«

»Schon gut. Dann wissen Sie ja, was drinsteht. Da steht, dass mein Vater kein so dahergelaufener Ritter war. Und mein Opa, er glaubt das nicht. Glaubt das einfach nicht! Ich hab den Brief so lange gehabt, ich hatte ihn bei meinem sechzehnten Geburtstag von einer Freundin meiner Mutter bekommen. Vor vier Jahren war das. Ich hab ihn meinem Opa nie gezeigt. Bis heute. Und nun glaubt er das nicht.« Sie schluchzte.

»Haben Sie die Familie Ihres Vaters gesucht?«, fragte Gerhard. Das tat zwar am wenigsten zur Sache, aber er folgte einem Impuls. Er wollte etwas Klares sagen, eine klare Frage stellen.

»Zuerst nicht. Ich wollte wissen, wer meine Mutter vergewaltigt hat. Ich wollte Opa zur Rede stellen. Ich wollte das ganze Dorf anzünden, in die Luft sprengen, sie alle erwürgen, erschießen. Aber ich hatte kaum eine Erinnerung an das Dorf. Ich war drei, als wir fortgingen. Ich war nie mehr dort. Und dann habe ich bemerkt, dass mir das alles nichts nützen würde. Und meiner Mutter auch nicht mehr. Ich war immer das Mädchen ohne Eltern. Kein Vater, die Mutter hat sich umgebracht. In Rottenbuch waren sie alle sehr lieb zu mir, auch in Garmisch auf dem Gymnasium, aber es war doch ein Makel. Nun hatte ich einen Vater, einen, der meine Mutter geliebt hatte. Das war viel mehr als viele meiner Freundinnen hatten. Die hatten nur Streit, keifende Eltern, Scheidungen, neue Geschwister, neue Väter, neue Mütter, diese ganzen dummen Patchworkfamilien.«

Gerhard nickte ihr aufmunternd zu. Es war gut, dass sie redete.

Und sie fuhr fort. »Ja, und dann hab ich Kontakt aufgenommen. Sie wussten von mir. Mein Vater hatte ihnen von mir erzählt vor seinem Unfall. Sie hatten viele Jahre versucht, meine Mutter zu finden. Aber sie hatten ja nichts. Sie wussten auch nicht, dass sie sich umgebracht hat. Wir mailten Fotos hin und her. Deshalb war ich ja auch so froh, in Kaltenberg zu sein und Cedric getroffen zu haben. Er stammt aus Amiens. Er hat mir viel von der Gegend erzählt. Er hat mir ein paar Broschüren mitgebracht.«

»Und Ihr Opa hat das beobachtet und wahrscheinlich geglaubt, dass Sie was von Cedric wollen«, sagte Gerhard.

»Aber ich wollte doch gar nichts von ihm. Ich will ein bisschen vorbereitet sein, denn ich werde im August hinfahren. In die Picardie. Ich muss das nur noch Opa beibringen.«

Ihre schmalen Schultern wurden von einer neuen Woge des Weinens erschüttert, weil ihr bewusst wurde, dass sie ihm das wohl nicht mehr beibringen musste.

Evi hatte Steffi Taschentücher gereicht. Sie versuchte ein Lächeln. Und auf einmal fühlte Gerhard eine große Kraft und Optimismus. Wann immer man etwas verliert, gewinnt man etwas dazu. War das nicht so? Steffi würde eine neue Familie in Frankreich dazugewinnen. Es würde dauern, aber da war Hoffnung, Aufbruch, ein Weg. Kein leichter, aber doch ein Weg, der sichtbar war. Es war ein wenig pervers angesichts der Situation, aber er fühlte sich gut. Besser als seit vielen Wochen.

Baier nahm Steffi ganz sachte an die Schulter. »Darf ich Ihr Auto fahren? Würden Sie mich nach Weilheim begleiten?«

Sie nickte.

Evi und Gerhard sahen dem davonrollenden Polo nach.

Evis Augen waren weit aufgerissen. »Warum reden die Menschen nie miteinander oder erst, wenn es zu spät ist?«

Mehr über die Ritter der Tafelrunde? Die ganze Wahrheit? Bitte, hier sind Jos komplette Ritterinterviews!

Interview mit Herrn Artus

Herr Artus, haben Sie wirklich gelebt?
Artus: Das wüssten Sie gerne, hä? Ich verfolge ja mit großem Interesse, was für ein Rätselraten über meine Person so stattfindet. Mal war ich ein britischer Feldherr des 5. Jahrhunderts, der Enniaun Girt hieß. Dann berichtet so ein Schreiberling namens Jordanes, der 551 die Geschichte der Goten verfasst haben soll, ich sei ein Depp namens Riothamus, der mit zwölftausend Mann dem römischen Kaiser Anthemius zu Hilfe eilte. Wo soll ich die denn alle herhaben! Sehr amüsant ist auch die Deutung meines Namens: Von keltisch ART, Bär und dem lateinischen URSUS, das ebenfalls Bär bedeutet. Also ARTURSUS, später zu ARTUS abgekürzt. Wer, bitte schön, wäre so blöd, jemandem den Namen BärBär zu geben? Es sei denn, er stottert.
Also sind Sie doch bloß 'ne Sagenfigur?
Artus: Was heißt denn bloß? Und wenn, dann hat das unschätzbare Vorteile. Das keltische Krönungsritual sah vor, dass eine weiße Stute geschlachtet und zu Suppe gekocht wurde, in der der künftige König baden musste. Ist das widerlich! Außerdem geht das zeitlich alles durcheinander: Das Krönungsritual stammt aus dem 12. Jahrhundert, da, wo ich gelebt haben soll, gab's noch gar keinen König. Aber seien wir doch mal ehrlich: Ich nutze der Tourismusindustrie von England bis Wien!
Bis Wien?
Artus: Klar! Und das hat mit diesem dämlichen Gral zu tun. Die Achatschale, eines der beiden »unveräußerlichen Erbstücke des Hauses Habsburg«, so sagen die Nusser, befindet sich in der Schatzkammer des Kunsthistorischen Museums in der Wiener Hofburg. Soll der Gral sein. Und dann hätten wir

noch die Kathedrale von Valencia, wo in einer Seitenkapelle ein Kelch aus Achat als Reliquie rumliegt. Auch der Heilige Gral! Na ja, und dann natürlich Glastonbury im Südwesten Englands, wo 1190 meine sterblichen Überreste und die von Guinevere entdeckt wurden. Na, ich versteh die Mönche, die haben dringend Aufmerksamkeit gebraucht und Geld, um ihre abgebrannte marode Kirche zu renovieren. Gutes Marketing, sag ich Ihnen. Der Turm von Glastonbury soll die Verkörperung Avalons sein. An seinem Fuß gibt's den Kelchbrunnen, der nie versiegt, weil da – Sie ahnen es – der Heilige Gral versteckt wurde. Himmel! Na, und denken Sie an Winchester Castle in Südengland, wo noch heute ein runder Tisch aus dem 13. Jahrhundert rummodert. Das soll meine Tafelrunde sein. Und St. Michael's Mount in Cornwall, Südengland, und dann noch ein paar Orte in den Pyrenäen – als ob ich jemals in den Pyrenäen gewesen wäre.

Aber lieber Herr Artus, das geht auch alles ganz schön wild durcheinander mit der Artus- und Gralssage. Da blickt doch keiner durch!

Artus: Ja, ist das vielleicht meine Schuld! Jeder Trottel dichtet doch an dem Stoff rum. Und angefangen hat dieser blöde Wace, der in Altfranzösisch, das kann doch kein Schwein lesen, eine Reimchronik über die »Geschichte Britanniens« verfasst hat. Der hat seine Phantasie ja schwer strapaziert – mit Tafelrunde und Avalon. Und alle Nachfolger haben ein Brimborium drum gemacht, dabei waren Reisen in die Anderswelt ja damals gar kein Problem. Dazu musste man nicht mal tot sein.

Also sind Sie gar nicht gestorben?

Artus: Ha, das ist eine Fangfrage. Foppen Sie den alten Artus nicht. Wenn ich gestorben wäre, hätte ich ja vorher gelebt. Und wenn ich schon von drei reizenden Priesterinnen nach Avalon geholt werde, dann werd ich Ihnen wahrlich nicht auf die Nase binden, ob ich da immer noch lebe. Ein Mann braucht Geheimnisse.

Ja, dann lüften Sie doch wenigstens das Geheimnis, ob Sie der Sohn von Uther und Igraine gewesen sind und mit fünfzehn König von England und Wales waren und Ihre Ritter an einem runden Tisch versammelten, um Rangstreitigkeiten aus dem Weg zu gehen?

Artus: Kennen Sie Fünfzehnjährige, die so klug wären?

Okay, Herr Artus, dann bitte eine Kurzversion Ihres Lebens.

Artus: Es gibt ja so viele! Ich blick da auch nicht durch. Nehmen wir mal einen Mittelwert: Ich werde als Baby von Merlin bei meinen Eltern weggeholt und von Antor zusammen mit dessen Sohn Kay erzogen. Ich denke, ich wäre der Sohn von Antor. Nachdem ich ein Schwert aus einem Stein gezogen habe …

Entschuldigung, dass ich unterbreche, aber wurde Ihnen das Schwert nicht von einer Hand, die aus einem See kam, gereicht?

Artus: Na, das wäre aber unsportlich für einen Ritter! Stein, sag ich, und das Schwert macht unverwundbar. Gegen den Rat Merlins, der Unglück voraussieht, heiratete ich Guinevere, die Tochter des Königs eines Nachbarreichs. Ich ruf dann ständig die Jungs zur Tafelrunde zusammen, und weil's in diesen alten Burgen ja immer so kalt ist, müssen wir raus, den Gral suchen, beispielsweise. Dann fängt Lancelot was mit Guinevere an, die Alte soll hingerichtet werden, Lancelot befreit sie und tötet dabei zwei Brüder Gawains. Scheißidee – unter uns! Der schwört Rache. Es kommt zum Zweikampf, und Lancelot tötet ihn nicht mal, obwohl er könnte. Auch so ein Quatsch! Na, jedenfalls erfahre ich, dass Mordred unter dem Vorwand, ich sei tot, Guinevere zur Frau genommen hat und sich nun »König Britanniens« nennt. Das geht natürlich nicht! Also töte ich Mordred in der Schlacht von Camlann, zieh mir aber 'ne ordentliche Verwundung zu. Na, und dann entschwinde ich nach Avalon.

Hmm, zwei Dinge sind mir unklar: Hat Lancelot wirklich mit Guinevere? Sie wissen schon.

Artus: Na, es gibt eben eine vornehme Fassung, nach der ich das Kind Uthers und seiner Frau bin, Mordred mein Neffe ist und Lancelot Guinevere einfach nur verehrt. Das können Sie nun glauben, wenn Sie wollen – aber bedenken Sie, wie geil das Weib aussah! Version zwei: Mein Daddy Uther besucht die Frau eines Herzogs in dessen Gestalt, Lancelot und Guinevere begehen Ehebruch, und Mordred ist mein Sohn und der meiner Schwester. Ich sag's doch, die Schreiber haben eine üble Phantasie. Und was war Ihnen noch unklar?

Das Schwert! Excalibur. Wer hat es denn nun rausgezogen? Sie oder Galahad?

Artus: Ist doch völlig egal. Die ganze Story ist doch Nonsens. Und wissen Sie was? Die Verwirrung um das Schwert ist darauf zurückzuführen, dass genuschelt und geschlampt wird! Frühmittelalterliche Schreiber ließen oft Konsonanten aus, die stattdessen mit einem Akzent über den Buchstaben gekennzeichnet wurden. Das Schwert kommt nicht aus einem Stein, was »ex saxo« wäre, sondern von einem Sachsen, »ex saxone«. Sehen Sie, was ich meine? Es war ein sächsischer Krieger, der das Wunderschwert an mich verloren hat. Es war auch Meteoreisen, und die Druidenschmiede haben das als wundertätig betrachtet. Klar, ist ja auch vom Himmel gefallen.

Herr Artus, noch eine letzte Frage: Wie viele saßen denn nun an der Tafelrunde? Französische Texte des 13. Jahrhunderts sprechen von hundertfünfzig, zweihundertvierzig oder sogar dreihundertsechsundsechzig Rittern.

Artus: Diese Froschfresser! Das ist doch wieder typisch! Ja was glauben Sie denn, wie groß meine Halle war? Für so 'nen Tisch jedenfalls nicht groß genug. Ich weiß es auch nicht mehr: zwölf oder sechzehn. Lancelot, der Gutmensch, Galahad, der naive Depp, Erec, der Geile, Mordred, der Stinkstiefel, und ein paar mehr.

Interview mit Herrn Mordred

Herr Mordred, Sie haben am Hof von König Artus nur rumgestänkert, alles Essen verschlungen und gesoffen, Guinevere entführt und misshandelt?
Mordred: Ja, und? Liegt in meinen Genen!
Aber gerade Ihre Abstammung liegt im Nebel.
Mordred: Ja, und? War ich der Sohn von Artus, König von Gododdin, und Morgause, einer Halbschwester mütterlicherseits von Artus? Oder von Artus und seiner zweiten Halbschwester Da Morgan, der blöden Fee? Ist doch wurscht, da konnte in jedem Fall nichts Gutes rauskommen!
Merlin weissagte, dass Sie eines Tages auf Artus' Thron sitzen würden.
Mordred: Hab ich ja auch kurz. Bevor der alte Trottel mich in Camlann besiegt hat.
Na, er wurde aber auch tödlich getroffen.
Mordred: Ja, das wird auch gut sein!
Und Lanzelot. Wieso mochten Sie den nicht? Eifersucht?
Mordred: Na hören Sie mal: Ist das normal, dass der Alte diesen dahergelaufenen Lancelot mir, seinem eigenen Sohn, vorzieht? Und dann poppt der auch noch Guinevere! Sehr loyal, oder? Und wissen Sie was: Diese Guinevere war ein Luder. Die hat mir nämlich auch schöne Augen gemacht! Alles Schlampen, die Weiber!
Alle?
Mordred: Klar, Guinevak, meine Erste, die Schwester von Guinevere. Die gleiche Schlampe. Dann Cwyllogm, auch unbrauchbar. Und dann Guinevere selbst!
Also lassen wir das mit den Frauen. Sie sind ja bis heute ziemlich berühmt. In Romanen kommen Sie häufig vor. Sozusagen als abschreckendes Beispiel?
Mordred: Gut so! Wer will schon der Nette sein! Aber dieses Buch von Stephen King, das ist doch das Letzte, Mordred, ein Zwitterwesen aus Mensch und Riesenspinne.
Im Camelot-Roman »Mordred, Sohn des Artus« von Nancy Springer sind Sie auf der Suche nach Ihrer Identität?

Mordred: Noch viel blöder. Da will ich nicht der Königsmörder werden, da winsle ich um die Liebe und Anerkennung meines Vaters! Das hätte ich nie getan! Ich winsle nie. Ich hab kein Problem mit meiner Identität!

Interview mit Herrn Galahad

Herr Galahad, warum sitzen Sie auf einem Stuhl, der für alle anderen Ritter tabu ist?
Galahad: Na, das ist ehrlich gesagt Merlins Idee gewesen. Er hat da ein bisschen getrickst. Ich wurde zuerst von Merlin am Hof des König Artus eingeführt. Merlin hat meinen Namen vor den versammelten Rittern der Tafelrunde in Feuerbuchstaben geschrieben. Daraufhin haben die mir ganz ehrfürchtig den leeren Platz des Ritters, welcher den Gral finden wird, gegeben. Ein Taschenspielertrick, aber ein echt guter!
Den Gral haben Sie dann ja auch gefunden?
Galahad: Ja, sicher. Ich hab ihn gefunden und als einziger Ritter der Tafelrunde ganz gesehen.
Ja, und wie sieht er denn nun aus?
Galahad: Sie glauben doch nicht wirklich, dass ich Ihnen das verrate. Die Legende um den Heiligen Gral gibt's seit dem 12. Jahrhundert, ewig gibt's die. Da leben Generationen davon, dass es einen rätselhaften heiligen Gegenstand gibt. Und da soll ich ganz profan sagen, wie der aussieht. Ich bitte Sie!
Ja, aber ist er denn wenigstens eine Schale?
Galahad: So steht's geschrieben. Gral kommt von okzitanisch »grazal«, hab ich gelesen. Altfranzösisch hieß das »graal«, und das meint halt »Gefäß, Schüssel«. Altspanisch »grial«, altportugiesisch »gral«. Alles klar? Und alle schreiben von einer Schale, also wird's schon stimmen, und das Ding soll Glückseligkeit, ewige Jugend und Speisen in unendlicher Fülle spenden.
Ja, und tut er das denn?
Galahad: Na, wie sehe ich aus. Glücklich? Jung? Voll gefressen?
Ähm, eher nein. Heißt das, der Gral funktioniert gar nicht?
Galahad: Das will ich damit nicht sagen (schaut ziemlich dämlich).
Okay, lassen wir das. Um den Gral zu bekommen, haben Sie sich ganz schön anstrengen müssen. Manche sagen, Sie hätten einfach das Glück des Dummen gehabt.
Galahad: Echt?
Ja, und dass Sie aus seltsamen Familienverhältnissen stam-

men, keinen Sinn für die Wirklichkeit haben und eigentlich – entschuldigen Sie, ich zitiere nur – ein tumber Tor sind.
Galahad: Das hat sicher dieser doofe Mordred gesagt. Wissen Sie was, denken Sie, was Sie wollen. Ich hab das Ding gefunden, ich hab mich verändert während der Scheiß-Gralssuche, das können Sie mir glauben. Unschuld allein reicht da nicht, da braucht man Erfahrung. Und dann verrat ich Ihnen noch was: Es ist gar nicht so schlecht, wenn die anderen glauben, Sie seien ein Depp! Merken Sie sich das!
Und Sie wollen wirklich nicht erzählen, wie er aussieht, der Gral?
Galahad (macht eine lange Nase): Nö, glauben Sie ruhig weiter, dass im Gralsmythos keltische, christliche und orientalische Elemente stecken. Und am liebsten ist mir dabei schon das Keltische! Ist doch Klasse, ein Füllhorn zu haben mit magischen Eigenschaften. Saufen ohne Unterlass!
Sie kennen ihn ja nun, den Gral, was sagen Sie denn zu den ganzen modernen Filmen über die Gralssuche?
Galahad: Na, Filme eben: Excalibur, typischer US-Schinken. Die Nebel von Avalon, nette Hauptdarstellerin. Indiana Jones, was finden die Weiber bloß an diesem Harrison Ford? Ich mag am liebsten Monty Pythons Ritter der Kokosnuss.
Bücher gibt's auch …
Galahad: Ja, ganze Meter. Ich weiß. Frauenschinken von dieser Mary Stewart, natürlich dieses »Sakrileg«, grauenvoll konstruiert und reißerisch.
Wir haben das schon mal Herrn Artus gefragt: Wer hat denn nun das Schwert aus dem Stein gezogen?
Galahad: Na ich, bevor ich zum Ritter geschlagen wurde. Das zeigt doch, dass ich der beste Ritter der Welt bin. Daraufhin hat Artus ja auch meinem Vater Lancelot gesagt, er solle mich zum Ritter schlagen.
Ja, und dann Sie, der edle Ritter, Sie haben den Gral und das Schwert! Wieso sind Sie denn dann gestorben?
Galahad: Ich wollte sterben. Das wurde mir alles zu viel.
Und da haben Sie in der Stunde Ihres Todes nach ihrem Papa gerufen?

Galahad: Ja (beginnt zu weinen). Mein guter Papa! Sein Name sollte das Letzte sein, was über meine Lippen kommt. Ach, und meine gute Mama Elaine und der Opa Pelles (heult stärker).

Herr Galahad, geht's Ihnen gut?

Galahad: Nein, und die zwölf Nonnen, die mich aufgezogen haben, die haben mich auch allein gelassen und in diese grausame Ritterwelt geschickt. Und ein Einhorn gibt's gar nicht (schluchzt und kann nicht mehr weiterreden).

Interview mit Herrn Erec

Also ehrlich, Herr Erec, wie konnten Sie zulassen, dass sich vor den Augen der Königin ausgerechnet der unbedeutende Ritter Ider über sie lustig machte?
Erec: Ich war jung und brauchte das Geld. Nein, im Ernst. Ich bin ihm sofort hinterher …
Ja, ohne Ausrüstung!
Erec: Ja und? Jedenfalls hab ich gehört, dass Ider am Sperberkampf teilnimmt, und beschlossen, auch mitzumachen. Ist doch lustig. Ich also auf dem direkten Weg dahin …
Äh, Sie waren vorher beim Grafen Coralus und haben dem zugesagt, seine Tochter Enite zu heiraten, falls das Mägdelein zum Kampf mitkommen sollte.
Erec: Ja, stimmt. Lag aber auf dem Weg, und ich habe das Turnier gewonnen und die Hand Enites. Wieso sagt man eigentlich immer »um die Hand anhalten«? Obwohl, sie kann ja so einiges mit ihrer Hand anstellen …
Äh, ja. Sie sind dann nach Karnant, dem Hof Ihres Vaters, gezogen. Der arme Mann hat Ihnen zuliebe auf die Herrschaft verzichtet. Schlechte Idee, denn Sie hatten alles Mögliche im Kopf, bloß nicht Regieren.
Erec: Spießer! Spießerhafte Ansichten! Bloß weil ich mit Enite die Tage im Bett verbracht habe. Das nennt man eheliche Pflicht.
Aber Ihr Reich!
Erec: Ja, ich hab dann einen auf kühnen Herrscher gemacht und bin auf Abenteuerzüge gegangen.
Und haben Ihre Frau mitgenommen, Sie haben sie wie den letzten Dreck behandelt, und reden durfte sie auch nicht.
Erec: Euch kann man es aber auch nicht recht machen! Dabei habe ich den riesenhaften Mabonagrin besiegt und außerdem sind wir dann nach Karnant zurück, und waren als Herrscherpaar eine tolle Besetzung. Gut Ding braucht eben.

Am End …

Sie spinnen … nicht die Römer, nein, die Bayern. Dass sie sich ins Mittelalter beamen, in eine muffige Epoche? Falsch, denn das Kaltenberger Ritterturnier hat die besten Seiten des Mittelalters herausgefiltert, die Lust am Feiern und Fabulieren, den Glanz der Turniertage. Kaltenberg muss man gesehen haben. Kaltenberg und die Pferde sind ein perfektes Setting für einen Krimi, so viele Geschichten werden dort gesponnen, und so viele unverwechselbare Typen tauchen auf! Die gibt's wirklich, genau wie es die Annemirl Tafertshofers und die Schmolls gibt. Man findet sie in den Geschichten an den Stammtischen: in der Moosmühle in Huglfing, beim Brückenwirt in Echelsbach. Man hört sie bei Toni im Dionysos und Luisa im OK in Peißenberg. Danke an all jene, die so herrlich aus dem bayerischen Leben plaudern!
Der größte Dank geht an Klaus Bock für sein Wissen um das Ritterturnier, seine guten – und auch perfiden Ideen. Lieben Dank an Beatrix von Bayern! Großen Dank an Mario Luraschi, der so viel Bedenkenswertes über das Zusammenspiel von Mensch und Pferd erzählen kann. Danke an Ulla und Babette, dass sie Jo ihr Haus »geliehen« haben. Tausend Dank an Walter, dass er wieder mal Ordnung in die Abläufe der Polizeiarbeit gebracht hat. Danke an Andy! Danke an die »Seeshaupt Connection« für inspirierende Gespräche und »Gastauftritte«. Danke an die kluge Julia und natürlich an Hanna, deren unheilbarer Kaltenberg-Virus letztlich zu diesem Buch geführt hat, und an die Felldeppen, die dauernd über die Tastatur laufen und überall ihre Haare verlieren!

Nicola Förg
EISENHERZ
Broschur, 224 Seiten
ISBN 978-3-89705-438-7

»Ein toller Heimat-Krimi.«
Münchener Merkur

Nicola Förg
NACHTPFADE
Broschur, 224 Seiten
ISBN 978-3-89705-522-3

»Mitten hinein in traditionelle Heimat-Events und idyllische Locations platzt das Verbrechen.« Leonart

Nicola Förg
HUNDSLEBEN
Broschur, 224 Seiten
ISBN 978-3-89705-615-2

»Ein Heimatkrimi der besten Sorte.«
Münchner Merkur

Nicola Förg
FRAU MÜMMELMEIER VON ATZENHUBER ERZÄHLT
Katzengeschichten
Mit zahlreichen Abbildungen
Gebunden, 128 Seiten
ISBN 978-3-89705-572-8

»Die originelle und unterhaltsame Lektüre ist für Katzenliebhaber ein Muss.« Das schöne Allgäu